AF205318

Drei Liebesgeschichten

Vorbestimmung

Die Frau, die aus dem Keller kam

Schattenkörper

ISBN   9783749479269

Vorbestimmung

-1 plus -1 = 2

Liebe

Wenn man hier auf Erden von Liebe spricht, dann naturgemäß von irdischer Liebe. Vornehmlich von der Liebe zu einem ganz bestimmten anderen Menschen. In eher seltenen Fällen von der Liebe zu den Eltern oder zu den Kindern. Oder, noch seltener, allgemein von der Nächstenliebe.

Ich möchte hier keineswegs die ungezählten Facetten dessen was wir gemeinhin Liebe nennen durchkauen. Das wäre alleine schon deshalb zum Scheitern verurteilt, weil jeder Mensch den ich kenne, unter Liebe fast immer etwas anderes versteht, als die meisten übrigen.

Mit einer Ausnahme: Die ewige Liebe. Dabei weiß jeder sofort und ganz genau, was darunter zu verstehen ist. Nämlich jene gänzlich auf den Partner ausgerichtete Liebe, welche für alle Zeiten, sogar über den Tod hinaus, gültig ist und bestehen bleibt!

Nun ist das mit dem ‚über den Tod hinaus' aber so eine Sache. Einerseits: woher weiß der Zurückgebliebene, ob sich die Wertigkeit der Liebe im Jenseits nicht völlig ändert? Oder auch Ob sie ‚dort drüben' vielleicht einem gänzlich anderen Prinzip gehorcht? Und andererseits: woher weiß er, dass sich seine eigene Einstellung dazu nicht unter dem Aspekt der Einsamkeit ebenfalls in etwas ‚ganz anderes' wandelt, oder wandeln wird?

Nehmen wir einmal zwei Dinge an. Erstens: Es gibt ein ‚Drüben' und Zweitens: Im Drüben hat man das ‚Herüben' nicht vergessen. Dann ergeben sich ganz von selbst einige weitere Fragen. Zum Beispiel: Wie sieht es da drüben mit dem Zeitempfinden aus? Ist es dem hiesigen in angemessener Weise ähnlich? Oder sind einige Jahre für den Zurückgebliebenen nur einige Sekunden für den Vorangegangenen? Oder auch umgekehrt. Welchen Einfluss hat dieses möglicherweise divergierende Zeitempfinden auf die beiden nun getrennten Liebenden?

Sie sehen also, so einfach liegt die Sache womöglich nicht. Aber kaum jemand macht sich darüber Gedanken. Wozu auch? Überprüfen lässt sich die Angelegenheit ja doch frühestens, wenn auch der zweite Partner seinem vorangegangenen folgt.

Oder doch nicht? Vielleicht doch schon früher? Wer weiß ...!

Anneliese

Es war nicht ihr Tag. Nicht einmal annähernd! Gerade noch hatte sich alles so gut angefühlt. Der Tag war herrlich, die Sonne schien, es war warm aber nicht zu sehr, nicht heiß. Sie hatten einen kleinen Spaziergang unternommen. An Tagen wie diesen war das möglich. Es war möglich, weil Horst einen guten Tag hatte und die Wärme des frühen Sommertages seinen Gelenken gut tat und die laue Luft ihn frei atmen ließ.

Sie waren den kleinen Weg, der gleich hinter ihrem Haus begann, mit Muße und Arm in Arm entlang gegangen. Er hatte gerade noch den Duft der frischen Blüten einer am Wegrand stehenden Holunderstaude bewundert, als er zu wanken begann. Anneliese wollte ihn fragen, ob er sich kurz auf das nahe gelegene Bänkchen setzen wolle, aber sie bekam nur ein undeutliches Kopfschütteln und dann stürzte er auch schon.

Anneliese war zu schwach um ihn aufzufangen. Er war doch erheblich schwerer als sie und sie stand auch recht ungünstig, als es passierte. Ein Panikanfall erfasste sie. Sie kniete sich neben ihn, um ihm in eine bequeme Lage zu helfen, als sie die weit geöffneten Augen sah, welche in eine schon näher kommende unbekannte Ferne gerichtet waren.

Was auch immer Horsts Augen wahrnahmen, Anneliese war es nicht. Und würde es vermutlich auch nie wieder sein. Das wurde ihr in diesem Augenblick schmerzlich und unwiderruflich bewusst. Tränen liefen ihr übers Gesicht, da sie erkannte, dass sie nichts, rein gar nichts mehr für ihn tun konnte.

Dennoch brachte sie ihren Mann noch in eine bequemere Lage, soweit ihr das eben möglich war. Dann rief sie die Rettung. Natürlich wusste sie, dass auch die Rettung nichts mehr für ihren Mann würde tun können, aber was sonst sollte sie tun?

Sie setzte sich neben ihn auf den erdigen und steinigen Boden und ließ ihren Tränen freien Lauf. Selbstverständlich war

Horsts Abschied abzusehen gewesen, jedoch macht es einen riesengroßen Unterschied, ob man damit rechnet, oder ob es tatsächlich geschah! Ein Passant, der zufällig des Weges kam, fragte, ob er etwas für sie tun könne?

„Nein!" antwortete sie mit tränennasser Stimme und schüttelte bedächtig ihren Kopf. „Ich habe schon die Rettung verständigt. Mehr kann man im Moment leider nicht mehr tun!"

Der Passant nickte ihr verstehend zu, wandte sich wieder ab und ging seines Weges. Im Grunde genommen war er froh, nicht wirklich involviert zu werden. Er war bei Gott nicht hartherzig, aber seine soziale Ader hatte eben auch ihre Grenzen. Und mit Toten hatte er, gottlob, bisher noch nicht zu tun gehabt.

Anneliese hatte sich inzwischen etwas gefangen. Sie überlegte, dass ihr nun eine Menge Arbeit ins Haus stand. Nicht, dass sie sich vor der Arbeit scheute; vor keiner Arbeit übrigens. Man dachte, bevor es denn so weit war, praktisch nie an all die Dinge, die erledigt werden mussten, falls einem ein Todesfall ins Haus stand.

Das Unangenehme an diesen Dingen war nicht die Erledigung an sich, sondern die unausweichliche Tatsache, dass man immerfort an den kürzlich Verstorbenen erinnert wurde. An die gemeinsamen frohen Stunden genauso wie an die weniger erfreulichen. Beides veranlasste Anneliese, immer wieder inne zu halten und den Gedanken freien Lauf zu lassen. Wie natürlich auch den immer wieder hervorbrechenden Tränen.

Als schließlich die Rettung eintraf, erhob sich Anneliese und ging den Männern vom Rettungswagen entgegen. Sie erläuterte dem Arzt in kurzen Worten, mit immer wieder versagender Stimme, den Vorfall. Der nickte ein paar Mal verstehend, bat sie sodann zum Rettungswagen und verabreichte ihr ein Beruhigungsmittel.

Später, nach einigen Wochen, würde sie sich nur noch verschwommen an diese Situation erinnern. Was im Gedächtnis blieb waren gänzlich andere Eindrücke. Allem voran die Plötzlichkeit, mit der der Tod eintrat. So plötzlich, dass sie kein Wort mehr hatten wechseln können.

Oh! Man kennt die vielen Klagen darüber, was hatte man nicht alles verabsäumt zu sagen! Das allerdings blieb Anneliese erspart. Sie hatte eine geradezu vorbildliche Ehe geführt. Nicht dass es nie Streit gegeben hätte, nein, selbstverständlich gab es Missverständnisse wie in jeder Beziehung. Aber sie und Horst hatten es stets verstanden, alle Missverständnisse ruhig und gelassen zu besprechen und letztlich aus dem Weg zu räumen.

So gab es auch kaum ernsthafte Misshelligkeiten und die wenigen Streitpunkte wurden im Laufe der Zeit eher zu launigen Bonmots, als dass sie böse Erinnerungen hinterließen. Und aus diesem Grund war die gesamte Erinnerung an diesen Tag des Abschieds mehr ein von verklärten Gedanken getragener, als von sonst etwas. Sicherlich jedenfalls ohne Schuldbekenntnisse.

Horst

Es hatte sich alles so gut angefühlt. Der Tag war genauso wie er ihn sich gewünscht hatte: Angenehm warm, mehr oder weniger windstill und er hatte sich schon am Morgen so richtig unternehmungslustig gefühlt. Auch seine Hüfte machte ihm heute keine Probleme. Vielleicht sollte er sich nicht überanstrengen, aber er wollte unbedingt hinaus.

Er überredete Anneliese, seine Frau, gleich nach dem Frühstück mit ihm einen kleinen Spaziergang zu unternehmen. Er wollte nicht weiß Gott wie weit gehen, nur den Weg hinter dem Haus bis zu ihrer Lieblingsbank am Hügel. Keine vierhundert Meter, also auch für seine Kurzatmigkeit kein Thema.

Gleich nachdem er die Grenze des Gartens verlassen hatte, stieg der Weg leicht an um in einem großen Bogen den Hang hinauf zu ihrem Aussichtspunkt, zu gelangen, an welchem sich eine Bank des örtlichen Verschönerungsvereines befand. Dieses Bänkchen, von welchem aus man einen herrlichen Rundblick über das kleine Talstück hatte, war, seit sie vor fast dreißig Jahren hierher gezogen waren, sofort zu ihrem Lieblingsplatz geworden.

Nach den ersten Jahren ihrer Ehe, welche sie in einer Mietwohnung in der großen Stadt, Linz, zugebracht hatten, war dieser Aussichtspunkt ein Geschenk des Himmels. Soweit es ihre Zeit zuließ, nutzten sie daher jedwede Gelegenheit um dorthin zu gehen. Dort saßen sie dann einträchtig zusammen. sprachen nur über nebensächliche oder zumindest unerhebliche Dinge und genossen den Ausblick.

Als die Kinder endlich aus dem Haus waren, – Rudi hatte sich nach einer verkorksten Beziehung mit dem Auszug lange Zeit gelassen, seine Schwester Angelika hingegen war gleich nach der Matura in eine WG übersiedelt – wurden diese Ausflüge häufiger aber nichtsdestoweniger mit gleich bleibender Freude genossen.

Anneliese, die über jeden seiner Vorschläge erfreut war, tat ihm also den Gefallen und so gingen sie, unmittelbar nachdem sie gefrühstückt hatten, den kurzen Weg durch ihren Garten und danach in Richtung ihrer Lieblingsbank.

Sie waren noch keine fünfzig Schritte gegangen, als Horst an einem Holunderbusch Halt machte und sagte: „Heuer duftet der Holler aber besonders intensiv!"

Anneliese, die das genauso empfand, meinte daraufhin: „Das wird wohl wegen der heurigen Hitze sein!"

Horst nickte bestätigend und sie setzten ihren Weg fort. Einen kleinen Augenblick später verspürte er einen kurzen aber umso intensiveren Schmerz in der Brust. Er wollte etwas sagen, jedoch wusste er plötzlich gar nicht, wie das geht!

Er hörte, wie Anneliese etwas zu ihm sagte, verstand jedoch nicht was es war. Dann wurde alles zuerst etwas unscharf, dann stimmten die Farben nicht, schließlich begann sich die ganze Umgebung zu verändern. Zuerst schien es als würde sich die Welt um ihn herum verbiegen und verdrehen, dann wurde es unerträglich hell, sodass er die Augen schließen wollte, was ihm allerdings auch nicht gelingen wollte. Schlussendlich beruhigte sich aber alles und er konnte wieder klar sehen und denken.

„Was war das eben?" wollte er von Anneliese wissen.

Doch seltsamerweise kniete Anneliese am Boden neben einem ebendort liegenden Mann! Noch bevor er sich wunderte, dass ihm Anneliese nicht auf seine Frage antwortete, stellte er fest, dass dieser Mann dort am Boden offenbar und unerklärlicherweise er selbst war!

Im ersten Augenblick war er verwirrt. Wieso konnte er das alles sehen? Wo war er hier gelandet? Was war überhaupt geschehen? Zwar war ihm irgendwie unterschwellig bewusst, dass dies der Tod war, den er eben erlitten hatte, aber irgendwie war es auch ganz anders als er erwartet hatte. Natürlich hatte auch er über sogenannte Todeserfahrungen gelesen. Aber Zeitungen, und auch andere, schrieben viel, wenn der Tag lang war.

Da war immer von einem Lichttunnel, oder so ähnlich, die Rede. Und von einer Art Empfangskomitee. Manchmal wurde von

Jesus, meistens jedoch von früher verstorbenen Familienmitgliedern gesprochen. Ja, und dann war alles friedlich und warm und schön und voller Zufriedenheit ...

Jedenfalls war es immer ein erfreuliches Erlebnis, in das man hinein gezogen wurde und das man nur äußerst ungern wieder verlassen wollte! Von all dem war jedoch im Moment nichts zu sehen und zu hören. Aber er war ja vielleicht noch gar nicht tot? Oder er war ganz woanders gelandet? Oder es war eben gar nicht so, wie es diejenigen beschrieben, die es doch angeblich erlebt hatten!

Das alles ging ihm durch den Kopf – Hatte er überhaupt noch einen? Oder war das alles nur Chimäre? Aber irgendwomit musste er ja denken! – während er gedankenverloren auf die Szene vor – unter? Neben? – sich sah, oder was auch immer.

Seltsamerweise konnte er Anneliese nicht nur sehen, er konnte sie auch hören. Das heißt, er nahm ihre Gedanken wahr. Sie durchdrangen ihn wie der Lufthauch, den er noch vor einer knappen Minute verspürt hatte, als er den Weg entlang gegangen war. Sie machte sich Gedanken um alle diejenigen Dinge, welche jetzt durch sie zu erledigen waren. Parallel dazu empfand sie eine Art Erleichterung darüber, dass er jetzt wohl, ganz sicher, in einer besseren Welt weilte.

Irgendwie war er froh darüber, dass ihr Schmerz über seinen Abgang in diesen Bahnen verlief. Er hätte nicht gewusst, was er hätte tun können, wenn sie anders reagiert hätte. So jedoch war er zufrieden. Er würde seine Frau aber im Auge behalten, nahm er sich wenigstens vor. Noch war für ihn ja nicht abzusehen, wie es weiter ging.

Er beobachtete noch, wie die Rettung kam, wie der Rettungsarzt sie so sorgsam behandelte, als wäre sie die Verunglückte und wie sein verlassener Körper abtransportiert wurde. Dann, endlich, gab er dem Drängen nach, das er schon seit geraumer Zeit verspürte. Wieder wurde seine Umgebung wie schon zuvor unwirklich, verschwommen und schien sich zudem von ihm zu entfernen. Er war auf der Reise in eine neue Wirklichkeit.

Die erste Zeit danach

Die Tage gingen einfach so dahin. Anneliese hatte nicht viel Zeit zum Nachdenken. Das Begräbnis – Anneliese dachte Horst hätte sich für eine Einäscherung entschieden, – das Aussuchen der Parten und deren Texte, das Adressenschreiben für sämtlichen Angehörigen, Freunde und Bekannte. Die unentbehrliche Frage: hab ich niemand Wichtiges vergessen?, ... Die Ummeldungen von Strom, Gas, etc. Die Gemeinde, das Auto, ... Die Versicherungen, der Rundfunk, ... Es war scheinbar kein Ende abzusehen.

Dieser letztens, nach seiner Pensionierung, erst wieder umgezogene Arbeitskollege: Woher nehme ich dessen Adresse? Irgendwo müsste noch eine Telefonnummer sein. Ob die aber noch immer stimmt? Sowohl die Fragen, als auch deren Beantwortung ließen Anneliese keine Zeit für andere dringende Bedürfnisse.

Kaum, dass sie Zeit aufbrachte, um sich wenigstens einigermaßen anständig zu ernähren. Dazwischen dutzende Anrufe, Beileidsbezeugungen, Hilfsangebote, ... Was sollte – was musste! – man dankbar annehmen, was dankend ablehnen? Oft wurden die Beileidsgespräche zu bunten Erinnerungsszenen, die von schönen, interessanten oder lustigen Begebenheiten handelten. Manches Mal konnte Anneliese darüber sogar schon wieder lachen. Allzu oft waren sie aber auch unterbrochen von neuerlichen Tränenströmen.

Wohl liefen diese im Allgemeinen nicht mehr so heftig, wie zu Beginn, aber neben den Tränen war die zu erledigende Arbeit doch sehr stark in Mitleidenschaft gezogen. Schließlich wollte man die vielen Formulare nicht schon vor dem Ausfüllen durchnässen. Obwohl: Wahrscheinlich war den Beamten, die sich damit befassten, oder auch befassen mussten, auch das nicht fremd.

Die Zeit, die Tage, die Wochen, sie alle vergingen wie im Flug. Die Kinder waren teilweise eine große Hilfe, teilweise verursachten sie nur Mehrarbeit. Meistens trat sie den Freunden und Bekannten gefasst entgegen. Manchmal jedoch, wenn sich jemand meldete, der noch nichts von Horsts Ableben wusste – natürlich gab es auch solche Leute! – kamen ganz unverhofft Erinnerungen hoch, die besonders schmerzhaft waren!

So etwa, als ein nun im Ausland wohnhafter Freund anrief, und wissen wollte, ob sie nun heuer im Herbst zu Besuch kämen, oder doch nicht? Der Besuch war schon seit einigen Monaten in Planung, aber Horst konnte sich auf keinen Termin einigen und so wurde es immer wieder verschoben. Das brachte in erster Linie die vielen gemeinsamen Reisen und Ausflüge, alleine oder mit Freunden und Bekannten, aufs Tapet. Anneliese benötigte eine geraume Zeit, um sich zu sammeln, sodass dieser Freund schon vermeinte, die Verbindung sei unterbrochen.

Aber auch diese Zeit ging vorbei und der Alltag hielt Einzug. Allerdings ein noch sehr ungewohnter Alltag. Kochen für nur eine Person, anstatt wie bisher für zwei, war eine nicht gelinde Herausforderung. Schon beim Einkauf musste darauf Bedacht genommen werden. Beides ging zwar immer besser, dennoch kam es vor, dass Anneliese fertige Speisen einfrieren musste, wenn sie nicht drei Tage lang das gleiche essen wollte.

Nach etwa einem halben Jahr hatte sich das tägliche Einerlei soweit eingespielt, dass sie wieder an sich selbst zu denken begann. Reisen hatten ihr immer gut getan. Es war mit vielen neuen Eindrücken verbunden und lenkte darüber hinaus auch noch ab. Jedoch, wenn schon Reisen, dann keinesfalls an Orte, welche man gemeinsam erkundet hatte!

Aber Reisen hatten selbstverständlich bisher immer nur zu zweit stattgefunden, niemals alleine! Und Anneliese hatte nicht vor, plötzlich alleine auf Reisen zu gehen! Aber das war gar nicht so einfach. Zwar hatte sie eine Schwester, Margot, mit der sie vieles verband, zumal Margot seit etwa zwei Jahren ebenfalls verwitwet war. Jedoch war Margot noch einige Zeit in die Arbeitswelt integriert und daher zeitmäßig stark gebunden.

Andere Freundinnen, vornehmlich solche, welche auch schon früher mit ihnen zusammen verreist waren, waren meist ebenfalls verheiratet. Und als fünftes Rad am Wagen boten sie Anneliese nicht das, was sie sich von einer Reisebegleitung versprach! Sie benötigte jemanden, mit dem sie die Freude und die Begeisterung teilen konnte, ohne immerfort an vergangene Reisen erinnert zu werden!

Die neue Wirklichkeit

Seine Reise in die neue Wirklichkeit war nur kurz. Ebenso wie zuvor bei seinem Ableben klärte sich seine Wahrnehmung, sodass er wieder klar sehen und denken konnte.

Nichts entsprach den Erwartungen. Erwartungen, die sowieso schon sehr nebulos und von starken Zweifeln geprägt waren. Die Ansichten über das Jenseits waren, wenn man überhaupt daran zu glauben bereit war, mehr von wilden Vermutungen geprägt. Und wenn es schon als Tatsache anerkannt wurde, dann interessierte meistens nur was es von uns abverlangte und ob wir dafür würdig waren. Lauter solche unausgegorenen Ansichten, die im Allgemeinen mehr Zweifel und Zweifler als Gewissheit und Zuversicht hervorbrachten.

Die neue Wirklichkeit war, wenigstens in groben Zügen, ein durchaus ansehnliches Abbild des bisherigen Daseins. Im ersten Augenblick war es genau genommen von seinem bisherigen Lebensumfeld nur durch kleinere und unbedeutende Äußerlichkeiten zu unterscheiden.

Beinahe fühlte er sich wieder Zuhause! Es sah dem Wohnzimmer ihres Hauses zum Verwechseln ähnlich. Lediglich die Anordnung der Bilder, die an der Wand hingen, war irgendwie anders. Aber noch während er darüber nachsann, wie sie nun angeordnet waren, wurden sie zuerst unscharf, um sodann die von ihm überlegte Position einzunehmen.

Nanu? Spielte ihm sein Gedächtnis einen Streich? Oder hatte er etwas an den Augen? Und überhaupt: Er sah so scharf wie nie zuvor in seinem Leben! Ja, und nicht nur das: Nicht das kleinste Ziehen in der Hüfte! Kein Rasseln bei ein paar raschen Schritten! Es war ein völlig ungewohntes neues Lebensgefühl!

Aber zurück zu den seltsamen Veränderungen seiner neuen Welt. Erst dachte er, es sei vielleicht das Gedächtnis oder so. als er jedoch – nur so zum Vergleich! – an die Küche dachte, befand er sich auch schon in ihr! Das war nun doch starker Tobak! Seine neue Umwelt reagierte also ganz offensichtlich auf seine Vorstellungen.

Na gut. Er musste sich dennoch Gewissheit verschaffen. Er musste mit jemandem sprechen, der sich hier auskannte. Wer konnte das sein? Wer kam da infrage? Am besten jemand, der vor ihm in dieser Welt gelandet war! Sofort dachte er an seine Mutter. Und die war auch sofort zur Stelle.

„Hallo Horsti! Schön, dass du noch an mich denkst! Wie geht es dir?"

„Ach Mama! Ich bin so verwirrt! Ich denke, ich benötige Hilfe, um mich hier zurecht zu finden!" Horst hatte nicht erwartet, dass er von ihr so rasch eine Reaktion bekam.

„I wo! Du bist doch auch sonst sehr selbständig! Du musst das schon selbst herausfinden. Es ist gar nicht so kompliziert, wie es dir im Augenblick erscheinen mag!"

Ihm entging nicht der spöttische Unterton seiner Mutter. Den hatte sie schon während seiner Schulzeit immer dann gehabt, wenn er sich so richtig patschert anstellte. Und genau wie früher wollte er aufbegehren. Doch noch bevor er etwas erwidern konnte, war seine Mutter wieder verschwunden und er war wieder allein. Erst jetzt merkte er, dass er sie gar nicht ‚gehört' hatte! Alles was er zu hören gedacht hatte, war irgendwie in seinem Kopf gelandet! Wurde hier eigentlich überhaupt gesprochen, so wie er es von seinem früheren Leben gewohnt war?

Er lehnte sich gedanklich zurück in einen Fauteuil, der auch prompt zur Verfügung stand und dachte nach. Wo auch immer er hier gelandet war, es war eine höchst bemerkenswerte Welt! Offenbar war jeder Aspekt in dieser Welt selbsterklärend. Wie bei den heutigen, neuen technischen Geräten. Ha! Von wegen! Er hatte sich jedoch mit der Technik immer leicht getan, trotzdem waren ihm hin und wieder auch Fehler unterlaufen. Er hoffte, dass die hier wirkenden Kräfte besser justiert waren, als alles was er auf Erden gesehen hatte!

Wenn also hier alles in gewisser Weise gedankengesteuert

war, so konnte er möglicherweise tun und lassen was er wollte. Oder doch nicht? Höchst wahrscheinlich gab es auch so etwas wie Verbote, oder zumindest nicht goutierte Vorgehensweisen. Außerdem war da noch die Frage der Rechte und der Pflichten. Wo er Rechte hatte – und diese eigenartige Erfüllung von Wünschen hatte ganz sicher mit einem ihm zugestandenen Recht zu tun – hatte er sicherlich auch einige Pflichten! Und worin diese bestanden musste ihm doch irgendjemand erläutern! Oder musste er auch darauf ganz von selbst kommen? Vielleicht ging auch das über den ‚Wunsch-Kanal', sinnierte er.

„Worin bestehen hier meine Pflichten?" dachte er daher.

„Ein kluger Wunsch!" sagte eine Stimme in seinem Kopf.

„Mir erscheint er eher logisch als klug!" antwortete er seiner Stimme im Kopf in seiner gewohnten Art zu sprechen.

„Ich habe nicht die Frage nach den Pflichten gemeint, sondern die gute Überlegung, auch dieses Problem als Wunsch zu formulieren!" Die Stimme hatte einen freundlichen, aber nichtsdestoweniger verschmitzten Tonfall.

„Es schien mir der einfachste Weg zu sein, Antworten zu bekommen." Horst konnte sich nicht dazu überwinden, in derselben Weise ‚geistig' zu antworten

„Das ist er auch, deshalb fand ich ihn ja so klug! Aber zurück zu deiner Frage nach den Pflichten. Diese sind ganz simpel: Jedes Ansinnen welches an dich herangetragen wird und das du auch erfüllen kannst, ist Teil deiner Pflichterfüllung. Falls du einen an dich gerichteten Wunsch nicht zu erfüllen im Stande bist, kannst du vielleicht jemanden nennen, der dazu in der Lage ist. Auch das ist Teil deiner Pflichterfüllung. Das ist alles."

Horst fragte sich, wieso sich der Antwortgeber nicht zeigte. „Warum zeigst du dich mir nicht? Ich unterhalte mich nicht gerne mit unsichtbaren Unbekannten!"

„Ich bin weder unsichtbar noch unbekannt. Du solltest nur nicht gleich überfordert werden. Aber sobald du dich dazu durchringen kannst, deine Fragen und Antworten ebenfalls über die geistige Ebene zu transferieren, wirst du deine reale Umwelt und damit auch mich erkennen!"

Horst raffte sich endlich dazu auf geistig zu kommunizieren. *„Findet hier jegliche Art der Erkenntnis auf einer geistigen Ebene statt?"*

Bei diesen ‚Worten' löste sich aus dem Hintergrund ein Schemen, wurde dichter, gewann an Konturen und stand schließlich in voller Lebensgröße vor ihm: Zuerst erkannte er ihn nicht, aber schon nach kürzester Zeit wurde ihm bewusst, dass es sich um seinen Großvater handelte. Sein Großvater! Der sah selbstverständlich nicht so aus, wie er ihn in Erinnerung hatte, als alten gebrechlichen Mann mit wenigen Haaren und braunen Flecken auf Gesicht und Händen. Sondern so wie auf seinem Hochzeitsfoto, welches bei seiner Mutter zuhause, vergilbt und in einem silbernen Rahmen, auf der Kommode gestanden hatte.

„Aber ich bin ja auch nicht von Mama überfordert worden!"

Immerhin hatte er doch seine Mutter gesehen! Oder doch nicht? War es lediglich sein Wunsch gewesen, der ihm ihr Bild vorgegaukelt hatte? Er konnte beim besten Willen nicht sagen, ob er sie nun tatsächlich gesehen hatte, oder nicht!

„Deine Mutter war schon immer ein Springinsfeld. Ich fand das gar nicht gut, aber sie kam offenbar immer damit durch. Im Übrigen werde ich dir vorerst über die schwierigsten Klippen hinweghelfen!"

„Da bin ich dir aber wirklich sehr dankbar!"

Horst atmete innerlich auf. Unter den gegebenen Umständen schien diese Welt durchaus erfreuliche Aspekte zu beinhalten. Auch wenn sie den oft verbreiteten Mutmaßungen in den allerwenigsten Punkten entsprach.

Aber unabhängig davon, ob sie nun irgendwelchen tatsächlichen oder eingebildeten Wirklichkeiten entsprach oder nicht, was er nun sah, oder zu sehen glaubte, war, wenn sein Großvater Recht hatte – und warum sollte er nicht Recht haben, oder schlimmer noch: die Unwahrheit sagen? – seine tatsächliche real vorhandene Umwelt.

Inwieweit eine gedanklich veränderbare Umwelt realer sein sollte, als eine unveränderbare war ihm ebenso unklar, wie seine Pflichten. Wohl hatte, was sein Großvater gesagt hatte, in gewisser Weise Hand und Fuß, in mancherlei Hinsicht jedoch traten mehr Fragen als Antworten zu Tage. Wenn also irgendjemand mit einem Wunsch zu ihm kam, wonach konnte er entscheiden, ob er ihn erfüllen konnte oder nicht?

Er versuchte sich diverse Wünsche vorzustellen. Beispielsweise kam er mit elektrischen Belangen lange nicht so gut zurecht, wie er es gerne gewollt hätte. Falls also jemand mit eine diesbezüglichen Wunsch an ihn heran trat, musste er ihn gewissermaßen weiter reichen. Aber an wen?

Sicherlich, da gab es einen Arbeitskollegen, der sich in dieser Hinsicht immer sehr geschickt angestellt hatte. Sollte er den Wünschenden dann an diesen verweisen?

Andererseits: Welche Wünsche wurden durch die Vorstellungen erfüllt? Blieben überhaupt noch unerfüllte Wünsche? Alles was er sich aus seiner Erinnerung heraus gewünscht hatte, waren materielle Dinge gewesen, oder jedenfalls nichts Immaterielles. Falls also jemand mit einem Wunsch an ihn herantrat, so konnten es offensichtlich nur Nicht-materielle Abforderungen sein!

Jetzt fielen ihm wieder die Worte seines Großvaters ein, als er heraus zu finden versuchte worin seine Pflichten bestanden: ‚Ein kluger Gedanke dieses Anliegen als Wunsch zu formulieren‘! Er hatte also ganz zufällig die richtige Entscheidung getroffen und mit der Frage auch gleich jemanden der sie beantworten konnte herbei geholt!

Ich muss hier noch eine Menge lernen, stellte er bei sich fest. Lernen! Bestand das gesamte neue Leben nur noch aus Lernen? Offenbar.

Erwin

Wie schon erwähnt war Anneliese sehr reisefreudig. Sie hatte mit Horst nicht nur unzählige Ausflüge und Wanderungen in die nähere und auch in die fernere Umgebung gemacht, sie hatten auch ausgedehnte Reisen in alle Welt unternommen.

Durch diese Reisetätigkeit hatte Anneliese sich immer sehr lebendig gefühlt. Und diese Art der Lebendigkeit wollte sie auch weiterhin gerne aufrechterhalten.

Sie probierte es mit Freundinnen und nahen Bekannten, aber es war in keiner Weise dasselbe wie mit Horst. Oh ja! Sie konnte sich durchaus auch mit diesen Reisebegleiterinnen ‚austauschen'. Aber welch ein gravierender Unterschied! Einesteils waren die Interessen sehr oft nur oberflächlich ähnlich, andernteils waren die meisten von ihnen nicht von so positiver Natur wie Anneliese. Das bedeute nicht zuletzt, dass sie häufig einen für ihr Empfinden durchwegs positiven oder zumindest interessanten Aspekt mit negativen oder womöglich sogar ablehnenden Kommentaren ertragen musste.

Sie kannte allerdings jemanden, der dafür durchaus infrage kam: Erwin. Erwin wäre an sich der ideale Kandidat, hätte er nicht einen klitzekleinen Fehler: Er war verheiratet. Zwar war Erwins Angetraute nicht unbedingt für weite Reisen aufgeschlossen, daher war Erwin soundso immer wieder einmal solo unterwegs und daher blieb er als Kandidat in der engeren Wahl.

Dieser Erwin war darüber hinaus aber auch in anderer Hinsicht ein kongenialer Partner. Er war praktisch so gut wie immer freundlich und von positiver Stimmung. Er wusste auch immer interessantes zu erzählen und war de facto nie langweilig.

Und so kam es schließlich, wie es kommen musste: Erwin wurde zum kongenialen Reisepartner. Natürlich nicht nur als Begleiter. Um in ihm auch wirklich einen ‚Nachfolger' von Horst gewissermaßen zu profilieren, musste er auch alle entsprechenden Funktionen übernehmen.

Erwin hatte als Psychologe ein beachtliches Einfühlungsvermögen, sodass er Anneliese nicht nur mit liebevoller Hingabe behandelte, sondern sie auch – soweit ihm das als fremdgehender Ehemann möglich war – auch nach Strich und Faden verwöhnte.

Solcherart entwickelte sich diese Beziehung durchaus zu einem Vorteil für Anneliese. Schließlich wurde aus der ‚Reisebegleitung' nach und nach ein äußerst persönliches Verhältnis, das allen Anforderungen gerecht wurde.

Eines jedoch blieb Anneliese versagt: Die absolute Gemeinsamkeit! Die gelebte Zweisamkeit half zwar über die Einsamkeit, nicht jedoch über die Leere im Haus hinweg. Wer auch immer dann und wann zu ihr ins Haus kam, er musste irgendwann wieder in sein eigenes Zuhause.

So blieb vieles, das eigentlich längstens entsorgt hätte werden können, liegen, stehen und hängen, wo es war. Selbst all jene Dinge, die im Grunde nichts mit Horst direkt zu tun hatten, blieben im Haus unverändert und machten aus dem einen oder anderen Raum eher eine Abstellkammer, denn ein gepflegtes Ambiente.

Erwins zeitweise Anwesenheit konnte daran nichts ändern. Erwin selbst hatte natürlich auch kein Interesse daran, Anneliese dazu anzuhalten aus dieser besonderen Art von Lethargie auszubrechen. Denn nur wenn sie dieser geistigen Haltung verhaftet blieb, konnte er die Angelegenheit in seinem Sinne am Laufen halten. Ein gewisser Eigennutz haftet wohl jedem Menschen an, auch wenn er noch so sozial denkt und handelt!

Nun hat diese Art von Lethargie einen absolut unschönen Fehler: Er entwickelt sich, ganz peu à peu, zum Schlendrian. Wurde während der ersten Zeit vieles nur eben soo irgendwo hingelegt, so wurde das irgendwo nach und nach zum ständigen Speicherplatz.

Auf diese Art entstanden eine ganze Menge solcher Speicherplätze, die jedoch in keiner Weise ursprünglich dafür dienen sollten. Die ursprünglich dafür vorgesehenen gerieten zwar nicht in Vergessenheit, aber diese ‚neue Ordnung' hatte im Grunde genommen nichts mehr mit effizienter Ordnung zu tun! Sie blieb, und oftmals sogar ungeliebt, ein hässliches Provisorium.

Erste Überlegungen

Einige Zeit war Horst lediglich damit beschäftigt, sich und seine Umwelt zu erkunden. Vieles, das er sich hier zu eigen machte, verdankte er seiner Aufgeschlossenheit gegenüber jeglichen neuen Erfahrungen und neuen Dingen. So fand er die Tatsache, sich im Hier bequem einrichten zu können – und zu dürfen! – äußerst erfreulich.

Bequem hieß nicht, dass er sein Dasein mit Nichtstun verschwendete! Bequem hieß für ihn, dass er sich nicht um nebensächliche Dinge kümmern musste, wie zum Beispiel essen oder ruhen. Er aß wann, wo und vor allem was er wollte, ohne darauf achten zu müssen, ob es ihm eventuell schaden könnte. Er ruhte, wenn er sich geistig abgespannt fühlte und nicht, wenn es sein Körper für unerlässlich fand.

Überhaupt schien alles was mit dem Körper zusammen hing, völlig ohne Bedeutung zu sein. Genau genommen wusste er gar nicht, ob der von ihm wahrgenommene Körper in irgendeiner relevanten Weise real war. Seit er festgestellt hatte, dass er keinerlei Schmerzen oder sonstige irgendwie spürbare Beeinträchtigungen bemerkte, dachte er nicht mehr weiter darüber nach.

Auch die daraus resultierende Verpflichtung zur gegenseitigen bereitwilligen Unterstützung bescherte ihm mehr Freude als Unbehagen. Oh, natürlich gab es auch Dienste, welche ihm nicht so gut lagen wie etliche andere. Vor allem, wenn sein praktischer Verstand gefragt war, war er in seinem Element und konnte sich immer nur schweren Herzens dazu entschließen, dem Partner genügend Freiraum für dessen eigene Ideen zu geben!

Eine der wichtigsten neuen Lehren war, andere nicht mit seinen Ideen zuzuschütten, sondern ihn zu den richtigen Ideen zu inspirieren! Das meiste davon brachte ihm sein Großvater bei indem er ihm vor Augen führte, dass ein klug gewählter Hinweis – welcher im Allgemeinen sowieso der Antwort voran ging – eine ganze Kette von Ideen produzierte.

Falls er hingegen, was Gott sei Dank nicht so häufig gewünscht wurde, als Problemlöser einer unwilligen Gruppe Andersdenkender – es gab unglaublich viele Leute, deren Verstand dermaßen eingekapselt war, dass sie von ihrem eingefahrenen Denken nur schwer abzubringen waren! – zugeordnet wurde, fragte er sich regelmäßig, was ihn wohl dafür geeignet erscheinen hatte lassen. Nichtsdestoweniger widmete er sich mit Feuereifer auch diesen Aufgaben.

Und um ehrlich zu sein: Er fand auch immer häufiger Gefallen daran, vor allem wenn es sich um ‚Junge Wilde' handelte. Als solches wurden jene Neuankömmlinge bezeichnet, die in ihrem früheren Leben orientierungslos und ohne inneren Halt durch ihr elendes Leben getorkelt waren. Oder auch nur von falschen Idealen gelenkt worden waren.

Bei all diesen interessanten und erfüllenden Aufgaben hatte er immer noch genügend Zeit übrig, um sich dem Alltag seiner immer stärker unter ihrer Einsamkeit leidenden Frau zu widmen. Eines stand für ihn fest: Erwin war keine dauerhafte Lösung. Es musste etwas Passenderes für Anneliese geben, als eine halbherzige Beziehung mit zeitlicher Begrenzung!

Anders als zum Zeitpunkt seines Abgangs fühlte sich Anneliese immer noch zu stark an ihn gebunden. Das war nicht gut. Durchaus nicht. Auch – und das war nicht zu leugnen! – war seine ständige Beschäftigung mit Anneliese ein nicht zu unterschätzendes Hemmnis bei seinen neuen Aufgaben! Er fühlte sich geradezu verpflichtet, sich um sie zu kümmern!

Er wandte sich an seinen Großvater. *„Opa, was kann ich tun um einen besseren Gefährten für Anneliese zu finden?"* Die beinahe augenblicklich hergestellte Verbindung mit seinem Großvater verblüffte ihn noch immer.

„Weißt du, was genau du eigentlich möchtest?"

An dieser Stelle wäre es angebracht darauf hinzuweisen, dass ein geistig geführtes Gespräch in keiner Weise mit einem herkömmlichen Gespräch vergleichbar war. Erstens wurden nicht Worte artikuliert, sondern der allgemeine Inhalt wurde mit den diversen Implikationen zu einer Art Paket verknüpft. Als Beispiel möge eine in etwa sinngemäße Übersetzung des zuvor gesagten dienen:

„Sie sollte sich nachts und überhaupt nicht so schrecklich einsam und verlassen fühlen!"

Horst hatte sich praktisch keine bestimmten Gedanken gemacht. Er hatte nur so ein Gefühl, dass es eben so nicht weitergehen sollte.

„Dann solltest du dir zuerst einmal überlegen, wie das Endergebnis deiner Überlegungen aussehen soll."

Großvater war mehr daran interessiert, dass sich Horst alle eventuellen Folgen klar machte, bevor er zu weiteren Taten schritt.

„Das Ergebnis ist ganz klar: Sie braucht einen permanenten Partner, welcher nach Möglichkeit ein ähnliches Gemüt wie ich hat, sodass sie sich nicht allzu sehr umstellen muss!"

Er hatte sofort erkannt, dass kein Weg an einem geeigneten Mann mit Horst'schen Eigenschaften vorbei führte.

„In diesem Fall schlage ich vor, dass sie sich aktiv auf die Suche macht! Wozu gibt es die schöne neue Welt des >Worldwide-web<? Das schafft sie schon."

„Nein, nein! Das ist nichts für meine Anneliese! Sie war zwar Lehrerein, aber dafür hat sie sich nie interessiert!"

Horst war nicht gerade begeistert von Opas Idee. Die technische Seite war schließlich immer seine gewesen und soweit wie möglich, hatte er sie von ihr ferngehalten.

„Wie wäre es, wenn sie dazu animiert werden würde? Der Einstieg könnte doch auf einer einfachen und unverdächtigen Spur erfolgen!"

Damit beendete Großvater die Unterhaltung.

Na bravo! Dachte sich Horst, ‚eine einfache und unverdächtige Spur'! Wie sollte die wohl aussehen? Er dachte darüber nach, was sie gerne tat, womit sie sich gerne beschäftigte: Kochen? Gab nicht wirklich etwas her! Reisen? Da gab es schon einige Möglichkeiten. Fotos? Damit müsste sich doch etwas anfangen lassen. Die neue digitale Welt war doch geradezu dafür erfunden!

Tägliches Einerlei

Anneliese ordnete alte Fotos ein. Sie kam nicht recht weiter, da sie bei jedem Einzelnen ins Träumen geriet und die Situation, aus welcher es resultierte, in Gedanken an sich vorbei ziehen ließ. Nachdem sie nach knapp einer halben Stunde gerade einmal zwanzig Fotos durchgesehen hatte – von Einordnen konnte nicht wirklich die Rede sein! – dachte sie, dass es doch schön wäre, wenn sie alle schon gut geordnet beisammen hätte und sie mehr oder weniger gleichzeitig betrachten könnte!

Auch nachdem sie sich schon längst wieder anderen Tätigkeiten gewidmet hatte, ging ihr der Gedanke an solch ein gut geordnetes und leicht handzuhabendes Album nicht aus dem Sinn. Zwischen Kartoffelschälen und dem Auftauen eines, vorige Woche erst eingefrorenen, Steaks hielt sie inne. War da nicht erst neulich so eine Anzeige über einen günstigen Heimcomputer – Laptop hießen die jetzt wohl, oder? – bei einem bekannten Supermarkt gewesen?

Sie stellte noch rasch die geschälten Erdäpfel zu, dann ging sie ins Vorzimmer und suchte aus den alten Prospekten den nämlichen heraus. Da! Doch, sie hatte sich richtig erinnert! Aufmerksam las sie die entsprechenden Angaben durch: 2 GB DuplexCore, 300 GB Festplatte, Nvidia-Grafikkarte, ... Oh je! Was in aller Welt hatte das zu bedeuten? Da kannte sich doch kein Mensch aus! Wie sollte einem das bei der Auswahl helfen?

Sie legte den Prospekt wieder zum Altpapier und ging wieder in die Küche. Sie wusch Salatblätter, fertigte eine Marinade an und begann mit der Vorbereitung des Steaks. Da fiel ihr ein: Sie hatte doch eine Schülerin gehabt, deren Eltern so ein Geschäft für Büromaschinen hatten! Vielleicht konnte ihr Sophie, so hieß ihre ehemalige Schülerin, bei der Auswahl behilflich sein? Denn dass ein derartiges Gerät ins Haus musste, hatte sich bei Anneliese bereits festgesetzt.

Drei Tage später fand sie endlich Zeit und rief Sophie an.

„Hallo! Hier spricht deine ehemalige Fachlehrerin Frau Schneider – ich darf dich doch noch duzen, oder? Ich würde gerne einen Rat von dir bezüglich der Anschaffung eines Laptops bekommen. Hättest du irgendwann in nächster Zeit ein paar Minuten für mich?"

„Grüß sie, Frau Schneider! Selbstverständlich stehe ich ihnen jederzeit gerne mit einem Rat zur Verfügung. Eigentlich hätte ich gerade jetzt einige Minuten. Falls es ihnen möglich wäre jetzt gleich vorbei zu kommen, würde sich das gut treffen!"

Anneliese, die natürlich nicht damit gerechnet hatte so rasch einen Termin zu bekommen, fühlte sich ein wenig überrumpelt.

„Doch, natürlich! Das wäre mir sehr angenehm. Also dann bis gleich." Sie zog sich rasch eine Ausgeh-Hose und –Bluse an, holte nochmals den Prospekt hervor, setzte sich in ihr Auto und fuhr sofort zu Sophie ins Geschäft. Nach einer freundlichen Begrüßung zeigte sie ihr den Prospekt mit den für sie so unverständlichen Angaben und meinte dann:

„Wie soll ein normaler Mensch mit derart unverständlichen Begriffen irgendetwas Sinnvolles beginnen? Wie soll man sich da ein Bild machen?"

Sophie, knapp an einem Lachanfall vorbei, vermied dieses Lachen jedoch und sagte: „Das ist alles ganz einfach und wenn ich ihnen erkläre was das alles soll, dann werden sie es ebenfalls verstehen!"

„Da bin ich aber neugierig. Und inwiefern kann das einer Beurteilung nützen?" So leicht war Anneliese nicht zu besänftigen.

„Ganz einfach. Erst einmal GB heißt Gigabyte und bedeutet Milliarden Byte. So viele Informationen kann der Speicher, in diesem Fall also die Festplatte, an Daten aufnehmen. Zum Vergleich: Ein durchschnittliches Bild wird mit etwa drei Megabyte, also drei Millionen Byte, gespeichert. Woraus leicht zu errechnen ist, dass die Dreihunderter-Platte zirka Hunderttausend Bilder speichern kann. Sie sehen also, das ist durchaus für einen Vergleich von verschiedenen Geräten nützlich!" Sophie wirkte sehr zufrieden.

Anneliese ließ sich das Gesagte kurz durch den Kopf gehen. Dann nickte sie einige Male.

„Ich verstehe. Trotzdem: Kannst du mir behilflich sein, ein für mich interessantes Gerät auszusuchen?"

„Selbstverständlich, gerne. Dazu muss ich jedoch vorerst noch wissen, was genau sie mit dem Laptop tun möchten." Sophie wurde jetzt ganz sachlich.

Anneliese überlegte kurz und sagte:

„Vor allem möchte ich meine Fotos in einer schön geordneten Form ansehen können. Außerdem glaube ich, dass ich vielleicht so etwas wie ein Lexikon haben möchte, in welchem ich rasch etwas nachschlagen kann, glaube ich."

Sophie war innerlich begeistert, nicht viele Menschen wussten, was sie mit so einem Gerät beginnen konnten oder wollten.

„Dann frage ich sie jetzt einmal am besten, welche Art von Fotoapparat sie besitzen."

„Seit etwa einem halben Jahr hab' ich so eine kleine handliche Kamera, mit der ich auch noch so ein bisschen meine Probleme habe." Entgegnete Anneliese.

„Dann haben wir es besonders leicht, denn in dieser Kamera haben sie einen kleinen Chip, den sie entweder direkt in den Laptop einführen können und von dem weg die Fotos direkt mit einem geeigneten Programm in eine übersichtliche Datei gespeichert werden."

Sophie versuchte sofort auf die Einfachheit der Bedienung einzugehen. „Dieses Programm bekommen sie natürlich gleich mit der Erstinstallation mitgeliefert. Sie brauchen sich also nicht mehr mit den Problemen einer Installation belasten!"

Anneliese hörte aufmerksam zu und war von Minute zu Minute ruhiger und zuversichtlicher geworden.

„Und wie ist es dann mit dem Lexikon?"

Jetzt lachte Sophie wirklich. „Sie brauchen dazu kein Lexikon mehr, sie haben das beste Auskunftssystem, das es überhaupt gibt: Das Internet!"

„Aha. Und was ist das?"

Mit leicht verständlichen Worten versuchte Sophie danach Annemarie das Grundprinzip des World-wide-webs zu erklären, das in jedem Laptop ganz automatisch integriert war.

„Ich bräuchte dann nur noch so etwas wie ein Kennwort, mit dem sie sich dann in den Browser – das ist ein weiteres Programm, das ihnen den Zugriff auf das Internet ermöglicht – einloggen können."

Annemarie konnte es gar nicht fassen, dass dies alles auf der einen Seite so kompliziert und auf der anderen Seite so einfach sein sollte.

„Wie lange dauert es jetzt, bis ich so einen Laptop mit nach Hause nehmen kann?"

„Wenn sie noch eine halbe Stunde übrig haben, können sie ihn auch gleich mitnehmen!" Sophie war mit der bisherigen Reaktion Annelieses mehr als zufrieden und hoffte selbiges auch von ihr.

Während Annemaries neuer Laptop also nach Anweisung von Sophie vorbereitet und fertiggestellt wurde, brachte Sophie noch das Problem der Schulung zur Sprache. Anneliese war dem selbstverständlich ebenfalls nicht abgeneigt.

Daher hatte Sophie Anneliese zu einem einfachen Anfängerkurs für Neueinsteiger angemeldet, den einer ihrer Kollegen in regelmäßigen Abständen gab, um Anneliese somit nicht gänzlich unvorbereitet in diese neue Welt zu entlassen.

Knapp eine und eine halbe Stunde nachdem sie Sophies Geschäft betreten hatte verließ Anneliese das Lokal mit einem nigelnagelneuen Laptop und einem Haufen Literatur in einer mit dem Firmenlogo versehenen Tragetasche.

Ein Anfang ist gemacht

So rasch eine positive Entwicklung zu erleben hatte Horst nicht erwartet. Sicherlich, seine Initiative für die neuen Medien war erfolgreich. Allerdings hatte ihm auch der Zufall in die Hände gespielt: Die engagierte Schülerin Annelieses hatte ganz sicher im Endeffekt den Ausschlag gegeben.

Horst machte sich klar, dass das schon recht schön war, aber es war schließlich erst die halbe Miete. *„Der Beginn war zweifelsohne gut. Aber wie soll es weitergehen?'* Überlegte er. Es war nicht zu übersehen, dass weit und breit noch kein Kandidat nach seinen Vorstellungen in Sicht war.

Okay. Und was wäre, wenn ich diesen Kandidaten, zwar nicht gerade aussuchen, aber doch sozusagen ‚heranziehen' könnte? Horst sah geradezu das verschmitzte Lächeln seines Opas vor sich, der Gedanke gefiel ihm sicherlich.

Was er suchte war offensichtlich ein verwitweter Mann, genau in derselben Lage wie seine Anneliese. Demzufolge musste es eine Frau geben, welche in derselben Lage war wie er selbst! Und hieß das nicht, dass er zweckmäßigerweise also zuerst die Frau finden musste?

Schön langsam verstand Horst, worauf er sich da einlassen würde:

Erstens müsste sie dasselbe Ziel haben wie Horst. Nämlich raschest eine Frau für ihren verwitweten Mann finden wollen.

Zweitens sollte sie ähnliche Eigenschaften wie Anneliese haben. Denn nur wenn das zutraf würde dieser Mann auch an seiner verwitweten Frau Gefallen finden.

Drittens und nicht zuletzt musste er, Horst, sie in irgendeiner Weise an ihren Mann erinnern. Besser gesagt, sie musste an Horst ähnliche, wenn nicht dieselben Qualitäten erkennen, wie an ihrem Mann.

All diese Überlegungen waren schön und gut, aber sofort

fragte er sich, ob diese Anforderungen nicht etwas zu hoch gegriffen waren. Denn im Grunde suchte er eine Art Zwillingspärchen zu seiner eigenen Beziehung!

Beginn der Suche

Jetzt begann erst einmal die intensive Beschäftigung mit diesem neuen Hausbewohner. Es wurden Kurse belegt und auch besucht. Es wurden neue, zusätzliche Programme angeschafft und installiert. Also um bei der Wahrheit zu bleiben, sie ließ sich all diese schönen Anwendungen von ihrer ehemaligen Schülerin Sophie einrichten. Sophie war selbstverständlich nicht nur in die Firma ihres Vaters eingestiegen, sondern sie würde sie einstmals auch übernehmen.

Da gab es Photoprogramme, daran lag ihr am allermeisten, Schreib- und Rechenprogramme. Wozu die allesamt gut waren durchschaute sie nur sehr rudimentär. Dann, und das schien ihr besonders wichtig, war da auch noch ein Zugang zum Internet! Die ganze Welt lag plötzlich zu ihren Füßen! Keine auch noch so schwierige Frage würde in Zukunft unbeantwortet bleiben müssen!

Diese großartigen unverhofften Möglichkeiten faszinierten sie. Mit aller ihr zur Verfügung stehenden Kraft warf sie sich in diese Welt der Daten. Mit Feuereifer gab sie allen guten Bekannten ihre Email-Adresse. Mit einigen Organisationen, wie etwa einer Zeitungsredaktion, pflegte sie intensive und regelmäßige Kontakte.

Sie entdeckte Gewinnspiele à la Preisausschreiben und ähnliches und ihr Umgang mit dem neuen Hausbewohner wurde immer sicherer. Ihr wurde plötzlich die Zeit für Alltägliches zu knapp!

So zog ein Jahr nach dem anderen ins Land und Anneliese war es vorerst zufrieden. Diese Zufriedenheit wurde jedoch nach und nach von einer inneren Unruhe abgelöst, von welcher sie zu Beginn nicht wusste, wie sie dagegen angehen sollte.

Und dann entdeckte sie die Partnerbörsen. Sofort war ihr klar, dass ihr Problem des leeren Heimes hier die Lösung bringen konnte! Das nächste günstige Angebot einer dieser Börsen das ihr ins Haus flatterte nutzte sie für eine Anmeldung.

Aber mit der Anmeldung war es nicht getan. Zuvorderst musste sie einmal ein persönliches Profil erstellen. Das war gar nicht so einfach, wie es auf den ersten Blick erschien. Schließlich sollten es ja genau diese Männer interessant finden, welche sie sich in ihrer Phantasie als mögliche Partner erwünschte!

Nachdem das geschafft war, wartete sie voll Ungeduld auf die eintreffenden Angebote. Danach musste sie die – zu Beginn erst einmal eher dürftigen – Angebote durchsehen, gegebenenfalls beantworten und entscheiden, ob sie den Mann, den sie aus den eingehenden Angeboten ausgewählt hatte, auch tatsächlich persönlich treffen wollte.

Ihr wurde rasch klar, dass das keine ‚g'mahde Wies'n' (= einfache, klare und rasche Angelegenheit) werden würde! Sie stellte sich auf eine längere Zeit des Suchens und Abwägens ein. Auf diese Weise vergingen mehrere Wochen, in denen sie sich nicht dazu entscheiden konnte, auch tatsächlich jemanden zu treffen.

Irgendwie hatte sie bei allen den Eindruck, dass sie nur eine bequeme Hausgenossin suchten, welche sie möglichst uneigennützig verwöhnen sollte. Genau das war jedoch in keiner Weise das Ziel ihrer Wünsche. Ganz im Gegenteil, sie wollte jemanden, der ihr Leben in jeder Weise teilte, der in etwa selbstverständlich auch dieselben Interessen wie sie selbst hatte. Natürlich schadete es nicht, wenn er sie zudem auch noch verwöhnte.

Zeitweise verlor sie die Lust an der sehr langwierigen – und auch mitunter langweiligen! – Sucherei und sie überlegte auch schon diese Sache unerledigt und daher auch unbefriedigt zu den Akten zu legen. Oder wenigstens eine Zeit lang auszusetzen.

Letzten Endes machte sie aber doch immer wieder weiter. Zwar mit kürzeren oder manchmal auch längeren Unterbrechungen, aber doch immer wieder.

Sie weitete ihre Suche in weniger lohnend scheinende Gebiete aus. Bislang hatte sie sich lediglich in ihrer näheren Umgebung umgesehen, aber sie überlegte, dass in einem etwas erweiterten Umkreis durchaus auch noch interessante Menschen wohnen konnten. So genau wusste sie eigentlich nicht zu sagen, warum sie sich auf diese enge Umgebung kapriziert hatte.

Vor allem fiel ihr erst jetzt auf, dass Horst ja auch nicht aus dem schönen Oberösterreich stammte, sondern aus Niederösterreich! Was sollte sie also davon abhalten, sich auch in dieser Gegend umzusehen? Und wenn sie schon dabei war, warum dann nicht gleich auch in Wien, sowie nur der Vollständigkeit halber auch Salzburg!

Neue Energie erfasste sie. Plötzlich traten die Angebote in ungeahnter Häufigkeit zu Tage. Nicht, dass alle Angebote für sie auch tatsächlich von Interesse waren, aber es gab durchaus neue Anreize. Plötzlich erschienen ihr auch andere Berufe reizvoller. Unwillkürlich fragte sie sich, wieso sie es bisher verabsäumt hatte, auch auf Dinge zu achten, welche sie bisher fast ungesehen angelehnt hatte.

Nach etwa einem weiteren Monat schien sie fündig geworden zu sein. Wie aus heiterem Himmel beeindruckten sie urplötzlich zwei oder drei Männer, die zu treffen sie sich sehr gut vorstellen konnte. Da war allen voran ein gewisser Albert, der es geradezu auf sie abgesehen zu haben schien! Diesen musste sie sich unbedingt ansehen.

Ihre Aufregung, zum ersten Mal jemanden zu treffen, der laut seinem Profil einen durchwegs positiven Eindruck hinterließ, war dementsprechend. Dabei wohnte dieser Albert gar nicht so weit entfernt, nämlich im nahe gelegenen Amstetten. Da bot sich Steyr als erster Treffpunkt richtiggehend an. Also nichts wie ran an die Sache, frisch gewagt ist halb gewonnen und was soll schon passieren.

So schrieb sie eine kurze Mitteilung: „Sehr geehrter Herr Albert, mich hat die Angabe über ihre unerwartete Einsamkeit sehr beindruckt, sodass ich denke ein persönliches Gespräch könnte eventuell daran etwas ändern."

Schon am nächsten Tag bekam sie bereits die nicht so rasch erwartete Antwort: „Liebe Dame aus dem Nachbarland, ich würde mich sehr freuen, sie bald persönlich kennenlernen zu dürfen. Wäre ihnen Steyr als Treffpunkt genehm? Ich würde das Café Werndl vorschlagen und würde sie dort mit der Zeitung ‚Mein Bezirk' freudig erwarten!"

So rasch kann's gehen. Anneliese dachte, da auch er an Steyr gedacht hatte, dass übermorgen, Freitag, ein guter Tag wäre, und so schlug sie ihm diesen Termin, zusammen mit der Zeit von 15 Uhr vor, in die er auch einwilligte. Damit war also ihr allererstes persönliches Treffen arrangiert. Sie war zwar aufgeregt, selbstverständlich, aber sie freute sich auch darauf.

Das Treffen selbst war dann jedoch nicht so erfolgreich, wie Anneliese es sich vorgestellt hatte. Der gute Mann war beileibe nicht so gut, wie sie das aus seinem Profil herausgelesen hatte. Es war gar nicht sein Äußeres, es war vielmehr eine – schamhaft? – verschwiegene Eigenschaft: Er war gerade dabei sich von seiner Frau trennen. Eigentlich waren sie ja schon so gut wie geschieden, denn sie hatten bereits ihre Anwälte zu Rate gezogen.

Seine ‚unerwartete Einsamkeit' war daher derzeit noch mehr ein Wunschdenken, als eine Realität! Das war nun keinesfalls das, was sich Anneliese von ihrem ersten Treffen erwartet hatte. Aber immerhin war Albert sofort mit seinem Problem herausgerückt und hatte sie nicht im Unklaren gelassen!

Das war nun zwar kein grundsätzliches Hindernis, aber abgesehen davon, dass so eine Scheidung recht lange dauern konnte, zeigte es auch, dass ein Zusammenleben mit diesem Mann Probleme bringen konnte. Aber darauf war Anneliese nun wirklich nicht aus. Also zurück an den Anfang!

Der stille Beobachter

So wenig befriedigend der Beginn ihrer Suche auch war, es schien ihr, als ob irgendetwas, oder besser gesagt irgendwer, daran interessiert war, dass sie nicht aufgab. Sie fand es jedoch müßig sich darüber den Kopf zu zerbrechen. Wer und vor allem warum sollte jemand Interesse am Erfolg ihrer Suche haben?

Hier irrte sie jedoch. Und zwar gewaltig! Es gab durchaus jemanden der Interesse daran hatte. Und zwar nicht nur Interesse an sich, sondern Interesse am Erfolg! Dieser Jemand hatte, nachdem er ihr Leben in letzter Zeit beobachtete, festgestellt dass sie wohl nicht unzufrieden aber sicherlich auch nicht glücklich mit ihrem Leben war.

Dieser Jemand – selbstverständlich war es Horst, wer auch sonst? – hatte die Hoffnung, ihr das Glück der letzten Jahrzehnte weiterhin zu ermöglichen! Dies war natürlich auch der Grund, dass er sie nicht nur beobachtete, sondern vor allem, dass er sich sorgte, Anneliese könnte sich entweder verzetteln oder auf andere Art einem neuen Glück entgehen.

Horst fand die Idee mit der Partnerbörse eigentlich recht gut. Wie aber sollte er dabei behilflich sein, aus der ungeheuren Menge an verfügbaren und auch willigen Männern den Richtigen für sie herauszufinden? Die ihm zur Verfügung stehenden Möglichkeiten waren im Grunde genommen nicht sehr üppig. Dennoch fand er, dass er aktiv eingreifen müsste.

Da ihm vorerst nichts Besseres einfiel, wandte er sich zunächst an seinen Großvater. Wieder einmal.

„Opa, was kann ich tun? Wie soll ich den Richtigen für sie nicht nur finden, sondern ihn auch soweit in ihre Nähe bringen, dass sie eine gute Chance hat ihn zu treffen. Das Weitere würde sich, glaube ich wenigstens, schon fügen?"

„Na, da hast du dir aber eine nicht zu verachtende Aufgabe gestellt, Horst! Also ganz einfach. Na ja, ganz so einfach auch

wieder nicht. Jedenfalls benötigen wir vor allem Pärchen als Kandidaten. Diese sollten selbstverständlich in einer ebenso glücklichen Beziehung leben, wie du und Anneliese. Sie müssen das richtige Alter haben, in einer passablen Nähe zu Anneliese leben und natürlich auf vielerlei Weise zu euch passen."

„Das hab' ich mir alles auch schon überlegt, aber wieso sollte ihre Beziehung noch bestehen? Wie sollte das mit einer aufrechten Beziehung gehen?"

Horst sah keinen Sinn darin, noch lebende Paare zu beobachten.

„Nun, es müsste eben jemand sein, der schon sehr bald verwitwet sein wird. Der Vorteil dabei wäre, dass du die noch bestehende Beziehung direkt beurteilen kannst!"

Opa hatte alles gesagt und war schon wieder weg.

Und so machte sich Horst an die Arbeit. Zu Beginn durchforstete er nur die nähere Umgebung im Steyr- und Kremstal. Dann, nach und nach, weitete er seine Suche auch auf Linz, Enns, Wels und schließlich auf ganz Oberösterreich aus.

Aber das richtige Paar fand er nicht. Schließlich nahm er Salzburg, Niederösterreich und Wien dazu. Dieser Bereich war endlich groß genug, dass er immerhin fünf Paare identifizierte, welche alle seinen ungefähren Vorstellungen so weit entsprachen, dass es sich durchaus lohnen könnte sie genauer unter die Lupe zu nehmen.

Da war nun eines in Amstetten, eines in Baden, eines in Hallein und auch noch zwei Paare in Wien. Das Amstettener Paar verwarf er bald, da es nicht sicher war, ob es innerhalb der nächsten beiden Jahre getrennt werden würde und zwei Jahr maximal schwebte ihm schon vor. Das Paar aus Hallein wieder lebte in keiner so harmonischen Beziehung, wie Horst es für seine Zwecke erforderlich hielt.

Die restlichen drei Paare behielt er im Auge und fand genügend Übereinstimmungspunkte mit seiner eigenen Beziehung. Jedenfalls so wie er sie aus seiner eigenen Sichtweise heraus beurteilte. Ja, natürlich war seine Sichtweise stark subjektiv gefärbt, aber er meinte, dass sie dennoch genau genug war, um daraus keine fehlerhaften Urteile zu fällen.

Das Badener Paar und die beiden Wiener Paare waren hingegen seiner eigenen Beziehung derart ähnlich, dass er fast vermeinte sich selbst zu beobachten. Und bei allen dreien war deren unvermeidbare Trennung im nächsten Jahr zu erwarten.

Erste Enttäuschungen

Der nächste Kandidat war Heinrich. Sie hatten ein Treffen in seiner Heimatstadt Wels, vereinbart. Wie schon bei ihrem ersten Treffen, achtete sie darauf, nicht so rasch ihr Zuhause preiszugeben. Man weiß ja nie im Voraus, welche Typen man da wirklich treffen würde!

Trotzdem war sie voller Zuversicht. Denn wenn dieser Mann auch nicht der war, den sie sich erhoffte, so war er zumindest ein Maßstab für künftige Begegnungen. Zudem war es immer eine gute Erfahrung mit Fremden ins Gespräch zu kommen.

Leider wurde das Treffen zum Desaster. Nicht weil er in nur wenigen Punkten entsprochen hätte, sondern weil er schlicht und einfach zu spät kam. Nun wäre das Zuspätkommen an sich noch kein Beinbruch gewesen, was jedoch geradezu peinlich war, war seine Ausrede: Er hätte am falschen Bahnsteig gewartet! Dümmer ging es ja wohl nicht! Außerdem war er auch noch zu klein. Das heißt er war kaum größer als Anneliese und die war von ihrem verstorbenen Mann um gut ein bis einundeinhalb Köpfe überragt worden! Was ihr im Übrigen sehr gefallen hatte.

Sie ließ sich zwar noch auf einen Kaffee einladen, – ohne Kuchen oder Ähnlichem, wohlgemerkt! – welchen sie schlussendlich auch noch selbst bezahlen durfte. Na ja, man kann eben nicht alles haben! Das Gespräch, so man es denn so nennen wollte, verlief einsilbig und ohne Tiefgang. Nichtsdestoweniger war es eine wertvolle Erfahrung.

Im Nachhinein betrachtet hegte sie die Vermutung, dass er entweder die E-Mails nicht selbst verfasst hatte oder, schlimmer noch, als Strohmann vorgeschoben worden war. Wie auch immer, beim nächsten Treff würde sie gewappnet sein.

Sie fuhr nach Hause, buchte ihre Ausgaben als Verschwendung ab und wandte sich der Hausarbeit zu. Sie hatte das Saugen der Kellertreppe schon viel zu lange verschoben. Fürs Erste hatte sie von derartigen Treffen genug. Das nächste Treffen würde sie besser vorbereiten müssen.

Vor allem musste sie erst einmal mehrere Mails lang die Einstellung des Kandidaten abklopfen, bevor sie sich in ein neues Abenteuer stürzte. Außerdem musste sie vorher schon mit ihm ausgiebig telefoniert haben: Die Stimme war ein durchwegs unverkennbares Argument für eine Beziehung die länger als ein, zwei Monate halten sollte.

Danach kam sowieso eine Kreuzfahrt durchs östliche Mittelmeer, an der ihr Freund Erwin ebenfalls teilnahm. Bei irgendeiner Gelegenheit, sie wusste auch nicht warum gerade in diesem Augenblick, erzählte sie Erwin von ihren Versuchen jemanden über das Internet kennen zu lernen. Ihr war nicht klar wieso Erwin so reserviert auf diese Eröffnung reagierte, aber sie dachte nicht weiter darüber nach.

Trotzdem. Die Woche auf einem Kreuzfahrtschiff lenkte sie von ihrer enttäuschenden Erfahrung der ersten beiden Treffen soweit ab, dass sie sofort nach ihrer Heimkehr geradezu gierig ihre Mails überprüfte. Zuerst war da einmal nur der übliche Mist von unverstandenen Ehemännern, die wahrscheinlich lediglich aus ihrer Ehe einmal ausbrechen wollten, aber sich keineswegs neu binden wollten. Oder ‚in Trennung' lebende Männer, die ebenfalls nur ein schnelles Abenteuer suchten. Mist eben.

Aber dann war tatsächlich eines dabei, das sofort ihre Aufmerksamkeit fesselte. Da schrieb ein Mann, dass er zwar erst seit kurzem verwitwet war, dass er jedoch kein weiteres Jahr in Einsamkeit zuwarten könne. Er bräuchte dringend eine Frau, die seine Isolation – er schrieb tatsächlich Isolation! – beenden würde! Selbstverständlich war das nun niemand, mit dem Anneliese ihr künftiges Leben würde teilen wollen! Aber es zeigte ihr, dass es offenbar weitaus mehr Gründe für eine neue Partnerschaft gab, als sie gedacht hätte!

Was ihr beim Durchgehen ihrer gesamten Post seltsam erschien war, dass offensichtlich keiner der Männer an ihr als Mensch interessiert war. Sie gewann den Eindruck, dass es entweder nur um Haushaltshilfen oder um Mama-Ersatz ging! Nur dieses einzige Mail war darunter, das sich nach ihren Wünschen und Vorlieben erkundigte und dafür umgehend eigene gleich mitlieferte.

Diesen Mann zu treffen schien ihr sinnvoll zu sein. Egal wie weit er auch von ihren Vorstellungen entfernt war, es würde sich sicherlich lohnen mit ihm zu plaudern. Ein Termin für das Rendezvous war rasch gefunden. Der Treffpunkt lag ziemlich genau in der Mitte ihrer beider Wohnorte in Enns, – er war ebenfalls aus Amstetten wie ihr erster Kontakt, – was jedoch nur sie beurteilen konnte, da sie mit ihrer Adresse weiterhin haushielt. Zudem war Enns ihre Geburtsstadt, in welcher auch noch ihre Schwester Margot wohnte, was ihr gerade Recht war, da sie Ihrer Schwester schon von ihrer neuen Partnersuche berichtet hatte.

Diesmal freute sie sich richtiggehend auf die neue Erfahrung. Dieser Kandidat hatte sie sogar zu einem Konzert eingeladen, das sie beide am Tag ihres Treffens besuchen würden.

Konrad – so hieß ihr neuer Galan – war groß, sah gut aus und machte in jeder Hinsicht einen guten Eindruck. Er holte Anneliese galant vom Bahnhof ab und hatte sogar für ihre Aktivitäten einen Wagen gemietet.

„Ich hoffe du – ich darf dich doch duzen? ...“

„Ja, natürlich!“ Anneliese fühlte sich ein ganz klein wenig überrumpelt.

„... hast nichts dagegen, dass ich dich chauffiere? Aber mit den hier vorhandenen öffentlichen Verkehrsmitteln kenne ich mich leider nicht aus. Und ich wollte nicht weiß Gott wie lange herum laufen!“

Er hatte wahrlich eine sensationelle Galanterie drauf.

„Ich bin gebührend beeindruckt!“ Anneliese fühlte sich bauchgepinselt wie schon seit langem nicht.

Konrad war ein angenehmer Unterhalter. Er sprach über alle möglichen und unmöglichen Dinge, vornehmlich über seinen Beruf – er war Makler für eine Versicherung – und wie schwer es war neue Kunden zu gewinnen. Das hatte selbstverständlich starke Auswirkungen auf sein Gehalt und vor allem deshalb war er gezwungen auch in seinem Alter immer noch zu arbeiten.

Das Konzert – symphonische Kammermusik – war durchaus nach dem Geschmack von Anneliese. Daher verabredeten sie ein weiteres Treffen in zirka drei Wochen. Bei einem Abschiedsdrink geschah es dann: Als er zahlte fielen ihm aus der Brieftasche einige Visitenkarten. Anneliese, der sie vor die Füße gefallen waren, bemühte sich sie aufzuheben. Was sie dann jedoch sah, machte das bereits vereinbarte Treffen hinfällig: Jede Karte die sie zur Hand nahm hatte wohl den gleichen Namen, aber unterschiedliche Berufsbezeichnungen und unterschiedliche Adressen!

Warum der Hochstapler alle diese verschiedenen Visitenkarten mit sich führte, blieb ein Rätsel, das Anneliese gar nicht erst hinterfragen wollte. Der ganze schöne Tag: Ein Desaster erster Klasse!

Erster Erfolg

Horst betrieb also die Suche nach einem für seine geliebte Frau adäquaten Kandidaten mit Feuereifer und Akribie. Er beobachtete die drei von ihm in Erwägung gezogenen und in Kürze in seiner schönen neuen Welt zu erwartende Neuzugänge. Zu seinem Erstaunen stellte er fest, dass eines seiner Paare: Michael und Susanne, sich bereits mit ihrem bevorstehenden Schicksal abgefunden hatten und sich physisch auf den Wechsel ins nächste Leben vorbereitet hatten.

Im Gegensatz zu den beiden anderen erwarteten Neuankömmlingen war Susanne ruhig und still. Sie war eher erwartungsvoll als aufgeregt und machte sich kaum Gedanken darüber. Sie und ihr geliebter Mann, Michael, hatten lange und ausführliche Gespräche über dieses Thema geführt. Michael war, ebenso wie sie selbst, felsenfest von einem Fortleben in der nächsten Welt überzeugt. Er hatte jedoch, anders als Susanne, ganz bestimmte Vorstellungen von dieser zu erwartenden neuen Welt.

Michael war alles in allem das Beste, das zu finden Horst gehofft hatte. Er ließ die weitere Suche sein und beschäftigte sich nur noch mit dem von ihm ausgesuchten künftigen Nachfolger, beziehungsweise mit dessen Frau, Susanne. Selbstverständlich wussten weder Michael noch Susanne von dem Plan, der über sie beide geschmiedet wurde. Ganz im Gegenteil, er war sich mit seiner Frau, Susanne, einig geworden, dass es nach ihrem Hinscheiden keine weitere Partnerschaft mehr geben würde.

Er wusste natürlich auch nicht, wie knapp er vor dem unvermeidlichen Abschied stand. Michael hatte, in Absprache mit seiner erkrankten Frau, den gesamten Haushalt übernommen. Er tat dies jedoch nicht, weil seine Susanne dazu nicht mehr in der Lage gewesen wäre, sondern ausschließlich aus dem einfachen Grund um seiner Frau die Gewissheit zu geben, dass sie sich keinerlei Sorgen um Michaels weiteres Leben machen musste.

Susanne andererseits war immer noch in der Lage all ihren Bekannten und Freunden die agile, unternehmungslustige Frau vorzuspiegeln, die sie auch bisher schon immer war. Außer ihrer besten Freundin Conny wusste praktisch niemand von ihrem bevorstehenden Ende. Sie wollte sich und vor allem auch Michael die, aus ihrer Sicht überflüssigen, Mitleidsbekundungen sparen. Mit Erfolg, wie sie beide wussten.

Michael erledigte jedoch nicht nur, wie sie vereinbart hatten, sämtliche Hausarbeit, er besprach mit Susanne auch alle Dinge, welche nach ihrem leider unvermeidbaren Ende anfielen. Und sie sprachen auch über all jene Dinge, die eigentlich ins unermessliche Feld der Spekulationen gehörten, an die sie beide jedoch felsenfest glaubten: Dass der Tod nur der Übergang in ein anderes Leben darstellte, das vom Hier aus eben nicht erkennbar war.

So erwarteten beide dieses Ende im Wissen, dass es eben nicht das Ende war, ohne große Emotionen. In ihrem Fall bedurfte es keiner großen Trauer. Sicherlich, sie hätten beide lieber gemeinsam und vor allem zusammen weitergelebt, aber so wie es kam war es eben.

Als die letzten Tage anbrachen – die zuletzt erfolgte Untersuchung hatte die Unausweichlichkeit und das Herannahen des Ereignisses bestätigt – nahmen sie ohne große Gesten voneinander Abschied. Susanne hatte noch einen allerletzten großen Augenblick, als es ihrer ältesten und besten Freundin Conny gelang, sie noch einmal für wenige Augenblicke aus dem Koma zurückzuholen und ihnen, Susanne und Conny, einen unerwarteten Augenblick eines tröstlichen Abschieds ermöglichte.

Einige Stunden später entschlief Susanne dann, mit sich und der Welt im Frieden. Michael wurde noch spät nachts verständigt und erhielt so auch noch einmal eine Chance für das allerletzte Wiedersehen in dieser Welt.

Für Horst hätte es gar nicht günstiger laufen können. Genau genommen war er weitaus aufgeregter als seine beiden Wunschkandidaten. Er besprach sich nochmals mit seinem Opa, wie er den Kontakt am besten herstellen sollte. Aber Großvater winkte nur ab und meinte:

„Du wirst schon sehen, das ergibt sich alles ganz von selbst! Bleib lediglich in ihrer Nähe. Susanne wird nach ihrer Ankunft, genau wie du, erst einmal ein wenig verwirrt und hilflos sein, aber so wie es aussieht, wird sie sich sehr rasch wieder fangen und hier zurechtfinden!"

Michael

Als Michael um halb Eins in der Nacht vom Krankenhaus angerufen wurde, war er dermaßen verschlafen, dass er nur „Ja, danke!" sagte, sich umdrehte und weiterschlief. Allerdings nur ein paar Sekunden, bis ihm zu Bewusstsein kam, was dieser Anruf von eben zu bedeuten hatte. Rasch stand er auf, schlüpfte schnell in Hemd und Hose, nahm sich keine Zeit für die Socken, stieg in seine Schlüpfer und ging mit weitausholenden Schritten gedankenverloren in Richtung des nur drei Straßen entfernten Spitals.

Der Nachtportier, der offensichtlich vom diensthabenden Arzt bereits verständigt worden war, nickte ihm nur kurz zu und widmete sich weiterhin seiner, Michael unbekannten, Tätigkeit. Bei Susannes Krankenzimmer angekommen verhielt er kurz.

Er sah die nur angelehnte Krankenzimmertüre – offensichtlich war eine der Krankenschwestern im Zimmer – und ging, nachdem er kurz geklopft hatte, einfach hinein. Drinnen waren zwei Schwestern, eine geistliche und eine diplomierte, damit beschäftigt der Verstorbenen den letzten Dienst zu erweisen. Das heißt, sie hatten sie gewaschen, ihr ein frisches Nachthemd übergezogen und noch weitere, Michael unbekannte, Tätigkeiten verrichtet.

Michael wusste nicht recht, wie er sich eigentlich verhalten sollte. Er grüßte zuerst die beiden Schwestern, fragte ob sie irgendetwas von ihm benötigten, was sie verneinten, und wandte sich dann seiner Frau zu. Kurz betrachtete er sie, sich bewusst, dass dies wohl das unabänderlich letzte Mal sein würde, da er sie von Angesicht zu Angesicht sah.

Er beugte sich über sie, küsste sie zaghaft auf die Stirn – entgegen seiner Vermutung war diese zwar kühl, aber nicht kalt – und verabschiedete sich in Gedanken ein allerletztes Mal mit ihrem Kosenamen. Er blieb noch einige Sekunden stehen und verließ dann wortlos das Zimmer.

An der Rezeption läutete er nach dem Arzt und wartete sodann ohne Ungeduld bis dieser kam, ihm sein Beileid aussprach, ihm den Totenschein übergab und wieder weiter seinen Dienstobliegenheiten nachging. Zuhause angekommen überlegte er, ob er nochmals ins Bett steigen sollte. Ließ es jedoch bleiben und machte sich für den Tag fertig. Das nächste woran er denken musste war, dass in drei Monaten Weihnachten war ...

* ~ * ~ *

Michael hatte vorerst keine Zeit sich mit anderen Dingen als mit der Bestattung und allen damit in Zusammenhang stehenden Tätigkeiten zu beschäftigen. Er nahm auch, außer für Begleitdienste, keine sonstige angebotene Hilfe in Anspruch. Eigentlich lebte er so weiter, wie bisher. Alle Freunde und Bekannten, die um seine Einstellung zum Tod wussten, hatten auch keinen Grund sich um ihn besonders zu kümmern, oder ihm gar, eine gewiss ungebetene Hilfe aufzudrängen.

So zogen etliche Monate ins Land, während derer sich Michael in seinem neuen Leben einrichtete. Er kümmerte sich mehr als bisher um die beiden Katzen, kochte, sah fern, wusch Wäsche, erledigte die anstehenden Hausarbeiten, Einkäufe und fällige Zahlungen. Er nahm an Familienfesten teil, unternahm ausgedehnte Spaziergänge und tat, was immer ein allein stehender älterer Herr so zu tun pflegte.

Weitere Monate zogen ins Land. Er besuchte Theater, Varietes, Kinos, alleine oder mit Freunden, machte eine Rundreise durch die Lande um allen Verwandten und Bekannten, welche nicht in der Stadt wohnten, persönlich vom Ableben seiner Frau zu berichten.

Diese Reise führte ihn quer durch Deutschland, sogar nach Holland und anschließend auch noch nach Kärnten. Einen Teil der Reise, vor allem jene durch die deutschen Lande, begleitete ihn eine alte Freundin, Doris, die ebenfalls seit geraumer Zeit verwitwet war.

Dann war das erste Jahr der erzwungenen Trennung vorbei und er sah einem weiteren Weihnachtsfest in Einsamkeit entgegen, als ihn ein neuer Schicksalsschlag traf: Seine Katze Ziana wurde so krank, dass er gezwungen war, sie einschläfern zu lassen. Mit dieser Katze hatte ihn eine ganz besonders intensive Beziehung verbunden und obwohl er für die Katze dasselbe Leben im Jenseits postulierte wie für Menschen, traf ihn der nicht vorhergesehene Tod zutiefst.

Und in zwei Wochen war schon wieder Weihnachten. Als Folge davon beschloss er, seinen beiden liebsten Weggefährten ein Buch zu widmen: Eine Reminiszenz. Das Schreiben dieses Buches lenkte ihn ein gutes halbes Jahr ab. Dann erlag er der Einsamkeit.

Nicht dass er die Lebenslust oder die Freude am Dasein verlor, nein. Es ging darum niemanden zu haben mit dem man die Freuden des Tages und die Erlebnisse teilen konnte! Was nützte die schönste Blüte eines seiner Hibiskussträucher, wenn er sie niemanden zeigen konnte, nachdem sie frisch erblüht war? Was nützte der schönste Sonntagmorgen, wenn er alleine beim Frühstück saß?

Was auch immer er und Susanne über ein allein zu bestreitendes Leben befunden hatten, die Realität sah ganz einfach anders aus! An seiner Seite fehlte einfach jemand! Aber woher nehmen und nicht stehlen? Es gab de facto keine vernünftige Möglichkeit einen neuen Partner zu finden. Ganz egal, welche Möglichkeit er auch in Betracht zog, sie schienen ihm in keiner Weise zielführend.

Mehr spaßeshalber denn ernsthaft dachte er bei sich selbst, die einzige wirklich gangbare Möglichkeit bestand darin, eine in der gleichen Weise betroffene Seele am Friedhof anzusprechen! Allerdings war ihm diese scheinbar nahe liegende Möglichkeit ebenso verwehrt, wie alle anderen, denn seine Frau war inzwischen zu einem wunderschönen blauen Diamanten geworden!

Jedoch gab es da eine Fernsehsendung über einsame Herzen, welche er zusammen mit seiner Frau immer mit großer Erheiterung verfolgt hatte. Und da eine neue Staffel dieser Serie gerade wieder ausgestrahlt wurde, sah er sie sich ebenfalls an. Welcher Zufall hierbei die Hand im Spiel hatte, wusste er nicht zu sagen, denn wenn alle bisher gezeigten Personen, egal ob weiblich oder männlich, nie dazu angetan schienen, sein oder Susannes persönliches Interesse zu wecken, diesmal war es anders.

Da war diese eine Frau, vielleicht zehn, zwölf Jahre jünger als er, die sich von allen übrigen Kandidatinnen so wohltuend unterschied, dass er geradezu sprachlos war! So jemanden konnte er sich sehr gut an seiner Seite vorstellen! Aber er konnte doch nicht ganz einfach schreiben. Nur so. Nein, das ging nicht!

Drei Tage lang redete er sich das ein. Dann griff er zum Briefpapier. Der Brief war, wie soll man sagen, konfus. Noch nie war er gezwungen gewesen, einen Brief in dieser Hinsicht zu verfassen. Nicht, dass er im Schreiben, in der Formulierung und der Textgestaltung nicht geübt gewesen wäre, er hatte bei vielen Gelegenheiten Weihnachts- oder Geburtstagsbriefe mit meist mehr oder weniger spaßigem Inhalt verfasst, aber der Brief an diese Unbekannte war ganz simpel eine Katastrophe.

Noch am selben Tag setzte er sich hin und verfasste einen weiteren, jetzt nicht mehr derart konfusen, Brief an diese unbekannte Frau. Erstaunlicherweise erhielt er schon nach drei Tagen eine Antwort. Und zwei Wochen später saß er im Zug und fuhr in eine fremde Stadt – Klagenfurt, gut so fremd war sie ihm gar nicht, er hatte dort sogar nahe Verwandte – um dort eine noch fremdere Frau zu treffen, was er im Prinzip ursprünglich eigentlich nie gewollt hatte!

Aber so nett und freundlich Franziska auch war, es sollte nicht sein. Erstens war sie mehr als vierzehn Jahre jünger, stand noch voll im Arbeitsleben und kam alleine deshalb schon nicht infrage, und zweitens war die Entfernung für eine echte Beziehung doch zu groß. Also hakte er das Abenteuer unter ‚vergebene Liebesmüh' ab und ging zur Tagesordnung über.

Dennoch blieb diese Franziska der Angelpunkt seines neuen Lebens, in der Hinsicht, dass er sich weiterhin mit dem Gedanken anfreundete, doch nach einer neuen Beziehung zu suchen.

Der Gedanke an eine neue Beziehung manifestierte sich von Tag zu Tag mehr und mehr, bis er sich ernsthaft überlegen musste, in welcher Weise er dieser Angelegenheit Raum geben sollte. Entgegen allen sonst ihm zur Verfügung stehenden Methoden, wollte er es, gegen seine Gewohnheit keine elektronischen Verknüpfungen mit anderen Menschen zu pflegen, übers Internet versuchen.

Dass er sich dagegen bisher so sehr gewehrt hatte lag nicht allein an seinen Erfahrungen aus seiner Berufszeit, schließlich war er bereits jenseits der siebzig und seine Erfahrungen mit den neuen Medien war trotz allem für ihn keine Selbstverständlichkeit.

Zwar besaß er eine E-Mail-Adresse, aber keiner seiner Verwandten und Bekannten kannte diese. Daher dachte er, dass dieser Weg vielleicht doch der richtige in dieser Situation war. Damit galt es, die entsprechenden neuen Kontakte zu finden.

Susanne

Michael ging es gut. Das war beruhigend. Wie es ihr ging, war ihr nicht ganz klar. Irgendwie schien sich alles verschoben zu haben. Wieso stand sie da an jemandes Krankenbett? Das musste wohl ein Traum sein. Eben war noch Conny bei ihr gewesen. Ach die liebe Conny! Immer besorgt und hilfsbereit, selbst wo keine Hilfe mehr von Nutzen war!

Die Medikamente wirkten schon sehr nachhaltig. Sie wusste, dass sie eigentlich gar nicht hätte erwachen dürfen. Primar Doktor Morskin hatte ihr gesagt, dass sie ganz ruhig und komplikationslos hinübergleiten würde. Wie würde das Hinübergleiten eigentlich sein?

Oh je! Das bin ja ich! WAR wohl ich, sollte ich besser sagen! Was tun jetzt diese beiden Schwestern? Sie wuschen mich, – das sehe ich daran, dass ich gerade noch nackt war – ziehen mir ein neues Nachthemd an und ... schminken mich! Sehr interessant, das wollte ich schon immer einmal wissen!

Ob Michael schon weiß, dass ... Ja, natürlich! Er steht ja fast schon vor der Türe! Wie ich – hören? fühlen? – erkennen kann, ist er ganz ruhig. Er hat sich in völliger Entspannung angekleidet, ist mit seiner üblichen Art zu gehen hierhergekommen und kommt gerade eben herein. Er betrachtet mich kurz, prägt sich mein Gesicht ein allerletztes Mal ein, küsst mich sehr zärtlich auf die Stirn und verlässt dann das Krankenzimmer, um sich beim Stationsarzt den Totenschein zu besorgen. Die Schwestern und der Arzt haben selbstverständlich nicht darauf geachtet, aber ich sah es in seinen Augen verdächtig glitzern. Er hat ja doch so nah am Wasser gebaut!

Ich aber muss weiter. Die längste Zeit wurde ich schon von einem sehr eigentümlichen Sog hier weggezogen. Dass ich die ganze Szenerie so lange beobachten konnte – durfte? – war sicherlich nur ein Zugeständnis an eine frisch ins neue Leben eintretende Person.

Ich konnte nicht recht erkennen, wohin es mich zog, aber nach einiger Zeit klärte sich meine Umgebung wieder, die Verschwommenheit wich einer unglaublichen Klarheit. Ich sah Farben, von denen ich gar nicht gewusst hatte, dass es sie überhaupt gibt! Es war, als könne ich hunderte Rot- und Blautöne mühelos unterscheiden und dabei waren sie auch noch in ein über und über strahlendes Licht getaucht, so als würde eine Glasmalerei von der Rückseite angestrahlt!

Die Farben verdichteten sich nach und nach in eine wunderschöne aber nichtsdestotrotz opulente Landschaft á la Waldmüller. Nach einiger Zeit der Betrachtung erkannte ich sie schließlich als Ansicht des Biotops aus meiner Heimat. Obwohl ich viele Male dort gewandert war, hatte ich es nie so klar gesehen. Aber wahrscheinlich hatte ich es auch nie so bewusst betrachtet, es war schließlich alltäglich.

Meine Mutter kam mir entgegen. Das heißt, eigentlich war es zuerst nur eine Frau. Erst als sie nahe genug war, erkannte ich sie anhand meiner Erinnerung an eines ihrer spärlichen Jugendfotos. Ein wenig spröde, so wie es eben ihre Art war, kam sie auf mich zu und begrüßte mich.

„Na, auch geschafft?"

„Ja, endlich. Hat eh lang genug gedauert!" In ihrer Verwunderung fiel Susanne nichts Besseres ein.

„Na so schlimm war's auch wieder nicht! Möchtest du mich ein Stück begleiten?"

„Gern. Ich hab sowieso nichts anderes vor." Ha! Sehr witzig! *„Wie geht's dir eigentlich? Du siehst jedenfalls sehr gut aus."* Die ungezwungene leichte Konversation schien ihr am besten geeignet die eigene Verwirrtheit zu überwinden.

„Ich fühl' mich auch wie zwanzig. Noch bevor ich deinen Vater kennen gelernt hatte."

Jetzt erst fiel Susanne auf, dass die Augen ihrer Mutter sie gerade und unverdreht anblickten. Deren Schrägstellung war durch ihr Ableben offenbar genauso behoben, wie jede andere Missbildung!

„Wie läuft das hier denn so? Hast du irgendwelche Aufgaben oder vertreibst du dir die Zeit gerade so wie du es möchtest?"

„Prinzipiell schon. Aber es drängt einen immer in eine bestimmte, – ich weiß nicht wie ich es nennen soll, vielleicht Richtung? – etwas ganz dringendes zu erledigen. Es ist kein Zwang, aber man weiß, dass das jetzt im Augenblick die Aufgabe ist, die man zu erledigen hat."

So lange Sätze war Susanne von ihrer Mutter nicht gewohnt. Es hatte sich offensichtlich noch viel mehr an ihr verändert, als nur Äußerlichkeiten.

„Und was ist wenn man sie nicht erledigt?"

„Dann wird der Drang immer stärker, bis man sich ihm nicht mehr widersetzen kann! Aus diesem Grund bin ich jetzt auch hier bei dir."

„Aber ansonsten kannst du tun und lassen was du willst?"

„Im Großen und Ganzen schon. Ich bin jedoch nicht nur hier um dich zu sehen, sondern auch um dir beim Übertritt in dein neues Leben behilflich zu sein."

„Na, der Anfang war ja schon recht gut. Oder?"

Susanne fühlte sich nach und nach immer sicherer. Im Grunde genommen war diese Welt in gar keiner Weise so, wie sie es sich gedacht hatte. Nicht besser oder schlechter, aber eben nur … anders!

Dennoch war sie vorerst zufrieden mit ihrer Situation. Nur wollte sie sich zuvor ein richtiges Bild von ihrer neuen Umgebung machen, um nicht in unangenehme Situationen zu geraten. Als im Sternbild der Jungfrau geborene war sie immer an ordentliche, um nicht zu sagen ‚aufgeräumte‘ Verhältnisse gewöhnt und die wollte sie selbstverständlich auch hier nicht missen!

Nochmals fragte sie ihre Mutter, diesmal jedoch schon in der neuen Art von Kommunikation:

„Ich habe festgestellt, dass es genügt nur an etwas zu denken und schon scheint es in der gewünschten Art erledigt zu sein. Kann man damit alles beeinflussen?"

Ihre Mutter lächelte ihr bewundernd zu. „Ich habe eine geraume Zeit benötigt um das herauszufinden, du hingegen *nimmst das sofort als ganz selbstverständlich hin. Nun, ja. Irgendwie schon, dennoch gibt es bestimmte Dinge, für welche man Hilfe benötigt."* Sie dachte kurz nach und schließlich sagte sie: *„Wenn du mit einem Problem konfrontiert bist, zum Beispiel weil jemand dich um Hilfe gebeten hat, dann genügt es nicht, sich die Antwort zu wünschen, dann musst du schon deinen Grips bemühen!"*

Susanne ließ die Antwort einsickern, dann aber fragte sie doch nach: „Welcher Art sind die Probleme mit denen ich konfrontiert werde, oder die jemand anderer an mich heranträgt?"

„Jetzt wird es schwierig" erwidert ihre Mutter, „meistens geht es um zwischenmenschliche Probleme, aber auch nur um Lernen ganz allgemein." Erklärte sie noch und entfernte sich.

Susanne dachte, dass ihre Mutter offensichtlich anderswo benötigt wurde und sich daher an diesen Ort begeben musste. Das war sicherlich in Ordnung und Susanne erkundete weiterhin ihre nähere Umgebung.

Ein Treffen der anderen Art

Horst, der das Treffen Susannes mit ihrer Mutter aus sicherer Distanz beobachtet hatte, näherte sich nun den beiden. Eigentlich nur noch Susanne, da ihre Mutter sie bereits verließ.

„Ich wünsche dir eine angenehme Zeit der Erneuerung!"

Susanne, die noch nicht mit den diesseitigen Usancen vertraut war, wandte sich dem Fremden zu.

„Ihnen eine ebenso schöne Zeit!"

Sie wusste nicht, ob das okay war, aber sie dachte eine freundliche Erwiderung würde bestimmt nicht ganz falsch sein. Ihre Mutter, die das eben noch gehört hatte, kehrte nochmals um und sagte:

„Meine liebe Susanne," wandte sich ihre Mutter ihr wieder zu, *„hier ist jedes Sie völlig fehl am Platz! Ist dir nicht aufgefallen, dass dieser nette Herr, er heißt im übrigen Horst, uns ebenfalls geduzt hat?"*

„Doch, aber ich dachte, dass ihr euch eben bereits kennt!"

„Es wird dir vermutlich entgangen sein, dass du bereits mit praktisch jedem in deiner näheren Umgebung bekannt bist. Das ist völlig in Ordnung, da du noch keine Gelegenheit hattest dich hier umzusehen!"

Ihre Mutter wirkte gar nicht mehr so spröde, wie Susanne sie in Erinnerung hatte.

Leicht verunsichert sah sich Susanne um. Tatsächlich, da waren sehr, sehr viele Leute in ihrer Umgebung. Jedes Mal, wenn sie sich eine dieser Personen näher ansah, sah sie vor allem, dass diese sich in einer eigenen und gänzlich anderen Umgebung als sie selbst befand. Aber nicht nur das. Jede einzelne dieser Personen war ihr nicht nur mit Namen bekannt. Sie wusste auch woher er stammte und über wie viele Ecken sie bereits früher mit ihr bekannt gewesen war. Viele davon auch aus einer ganz anderen Gegend und einer ganz anderen Zeit. Wobei die zeitliche

Distanz das eigenartigste all dieser neuen Eindrücke war!

„Erstaunlich!"

„Du wirst dich rasch daran gewöhnen!" antwortete ihr jetzt dieser neue Bekannte, Horst war sein Name, mit einem umwerfenden Lächeln.

„Woher kommt all dieses Wissen?" Susanne war nicht klar, woher diese ganzen Erkenntnisse plötzlich kamen.

„Du hattest das meiste davon schon seit jeher. Es war dir lediglich nicht bewusst. Außerdem ist etwas in oder an ihrer Aura welches dir immer wenn es erforderlich ist alles notwendige Wissen vermittelt!"

Horst sprach fast wie ein Lehrer zu ihr. Gleichzeitig wusste sie jedoch, dass dem nicht so war, sondern dass er nur zum Ausdruck brachte, was sie sowieso, wenn auch vorerst nur undeutlich, wahrnahm.

„Ich verstehe. Oder genauer gesagt: Ich verstehe es nicht, bin jedoch bereit es vorerst einmal kommentarlos zu akzeptieren."

Sie wollte nur nicht ganz dumm dastehen. Obwohl sie gleichzeitig erkannte, wie sinnlos diese Einstellung war, da jeder der sie ansah sofort erkannte, dass es lediglich die Unsicherheit eines Kindes war, das seine Umwelt noch mit Neugier und Interesse erkundete.

„Also gut. Ich sehe ein, dass das nur eine hilfreiche Information war, um meine Verwirrung zu überbrücken."

In dieser Welt gab es nicht einmal Raum für kleine Notlügen. Wahrscheinlich hätte es genügt zu nicken. Na ja, aller Anfang ist mit Fehlern gepflastert.

„Wie hieß es bei uns so schön?" Horst lächelte ihr weiterhin freundlich zu. „Selbsterkenntnis ist der erste Weg zur Besserung! Daran hat sich auch in unserer neuen Welt nichts geändert!"

„Mama, ich glaube wir sollten unsere Unterhaltung auf etwas später verschieben, denn Horst möchte dringend mit mir ein Problem besprechen, das ihm sehr am Herzen liegt!"

Ihre Mutter nickte wissend und entschwand.

„Völlig korrekt! Der Grund meines ungestümen Auftrittes ist

wirklich von immenser Bedeutung für mich."

Horst war sichtlich froh, dass sie jetzt schön langsam zum Kern der Sache kamen.

„Sie möchten für ihre noch im alten Leben verhaftete liebe Frau einen neuen Partner finden und denken, dass mein, ebenfalls noch an seinen Körper gebundene Mann der Richtige für sie wäre?"

Susanne fühlte sich ein wenig überfahren. *„Er ist doch noch gar nicht richtig mit seiner Situation zurande gekommen!"*

„Oh doch, das ist er. Und nicht nur das, er kam auch schon von selbst auf die Idee, dass eine neue Partnerschaft für ihn ganz unumgänglich sei!"

Horst konnte endlich mit jener Frau diskutieren, die ihm auf der einen Seite sozusagen im Weg stand und die auf der anderen Seite als Einzige ihn bei seinem Vorhaben unterstützen konnte.

„Wie stellen sie – wie stellst du dir diese Unterstützung vor?" Susanne konnte im Augenblick nicht erkennen, welche Rolle ihr bei dieser Sache zukam.

„Wie du leicht sehen kannst, hat sich dein Gatte schon ganz schön an sein neues Leben gewöhnt. Oder, besser gesagt, er hat bereits begriffen, dass alles was er über das Alleinsein zu wissen glaubte, in absolut keiner Weise den Tatsachen entspricht."

„Gut. Aber trotzdem kann ich nicht erkennen, was ich dazutun kann!"

Susanne war noch immer ein wenig erstaunt darüber, dass Michael in so kurzer Zeit – War die Zeit eigentlich soo kurz? Nur weil sie dachte, dass sie gerade einmal eine halbe Stunde hier war, musste das für Michael noch lange nicht genauso aussehen! – sich bereits um eine Nachfolgerin für sie bemühte.

„Schau, ich habe meine Frau bisher immerhin dazu gebracht, dass sie sich an eine Internet-Partnerbörse wandte. Das war nicht ganz einfach, aber schlussendlich hat es geklappt."

Horst versuchte Susanne nicht zu sehr mit seinen eigenen Problemen zu verwirren.

„Im Prinzip geht es nun darum, auch Michael dafür zu begeistern. Falls dieser Schritt gelingt, dann haben wir bereits

die wichtigste Voraussetzung geschafft."

„Wie ich sehe, hat sich Michael ja schon überwunden und den ersten Kontakt selbst hergestellt!"

Susanne besah sich das Ergebnis der etwas unbefriedigenden Begegnung mit Franziska.

„Es sollte doch wahrlich nur ein kleiner Schritt zu dieser Börse sein!"

„Ganz genau. Bist du also bereit mit mir zusammen zu arbeiten?"

„Ich glaube, dass das eine hervorragende Idee ist!"

Susanne, die zuvor selbstverständlich auch einen kurzen Blick in Annelieses Vorleben geworfen hatte, erkannte, dass diese Frau tatsächlich die optimale Partnerin für ihren Michael darstellte. Allein die Einstellung Horsts erinnerte sie sofort an die ihres Mannes.

Eine neue Art der Suche

Michael dachte über seine Möglichkeiten nach. Von seinem geglückten aber nicht befriedigenden Anbandelungsversuch hatte er selbstverständlich auch mit Paul gesprochen. Paul hatte die Idee an sich, nämlich sich nach einer neuen Partnerin umzusehen, sehr gut gefunden. Er fand überhaupt, dass Michael alleine nur ‚ein halber Mensch' war.

„Paul, was würdest du an meiner Stelle tun?" fragte er Paul.

Paul, der gut dreißig Jahre jünger als Michael war, sah Michael nur von der Seite her an. „Das ist jetzt nicht dein Ernst? Oder?"

Paul, der nicht nur jünger, sondern vor allem ‚vom anderen Ufer' war, war vielleicht doch nicht der richtige Ratgeber. Trotzdem. Michael musste sich unbedingt mit jemandem beraten. Und wenn nicht mit Paul, mit wem dann? Seine ganze Verwandtschaft kam nicht infrage. Selbst seine Tochter, Lydia, wollte er schon gar nicht damit befassen.

„Also ich finde, dass du noch etwas zuwarten solltest! Ich glaube, ich könnte vorläufig niemand anderes als Susanne an deiner Seite ertragen!"

Paul hatte Susanne, trotz oder gerade wegen seiner Veranlagung, tief ins Herz geschlossen. Er war soundso schon tief gekränkt gewesen, dass er von ihr nicht ins Vertrauen gezogen worden war.

„Du tust ja gerade so, als würde die ‚Neue' schon vor der Türe stehen! Ich möchte doch lediglich von dir wissen, ob du diese Form der Anbahnung überhaupt für sinnvoll hältst?"

Michael war über Pauls Reaktion geradezu entsetzt.

„Ich kenn dich doch! Du zauderst nie! Falls du dir etwas in den Kopf setzt ist es praktisch schon so gut wie erledigt!"

Paul hatte das Gefühl sich sehr emotional verteidigen zu müssen.

Michael versuchte Paul zu beruhigen, aber irgendwie war das zurzeit offenbar nicht möglich. Also ließ er das Thema fallen und verlegte sich auf andere Themen.

Seit der Trennung von seiner ersten Frau, dessen Tochter Lydia war, war er mit derartigen Dingen seiner Tochter gegenüber sehr vorsichtig. Sicher, irgendwann würde er es ihr erzählen, ja erzählen müssen, würde dieses zukünftige Familienmitglied doch so etwas wie die Oma von seiner Enkelin Daniela sein!

Aber da musste er schon sehr viel weiter sein, als im Augenblick. Selbst nach der Scheidung Lydias, und auch wenn er jetzt dank seiner dreijährigen Enkelin wieder ein viel besseres Verhältnis sowohl zu seiner Tochter, als auch zu seiner Ex hatte.

Wie so oft im Leben verhalf auch in diesem Fall der Zufall zu einer entsprechenden wie auch unerwarteten Chance. Da flatterte ihm in Form eines Werbefolders ein Angebot ins Haus, demzufolge ihm bei einer sehr bekannten Partnerbörse fünfzig Prozent Ermäßigung gewährt würden, falls er innerhalb der nächsten zwei Wochen einen Vertrag abschloss.

Nun hatte er schon des Öfteren in der Fernsehreklame von der Agentur ‚Parship' gehört, welche sich dadurch hervortat, dass sie ausschließlich mit Personen des gehobenen Levels arbeitete. Michael fühlte sich dadurch eben angesprochen und fand, dass dies die richtige Methode sein könnte.

Michael überlegte nicht lange. Seiner Überzeugung nach würde er nach höchstens einem Jahr nicht mehr genug Interesse aufbringen um weiter zu suchen. Falls er also bis dahin nicht fündig wurde, würde er in jedem Fall entweder ganz aufhören oder doch zumindest eine längere Pause einlegen. Also schloss er einen Vertag für ein Jahr Laufzeit ab.

Aber so gut er auch versuchte alles zu bedenken, er hatte nicht damit gerechnet, mit einer derartigen Flut konfrontiert zu werden. Nachdem er sich angemeldet und sein Profil angelegt hatte, lehnte er sich erst einmal geruhsam zurück und wollte bis morgen mit dem Beginn seiner Suche warten.

Das erste Mail das zurückkam war ein von der Partnerbörse

erstellter beinahe technischer Bericht über sein Profil. Da wurden Zusammenhänge und Abhängigkeiten hergestellt, welche er nicht für möglich gehalten hatte. Dass er sehr neugierig und immer an neuen Erfahrungen interessiert war, war dem erstellten Persönlichkeitstest nicht entgangen. Ebenso sein Verlangen nach Ehrlichkeit und seine Toleranzfähigkeit.

Da er sich in dieser kurzen Persönlichkeitsbeschreibung durchwegs wiedererkannte, siegte schließlich – wie nicht anders zu erwarten – seine Neugier und er sah auf seiner Seite nach, auf welcher die präsumtiven Interessentinnen, beziehungsweise die von der Börse angebotenen Vorschläge aufgelistet waren. Was er dort zu sehen bekam, erschien ihm im ersten Augenblick schlicht als Fehler: Weit über eintausendundfünfhundert Vorschläge standen ihm da plötzlich zur Verfügung!

Im ersten Moment wusste er nicht, was er damit beginnen sollte. Dann jedoch sah er sich die angebotenen Vorschläge genauer an: Da bemühten sich Damen aus Südtirol, aus Hamburg, aus Dresden, aus Zürich und eine sogar aus Montreal um seine Aufmerksamkeit!

Daraufhin stellte er zwei Dinge fest. Erstens: Er hatte nicht darauf geachtet, dass die Vorschläge nach bestimmten Kriterien geordnet waren: Etwa unter anderem nach der Übereinstimmung der beiden Profile. Und Zweitens: Er hatte auch völlig übersehen, dass er schon bei seinem Profil verschiedene Einschränkungen vorgeben konnte!

Sofort machte sich Michael daran solche Einschränkungen vorzugeben: Einmal die Eingrenzung des Ortes: Hier beschränkte er sich auf die östlichen Bundesländer Wien, Niederösterreich, Oberösterreich, Steiermark, Kärnten. Nach kurzem Nachdenken setzte er auch noch Salzburg und Bayern auf die Liste der geeigneten Regionen.

Dann bestimmte Merkmale, die ihm sehr wichtig waren wie die Größe mit eins-sechzig bis eins-siebzig. Dann, besonders wichtig, Gewohnheiten wie Nichtraucher. Außerdem schloss er auch noch so grundsätzliche Bedingungen wie ‚Nur für Reisen oder Theater‘, ‚Geschieden‘, „In Scheidung lebend‘ und ähnliches aus.

Der nach dieser Abgrenzung verbleibende Rest war immer noch sehr beeindruckend: Einhundertvierunddreißig! Aber es war bereits eine Menge, die nicht nur überschaubar sondern auch bearbeitbar war. Und so machte er sich an die Arbeit.

Er sah sich die Profile der ersten zehn Kandidatinnen an, schloss davon sechs aus und verfasste sodann für die restlichen vier, wie er meinte, freundliche Anbahnungs-E-Mails. ‚Liebe Frau XY ich habe ihr Profil gelesen und festgestellt, dass wir sehr gut zusammenpassen könnten ...' und so weiter. In der Hoffnung dadurch früher mit ihnen in Kontakt zu kommen fügte er nicht nur seine private E-Mail-Adresse, sondern auch seine Telefonnummer ein.

Die Telefonnummer hielt er dabei für besonders wichtig, da er meinte die Stimme könnte ein wichtiges, wenn nicht sogar das wichtigste Kriterium für eine neue Bekanntschaft darstellen. Wenn einem jemandes Stimme nicht behagte, hatte das Ganze sowieso keine Zukunft!

Die Antworten, die er daraufhin bekam waren jedoch nicht unbedingt erbaulich: Zwei Damen reagierten überhaupt nicht, eine lehnte dankend ab und die vierte wollte sich zu einem späteren Zeitpunkt eventuell melden. Es war geradezu frustrierend. Er musste darüber nachdenken, was er falsch gemacht hatte und was er besser machen musste.

Trotzdem sah er sich einige weitere Kandidatinnen näher an. Bei dieser Gelegenheit stellte er fest, dass eine besonders gute Übereinstimmung ganz offensichtlich gar nicht so erstrebenswert war. Da war beispielsweise eine Dame, deren Übereinstimmungskoeffizient mit 98 Prozent angegeben war.

Aber: Sie las nur Zeitungen wie ‚Die Zeit', ‚Salzburger Nachrichten' oder ‚Die Frankfurter Allgemeine'. Schön und gut, aber erstens war sie aus der Nähe um Wels (Postleitzahl 46xx) und ehemalige Sekretärin; wie sollte man mit so jemandem normale Gespräche führen?

Oder: Eine Dame mit 93 Prozent, welche wenigstens einmal die Woche Reiten ging. Nun hatte er bei Gott nichts gegen Reiten und Pferde, aber jede Woche? Nein, danke. Und dergleichen gab es mehrere. Daraus schloss er, dass dieser Prozentsatz für ihn nicht wirklich maßgebend war und somit wandte er sich den Prozentsätzen zwischen 70 und 80 zu. Dort gab es zwar genauso exzentrische Damen, aber viel öfter auch, wenigstens in seinen Augen, ‚normale' Frauen.

Außerdem dachte er, dass er die nächsten Schreiben persönlicher und heiterer verfassen musste. Ein klein wenig mehr ‚Schmäh' war sicherlich angebracht! Dennoch wollte er noch einmal darüber schlafen.

Eine ungewöhnliche Partnerschaft

So wie Michael gerade erst die ersten Gehversuche in dieser neuen Umgebung machte, war Anneliese ihrer Suche fast schon überdrüssig. Beides musste also richtig koordiniert werden um ein brauchbares Ergebnis zu erhalten.

„Siehst du, Susanne!" sagte Horst, „ich habe dir doch gesagt, dass eure Vereinbarung angesichts der rauen Wirklichkeit nicht halten würde!"

„Du hast ja so Recht! Ich hätte jedoch nicht gedacht, dass es so rasch gehen würde!"

Susanne war fast ein wenig enttäuscht über Michaels eilige Versuche eine neue Partnerin zu finden.

„Also erstens wirken fast zwei Jahre nicht gerade überstürzt und zweitens hat er immerhin sehr rasch erkannt, dass es in seinem Alter noch überraschend viele Möglichkeiten gibt."

Horst beschwichtigte Susanne unter Hinweis auf die wesentlichen Punkte.

„Ich gebe ja zu, dass wir uns das Alleinsein nicht so triste ausgemalt hatten. Natürlich wusste ich, dass er immer sehr gerne jemanden an seiner Seite hatte. Aber ich sah das nicht mit derselben Trostlosigkeit wie er."

Die Möglichkeiten, die ihnen zur Verfügung standen um Schwung in die Sache zu bringen, waren nicht allzu rosig. Zuerst mussten sie einmal abwarten, wie Michael mit den ersten ihm antwortenden Damen umging. Schließlich war er total aus der Übung im Umgang mit dem anderen Geschlecht. Jedenfalls in Bezug auf Flirten.

Andererseits war er ein richtiger Plauderant, der keine Gelegenheit ausließ, mit Fremden ins Gespräch zu kommen, wenn es sich gerade ergab. Es war jedoch ein Riesenunterschied zwischen einem eher bedeutungslosen Smalltalk und einem Anbahnungsversuch.

Susanne und Horst entschieden sich für eine sanfte Führungsstrategie. Das heißt, sie wollten den Damen, die so gar nicht infrage kamen bedeuten dass dieser Mann nicht wirklich das Objekt ihrer Träume war. Andererseits wollten sie jene Damen, die Michael für tauglich befand, zur Zurückhaltung anhalten.

Schwieriger war es Michael davon zu überzeugen, dass eine ganz bestimmte Dame seiner besonderen Aufmerksamkeit bedurfte. Natürlich durften diese sanften Lenkungsversuche nicht so plump ausfallen, dass er sofort Verdacht schöpfte dass da irgendetwas ganz und gar nicht stimmte. Es musste alles schon ganz zufällig wirken!

Nun, die ersten zehn, fünfzehn Damen waren von vorneherein kurze Intermezzi und wenig dazu angetan Michaels Herz zu erobern. Danach traten jedoch zwei Damen auf den Plan, die für Susannes und Horsts Pläne durchaus gefährlich werden konnten.

Die schwierige Aufgabe bestand nun darin, die gewünschte Zielperson, Anneliese, in eine günstige Position zu bringen. Außerdem musste Michael dazu gebracht werden, von Anfang an sie in irgendeiner Weise bevorzugt zu behandeln. Natürlich ohne, dass es ihm bewusst war! Erst hinterher und viel später sollte er sich fragen: Wieso eigentlich gerade sie?

Zuerst jedoch die beiden gefährlichen Konkurrentinnen. Die eine, Martha, war in einer Entfernung, die beide auf längere Sicht abschreckte, nämlich Graz, für sie waren keine besonderen Maßnahmen erforderlich. Die andere, Rosi, war jedoch ein ganz anderes Kapitel, sie stammte aus der Buckligen Welt, für eine Autofahrt also lediglich ein kurzer Abstecher. Ihr musste ganz besondere Zurückhaltung auferlegt werden. Das war aber leichter gesagt als getan. Sie stellten diese Aufgabe vorerst zurück.

Dennoch mussten sie auch ein Auge auf die ersten Konkurrentinnen werfen, obwohl sie eigentlich nicht in Frage kamen. Das Problem waren nämlich nicht diese Damen an sich, sondern ihre Einstellung zu Michael. Wer glaubt, dass es allein Michael oblag, ob er eine Entscheidung für eine von ihnen traf oder nicht, wäre die Angelegenheit einfacher gewesen. So aber ergab es sich, dass wenigstens zwei von ihnen selbst bereits ein besonderes Interesse an Michael hatten.

Die erste der beiden, Dora, wohne in der Nähe von Deutsch Altenburg, was, genauso wie die Bucklige Welt, in einer durchaus gefälligen Entfernung lag. Immerhin gab es bei dieser bereits ein drittes Treffen, das durchaus gefährlich für Horsts und Annelieses Anliegen werden konnte. Sie mussten also darauf achten, dass es womöglich kein weiteres Treffen gab.

Die Lösung ergab sich, wie durch Zufall, ganz von selbst. Die Tochter von Dora war nämlich schwanger und erwartete in naher Zukunft ihr Kind. Leider gab es einige kleinere Unzulänglichkeiten, sodass ihr bis zur Geburt strikte Bettruhe verordnet werden musste. Das jedoch bewirkte, dass Dora im Moment keine Zeit für ihre persönlichen Belange aufbringen konnte.

Sie versuchte daher, Michael dahingehend zu vertrösten, dass sie sich, gegebenenfalls nach der erfolgreichen Geburt, wieder melden würde. Für Michael war dies selbstverständlich kein Problem und er dachte, falls es bis dahin noch keine sichere Kandidatin geben würde, war er gerne bereit den Kontakt mit Dora wieder aufzunehmen.

Damit gaben sich Susanne und Horst vorerst zufrieden. Was jedoch bezüglich Rosi zu unternehmen war, stand noch in den Sternen.

Erfolgreiche Treffen

Soweit wie Susanne und Horst war Michael noch lange nicht. Er war noch dabei seine nächsten E-Mails zu formulieren und hatte noch nicht die geringste Ahnung davon, was ihm bevorstand.

Da war einmal eine höchst interessante Grazerin. Dass es sich um eine Grazerin handelte war aus den ersten beiden Ziffern der Postleitzahl – das waren genau die aus dem Profil herauszulesenden Angaben – ersichtlich. Diese Dame war nur um drei Jahre jünger als Michael und ebenfalls verwitwet.

„Liebe Grazerin", schrieb er also, „ihre Vorliebe für lange Spaziergänge kommt meinen Intentionen sehr gelegen. Es würde mich freuen, wenn ich an ihrer Seite die Wälder der Grazer Umgebung durchwandern dürfte!"

Und wie üblich fügte er Mail-Adresse und Handy-Nummer hinzu und erwartete voll Neugier ihre Antwort. Er musste nicht lange warten. Noch am selben Abend ereilte ihn ein Anruf:

„Hier spricht Martha! Ich habe ihr reizendes Mail erhalten und mit Freude dachte mir: Das könnte ein interessanter Mann sein!"

„Es freut mich, dass dir – ich darf dich doch duzen? Ja? – meine Idee eines gemeinsamen Spazierganges offensichtlich zugesagt hat! Wenn es dir genehm ist würde ich mich gerne übermorgen in Graz einfinden!"

„Das wäre mir außerordentlich genehm. Ich geb' dir noch rasch meine Fotos frei und werde dich gerne am Bahnhof erwarten, sobald du mir sagst mit welchem Zug du kommst."

So schnell kann's gehen! Michael war richtig aufgeregt, wie ein Schüler vor seinem ersten Rendezvous. Und das war es ja eigentlich auch! Trotz, beziehungsweise gerade wegen, dieses Erfolges wagte er auch gleich noch ein zweites Mail. Dieses an eine alleinstehende Dame, die etwas jünger war, nämlich so zirka sieben Jahre. Sie wohnte im südlichen Niederösterreich in irgendeinem Nest, denn die Postleitzahl bot in ihrem Fall keinen Hinweis auf eine größere Stadt.

Das Mail an diese Dame, sie hieß übrigens Rosi – irgendwie gefiel ihm dieser Name besonders – war vielleicht nicht so amüsant wie er gedacht hatte, aber dennoch bekam er ebenfalls noch am selben Tag Antwort. Sie würde sich freuen, wenn sie sich in Wiener Neustadt oder in Gloggnitz auf einen Kaffee treffen könnten. Ob es nächsten Samstag passen würde?

Eigentlich hatte Michael etwas anderes vor. Er wollte nach Schloss Hof auf den Weihnachtsmarkt.

„Wärst du eventuell an einem Weihnachtsmarkt der besonderen Art interessiert? Dann würde ich dich nach Schloss Hof einladen!?"

Diese Idee gefiel der Dame offenbar, denn sie stimmte sofort zu. „Das ist eine wirklich nette Idee! Und wie komme ich dorthin?"

„Indem ich dich von Zuhause abhole?" fügte Michael gleich hinzu.

„Aber gern! Findest du auch her zu mir?"

Meinte sie besorgt, sie hatte nämlich die Erfahrung gemacht, dass jene Leute, welchen den Weg nicht von früheren Besuchen bereits kannten, sich oft verfuhren.

„Wenn du mir sagst wo ‚bei mir' ist, sicherlich." Michael hatte keine diesbezügliche Sorge.

„Also das ist gleich bei Kirchschlag. Die genaue Adresse mail ich dir noch. Dann bis Samstag!" sagte Rosi noch abschließend.

„Ich freu mich!"

Und zwar wirklich und wahrhaftig. Er hatte ein richtig gutes Gefühl bei dieser Dame. Wenn sie nur halb so gut aussah, wie sie klang, sah er bereits neue Zukunftsaspekte auf sich zukommen.

Na das ging aber flott! Jetzt bin ich nur noch gespannt, wie der Freitag davor in Graz verläuft. Michael suchte sich einen passenden Zug nach Graz, Neun Uhr Dreiundfünfzig ab Meidling – Ich bin schon neugierig wann der neue Hauptbahnhof endlich fertig wird! Dort komm ich viel besser mit der U-Bahn hin! – mit dem Railjet um Zwölf Uhr Dreiunddreißig in Graz.

Noch rasch ein Mail an die Grazerin und dann überlegen, was ich ihr mitbringen könnte. Eine Bonbonniere? Langweilig. Blumen? Die halten bis Graz nicht durch. Mir wird schon noch etwas einfallen.

* ~ * ~ *

Martha hatte mir gesagt, es gäbe nur einen Lift in die Bahnhofshalle und bei dem würde sie mich erwarten. Es gab natürlich nicht nur einen sondern zwei Lifte und ich stand selbstverständlich beim falschen! Aber glücklicherweise gibt es Handys und so konnten wir die Diskrepanz rasch klären.

Martha war ohne Auto gekommen und so fuhren wir mit der Linie 1 bis Mariagrün und ergingen uns dann im Leechwald. Das Wetter war nicht gerade einladend und als es immer mehr nach Regen aussah, verließen wir den Wald am Hilmteich und setzten uns ins dort angesiedelte Cafe.

Unsere Gespräche drehten sich um so Dinge wie: ‚Wie lange bist du schon allein?' über ‚Hast du Kinder?' bis ‚Möchtest du nächste Woche einmal nach Wien kommen?'. Wir sprachen natürlich auch übers Wetter, beklagten die ‚armen' Raucher und unsere dem Alter geschuldeten Wehwehchen.

Martha war damit einverstanden nach Wien zu kommen, jedoch nicht nächste Woche, sondern erst am Dienstag der übernächsten. Das war nun Michael durchaus recht und so vereinbarten sie auch sofort einen fixen Termin. Martha brachte Michael wieder zum Bahnhof, der, wie der Wiener Hauptbahnhof, ebenfalls gerade großzügig umgebaut wurde und erklärte ihm die Vorteile der dann unter dem Bahnhof verkehrenden Straßenbahn. Das wäre aber schon an diesem Tag nützlich gewesen, denn inzwischen regnete es Schusterbuben.

* ~ * ~ *

Der Samstag versprach einigermaßen interessanter zu werden. Der Weg zu ihrem Haus in der Nähe von Kirchschlag war nicht ganz so einfach, wie sich der kleine Michael das vorgestellt hatte. Die mir gemailte Adresse war mit dem Navi kein Problem. Was dennoch nicht hieß, dass ich mich trotzdem zweimal verfuhr. Das erste Mal bei der Ausfahrt Seebenstein, an der es zwei Ausfahrten gibt und ich, was sonst, die falsche erwischte! Und hinterher nochmals bei der Abzweigung von der Wienerneustädterstraße.

Trotzdem kam ich pünktlich ans Ziel. Rosi, in einen dicken Pelzmantel gehüllt, hatte mich offensichtlich bereits an der Hauptstraße abbiegen und zu ihrem Haus zufahren gesehen, denn sie erwartete mich bereits an der Türe. Die Begrüßung war überaus herzlich – Küsschen links, Küsschen rechts – und sie stieg ohne weitere Kommentare zu mir in den Wagen.

Die Fahrt, sie dauerte doch immerhin gut eine und eine Viertel Stunde, verlief mit allgemeinem Geplapper über dieses und jenes. Wie etwa über das Alter meines Wagens – der zu diesem Zeitpunkt schon einundzwanzig Lenze zählte! – und wieso ich gerade auf Schloss Hof gekommen sei.

Kurz und gut: Rosi war begeistert. Vom Ziel, vom Adventmarkt, von mir und meiner Idee und überhaupt. Ich fotografierte sie bei verschiedenen Ständen und weihnachtlich geschmückten Bäumen. Wir unterhielten uns ausgelassen und unbeschwert, ohne Stress und ohne über unsere mögliche gemeinsame Zukunft nachzudenken.

In gewisser Weise spielten wir einen Tag Zusammensein und wir fühlten uns gut dabei. Rosi war von dem Besuch des Adventmarktes in Schloss Hof so begeistert, dass ich mich schon fragte, ob die Begeisterung mehr mir oder mehr dem Schloss galt. Erst gar nicht zu reden vom Weihnachtsmarkt.

Kurz gesagt: Rosi war ein absoluter Volltreffer bei meinen Versuchen eine neue Partnerin zu finden. Ich fuhr sie natürlich auch wieder nach Hause, wobei wir gleichzeitig einen Termin für morgen – Doch! Gleich morgen! – vereinbarten. Dabei wollte sie mich auf den Adventmarkt im Ort ihrer Tochter einladen!

Was soll man sagen? Der zweite Tag verlief wie der erste. Es gab nur einen kleinen Unterschied: Auf Schloss Hof hatte ich für Resi eine Designer-Kerze erstanden, am Markt bei ihrer Tochter für sie und für ihre Tochter Barbara einen dort vor Ort von einem Drechsler produzierten hölzernen Kugelschreiber. Und ich hatte ihrem Schwiegersohn Alfred beim Schmieden zugesehen.

Im Geiste sah ich mich schon mit Rosi in trauter Gemeinsamkeit. Ich überlegte doch bereits tatsächlich, ob ich die weitere Suche nicht einfach abbrechen sollte um mich ganz auf Rosi zu konzentrieren.

Doch halt: Ich wusste ja noch gar nicht, wie das Treffen mit Martha sich entwickeln würde! Diese Partnersuche so rasch und ohne Rücksicht auf allfällige Unstimmigkeiten oder sonstige noch in Erfahrung zu bringende und eventuell unangenehmere Aspekte abzubrechen wäre möglicherweise fatal!

Trotzdem: Mit Rosi muss sich erst einmal eine der noch ausständigen Damen messen können! Für mich hatte sie jedoch bereits 9 von 10 Punkten und wenn es nur halbwegs so weiter ging, sah ich die 10 schon nahen!

Unbequeme Folgerungen

„Ich muss sagen, ich hätte nicht gedacht, dass Rosi einen derart starken Eindruck auf Michael machen würde. Gut, mir war klar, dass sie eine gefährliche Konkurrentin darstellen würde. Aber so unwiderstehlich? Ich finde das höchst bemerkenswert!"

Horst konnte sich kaum einkriegen.

Susanne war mit ihm ungeteilter Meinung.

„Nicht nur eine gefährliche, eine überaus ernst zu nehmende! Michael ist ja schon jetzt völlig in ihrem Bann! Ich kann mich nicht erinnern, wann er das letzte Mal so hingerissen war. Abgesehen von meinem ersten Auftritt in seinem Leben natürlich."

„Das bedeutet jedenfalls, dass uns die Zeit davonläuft!"

Die Sorge um ein Misslingen seines Vorhabens war ihm und seiner Stimme sehr deutlich anzumerken.

„Ich glaube nicht, dass die Zeit unser Problem ist! So wie ich es sehe, müssen wir Anneliese eben attraktiver als Rosi erscheinen lassen!"

Susanne sah das Problem von einer gänzlich anderen Perspektive aus. Etwas Gutes schlechter zu machen ist nie so effizient wie etwas nicht so Gutes besser zu machen.

„Damit meine ich nicht, dass es Anneliese an Qualitäten fehlt, nur dass sie ihre Vorzüge besser ausspielen müsste!"

Horst hatte da eine mehr praxisbezogenere Ansicht.

„Wie auch immer. Was wir unbedingt tun müssen ist trotzdem diese Rosi einzubremsen. Egal wie."

„Also so lange diese Beziehung keine Formen annimmt, die nur schwer rückgängig zu machen wären, bin ich für eine sanftere, unauffälligere und dafür effizientere Lösung."

Susanne war der Überzeugung, dass Michael eher auf subtilere Taktiken reagieren würde. Schließlich wusste sie aus eigener Erfahrung, dass Michael auf die richtige Gelegenheit warten konnte. Und wenn es zwölf Jahre dauern würde. Allerdings musste sich da das zu erreichende Ziel schon mehr oder weniger in ihm festgesetzt haben.

„Und wie sollte diese Taktik aussehen? Ich wüsste nicht, dass sich Anneliese jemals um Subtilität bemüht hätte!"

Der Zweifel war jedem seiner Worte zu entnehmen.

„Das ist ja auch nicht ihre Aufgabe, das müssen wir organisieren! Wir müssen sie nur dazu bringen, dass sie die Karten in unserem Sinn ausspielt! Wenn uns das gelingt, und daran habe ich keinen Zweifel, gewinnen wir auf lange Sicht. Und das ist schlussendlich unser Ziel. Oder etwa nicht?"

„Bei dir klingt das so simpel, als wäre es das selbstverständlichste und einfachste der Welt!"

Horst konnte es nicht wirklich nachvollziehen, was er da vorgesetzt bekam.

„Wie du ganz richtig sagtest, er müsste sich bereits mit dem Ziel arrangiert haben und gar nichts anderes mehr in Erwägung ziehen!"

Susanne lächelte nur versonnen.

„Glaub' mir, ich bin eine Meisterin der subtilen Taktiken! Und Anneliese wäre nicht die Frau für die ich sie halte, wenn ihr Subtilität fremd wäre!"

Horst war noch lange nicht von Susannes Taktik überzeugt.

„Gut, und wie sollte diese Subtilität nun in Natura aussehen?"

„Michael müsste in seiner Kontaktanzeige bereits etwas bereithalten, von dem Anneliese so beeindruckt ist, dass sie von vornherein ein größeres Interesse, als bei jedem anderen an den Tag legt", meinte Susanne, *„dann wird sie sich ganz von selbst völlig anders in Zeug legen, du wirst sehen!"*

Erste Begegnung

So unbefriedigend die bisherigen Erfahrungen Annelieses auch waren, so warf sie doch noch hin und wieder einen Blick auf ihren Posteingang der Partnerbörse. Und siehe da: Da war ein neuer Eintrag, der ihr Interesse weckte. Ein vorerst noch unbekannter Herr sprach sie als Bewohnerin ihrer Heimatgemeinde an.

Gut, es war nicht ganz genau ihr Wohnort – Bad Hall – aber dennoch nahe genug, dass es sie verblüffte: Kremsmünster, gerade einmal fünf Kilometer entfernt. Dafür dass diese Angaben in den Profilen der Börse nicht enthalten sind, waren sie auch nur schwer zu erraten. Sie beschloss, sich diesen seltsamen Vogel aus der Nähe anzusehen.

Auch wenn er ihren Wohnort ziemlich exakt erraten hatte, sie war nicht bereit den tatsächlichen so rasch aus der Hand zu geben. Also griff sie auf die schon bisher geübte Methode des unverdächtigen Ortes in der Mitte zurück. Da hatte sie die Rechnung jedoch ohne den Wirt gemacht!

Dieser war mit ihrem Vorschlag nicht nur nicht einverstanden, nein, er lud sie in seine Heimatstadt, also nach Wien, ein! Diese Einladung war, wie er selbstbewusst sagte, nicht verhandelbar. Also blieb ihr, wenn sie ‚diesen Vogel' also doch kennenlernen wollte, nichts anderes übrig, als ihm zuzustimmen.

Seine Einladung begann mit einem ausgiebigen Essen in einem Steak-Lokal, – Cremige Tomatensuppe, argentinisches Hüftsteak mit Wedges und einer speziellen Maredo-Steaksoße, danach noch Panna cotta – setzte sich mit einem kurzen Stadtrundgang fort – für Anneliese war dies nichts besonders Außergewöhnliches, hatte sie diese Stadt schon viele Male aus persönlichem Interesse besucht! – und endete in seiner Wohnung.

Er zeigte ihr ohne große Worte und mit zurückhaltendem

Stolz diese Dachgeschoßwohnung und natürlich seinen roten Kater. Wenn auch schon die Wohnung beeindruckend gewesen war, der Kater war es noch viel mehr! Hatte sie sich doch schon immer eine Katze gewünscht! Außerdem, jedenfalls laut Michael, war er der absolut schönste Kater weltweit. Seine absolut symmetrische Fellzeichnung war seiner Meinung nach einmalig.

Ein Spaziergang durch den Prater und eine Jause in einem der für diese Stadt berühmten Cafés rundete den Tag ab. Galanterweise brachte er sie noch zum Bahnhof, nicht ohne um ein weiteres Treffen zu bitten. Das sie ihm vorbehaltlich gewährte.

Für Michael war der Tag nicht anders, als mit den letzten zwanzig oder dreißig zum Kennenlernen eingeladenen Damen. Vielleicht mit einem Unterschied: Ihre Reaktion auf seinen Kater hatte etwas Unbestimmtes beinhaltet, das er nicht recht benennen konnte und das von einem ... ja was eigentlich? ... Zutrauen? ... gekennzeichnet war, das ihm ungewöhnlich erschien. Aber Tierfreunde, speziell Katzenliebhaber hatten auf ihn schon seit jeher immer eine besondere Faszination ausgeübt!

Natürlich hatte er diese neue Dame beeindrucken wollen. Genauso wie all die anderen, die ihm vielversprechend erschienen waren. Nun aber fragte er sich, ob er nicht vielleicht doch etwas zu viel erwartete. Wen, dachte er, hatte er damit eigentlich wirklich beeindrucken wollen? War es tatsächlich nur Angabe um vielleicht irgendwelche ominösen Punkte zu machen? Zum Beispiel mit der Wohnung. Oder steckte doch mehr dahinter?

Im Prinzip hatte er vorgehabt, nach den fast vierzig Begegnungen eine Pause einzulegen und ein wenig kürzer zu treten. Wenn er so weitermachte konnte er gar kein ganzes Jahr durchstehen! Immerhin: Jetzt hatte er drei heiße Kandidatinnen.

* ~ * ~ *

Als Anneliese im Zug nach Linz saß, ließ sie den Tag Revue passieren. Was hatte sie erwartet und was hatte sie bekommen? Sie konnte die vielen Ereignisse dieses Tages nicht richtig einordnen. Angabe war es ganz sicher nicht gewesen, ganz im Gegenteil hatte sie den Eindruck, dass dieser Mann eher zu viel Zurückhaltung gezeigt hätte, als irgendetwas besonders hervor zu streichen.

Das Lokal hatte sie zwar noch nicht gekannt, aber es schien ihr für ein erstes Kennenlernen eine gute Wahl zu sein. Die Wohnung? Sie schien ihr durchaus angemessen, wenn auch nicht gerade billig. Aber sonst? Na, eben nicht recht einzuordnen.

Doch da war etwas, das ihr nicht und nicht aus dem Kopf ging: Dieser zutrauliche rote Kater. Wie hieß der doch noch gleich? Initz? Ein reichlich ungewöhnlicher Name. Vielleicht eine Kurzform von irgendetwas nicht so bekanntem? Egal, Anneliese kam sofort ins Träumen.

Seit Jahren hatte sie sich eine Katze gewünscht! Sie dachte an ihre Schwester Margot mit ihren vier Katzen. Sie hätte wirklich zu gerne ebenfalls eine, aber das ging nicht. Jedenfalls nicht so ohne weiteres.

Sie dachte an die Katzen in ihrer Umgebung, egal welche, kaum war irgendeine Türe offen, schon fand sich eine, die neugierig genug war, um kurz nachzusehen, ob nicht doch etwas fressbares für sie hier zu finden war. Nun hatte sie, wie gesagt nichts gegen Katzen – jedenfalls nichts gegen eine eigene! – was sie jedoch keinesfalls wollte, waren fremde Katzen in ihrem Haus!

Sicherlich, man konnte diverse Vorkehrungen dagegen treffen, dass fremde Katzen nicht ins Haus kamen, aber die waren alle relativ aufwendig und solange es nicht erforderlich war … Aber dieser rote Kater! Der wäre schon die eine oder andere zusätzliche Vorkehrung wert!

Beinahe hätte sie den Ausstieg verpasst, sie musste sich wieder mehr auf die täglichen Dinge des Lebens konzentrieren und keinen nutzlosen Träumereien hinterher hängen.

Resümee

So gut das erste Treffen auch gelaufen war, es gab noch lange keinen Grund die Hände in den Schoß zu legen. ‚Drei heiße Kandidatinnen', Ha! Das war nicht das erhoffte Ergebnis. Das Vordringlichste war zweifellos diese anderen Kandidatinnen zu räsonieren. Gänzlich abgesehen von der unleugbaren Tatsache, dass Michael schon jetzt eine der Damen ganz besonders präferierte: Rosi!

Zwar hatten sie, ganz speziell auch Rosi, bisher eine ganz natürliche Zurückhaltung an den Tag gelegt, aber das genügte bei weitem nicht! Zwar bestand Rosi nachdrücklich darauf, dass er seine Suche weiter fortsetzte. Sie selbst, meinte sie, sei sowieso noch nicht so weit. Eine unbedachte Bemerkung Michaels über eine der anderen Kandidatinnen konnte ihre Zurückhaltung augenblicklich ins Gegenteil verkehren!

Das durfte unter keinen Umständen passieren, denn dann würde es nur umso schwieriger werden, alles wieder ins Lot zu bringen! Außerdem war die Reaktion Annelieses auch nicht gerade euphorisch zu nennen. Und Euphorie, pure Euphorie war unabdingbar.

Michaels Verhalten hatte sich zwar als überzeugend herausgestellt, er hatte jedoch – noch – keine Anzeichen von Zuneigung erkennen lassen. Wie dieses besondere Problem zu lösen war, stand noch in den Sternen. Egal. Ein Anfang war immerhin gemacht. Sie konnten mit dem bisher erreichten zwar nicht zufrieden sein, aber immerhin fanden sie, waren sie auf dem richtigen Weg.

„Wie können wir Martha und Rosi so beeinflussen, dass sie nicht gleich beim ersten Gegenwind Michael um den Hals fallen?"

Horst machte die Kandidatin Nummer drei die größten Sorgen. Erstens lag ihr Heimatort viel näher bei Michael, als der von Martha und Anneliese, und zweitens hatte Michael Rosi gegenüber schon deutlich gemacht, dass er sich eine Partnerschaft mit ihr sehr gut vorstellen könnte.

„Sie ist doch eine passionierte Gärtnerin. Nicht wahr? Sie hat sogar einen kleinen Garten hinter dem Wohnhaus. Konnte das nicht einen guten Ansatzpunkt darstellen?"

Horst versuchte eine Möglichkeit zu finden, wie er Michael ... ja was eigentlich? Verschrecken? Könnte.

Susanne lachte nur kurz auf. *„Alles was Michael an einem Garten interessiert, sind seine Produkte, aber nicht die Arbeit damit! Wofür sollte der Garten also ein Ansatzpunkt sein?"*

Susanne war offenbar davon überzeugt, dass das Problem nicht bei Rosi, sondern bei Michael zu suchen und auch zu lösen war.

„Du meinst, wenn wir sie bei jedem seiner Besuche gärtnernd zeigen, würde Michael nicht von sich aus das Interesse verlieren?"

Horst war verwirrt.

„Es wäre zumindest einen Versuch wert", war Susanne überzeugt. *„Aber andererseits sollten wir Michaels Beharrlichkeit nicht unterschätzen! Du weißt wie lange er sich um mich bemühte."*

„Also doch eher bei ihrer Einstellung ihm gegenüber ansetzen?"

Horst fand diese Richtung Erfolg versprechender.

„Ich wüsste da schon noch einen Weg. Michael ist ein kluger Knopf. Was, wenn er ihr zuuu klug ist?"

Susanne hatte da eine bestimmte Ahnung.

„Und woran genau denkst du da?"

Horst war nicht so überzeugt von dieser Variante.

„Ich weiß noch nicht genau. Vielleicht Theater, Kino? Michael kennt so unglaublich viele Filme und Schauspieler. Da müsste sich doch etwas finden lassen!?"

Susanne selbst war eine ebenso ganz hervorragende Kennerin dieses Genres, dass sie öfters Diskussionen über dieses Thema hatten.

Einen weiteren Ansatzpunkt sahen sie in Michaels Vorliebe

für gute Rätsel und Denksportaufgaben, welche er sich mit Vorliebe sogar selbst ausdachte. So diskutierten sie noch eine ganze Weile weiter. Erörterten von diesem und jenem Plan die Vor- und Nachteile und konnten sich doch auf keine einheitliche Linie einigen.

Zweite Begegnung

Anneliese hatte keine rechte Vorstellung davon, was sie Michael, nach dessen erster Einladung, bieten sollte. Lediglich zwei Dinge waren klar: Er interessierte sich für alles, vornehmlich technisches, und er hatte viel für spontane Entscheidungen über.

Was sie gar nicht abschätzen konnte, was ihr jedoch persönlich ein großes Anliegen war, war sein Interesse für Kunst. Das musste sie auf alle Fälle abklären, bevor sie weiter Schritte überhaupt in Erwägung zog.

Musik war ein heikles Thema, da gab es viel zu viele Möglichkeiten. Das musste vorerst warten. Architektur war da schon besser geeignet. Also wählte sie das von ihr aus nahe gelegenes Stift Sankt Florian, welches wegen seiner als opulent beschriebenen Ausstattung weit über die Grenzen hinaus berühmt war.

Sie trafen sich am Informationsschalter des Linzer Bahnhofs und fuhren dann mit Annelieses Wagen über die A7 und die A1 in Richtung Sankt Florian.

Um es vorweg zu nehmen: Es war zwar keine Enttäuschung, aber sein Verhalten war eher distanziert. Zum kulturell angebotenen wohlgemerkt. Ihr gegenüber verhielt er sich, wie schon bei ihrem Besuch, aufmerksam und höflich. Seine emotionale Einstellung ihr gegenüber kam vorerst nicht wirklich ans Tageslicht.

Zu ihrem Missvergnügen war auch noch das Restaurant, welches sie für das leibliche Wohl vorgesehen hatte, wegen Renovierung geschlossen. In ihrer Verzweiflung rief sie eine Freundin an, die hier arbeitete um sich nach einem geeigneten Lokal zu erkundigen, das womöglich nicht auch noch Ruhetag hatte.

„Hallo Renate! Wie geht's dir?" Anneliese war nicht die Frau, die gleich mit der Tür ins Haus fiel.

„Es geht. Aber ich hab im Moment leider wenig Zeit, kannst

du, bitte, am Abend noch mal anrufen?"

„Ja gerne. Aber zuvor noch eine Frage: Kennst du zufällig außer dem Stiftswirt, der gerade renoviert, ..."

„Ja, leider."

„... ein anderes Lokal, das heute geöffnet hat?"

Anneliese benötigte unbedingt eine positive Antwort, wenn sie nicht dumm dastehen wollte.

Michael, der die Situation durchaus verstand und wusste, dass es kein Beinbruch war, wenn einmal ein Lokal nicht verfügbar war, mischte sich ein:

„Lass nur, wie werden schon etwas finden, bevor wir verhungern!"

Anneliese winkte ab und horchte was Renate zu diesem Thema zu sagen hatte.

„Aber ,Die Kanne' sollte offen haben. Dort isst man übrigens ganz hervorragend! Also dann bis heute Abend."

„Ja, danke, du hast mir sehr geholfen!"

Das Mittagessen war gerettet. Anneliese fiel ein Stein vom Herzen: So knapp an einem Misserfolg vorbeigeschrammt! Dennoch, Michaels Versuch sie zu trösten tat schon gut. Vielleicht war er doch nicht so kühl gestrickt, wie er sich offenbar gerne gab?

Das Essen – Michael ließ es sich nicht nehmen gegen den Willen von Anneliese die Kosten zu übernehmen – war tatsächlich hervorragend und verlief in gelöstem Ton. Das heißt, es wurden erstmals auch persönliche Themen angesprochen, wie etwa Familie, Reisen und Vorlieben. Auch Musik. Michael gestand, dass es Lieder und Texte gab, bei denen er die eigenen Tränen nicht zurückhalten konnte, etwa ,Ama Ahabak' von Christl Stürmer. Anneliese fand diese Text ebenfalls äußerst berührend und so ergab sich erstmals so etwas wie eine emotionale Verbindung zwischen den beiden.

Nicht allein deshalb verabredeten sie eine weitere Begegnung, nun wieder in der Stadt Michaels, wobei er darauf bestand, dass sie zwei Tage dauern sollte. Ihren Hinweis darauf, dass sie ihr Zuhause über längere Zeit nicht so ohne weiters unbetreut lassen konnte, tat er nur mit einer Handbewegung ab.

Sie wusste selbstverständlich genauso wie er, dass es bestenfalls eine eher lächerliche Ausrede war. Also versteifte sie sich nicht weiter darauf, da er zudem eine Veranstaltung in Aussicht stellte, die es ihr kaum gestattete noch am selben Tag die Heimreise anzutreten. Auch hatte sie sich bei den heutigen smalltalkartigen Plaudereien schon positiv über derartige Events geäußert.

* ~ * ~ *

Michael hingegen hatte sich im Vorfeld schon erkundigt, wie er an gute Karten kommen könnte und besorgte sich diese auch sofort nach seiner Heimkehr: Eine in der Wiener Stadthalle stattfindende Dinosaurier-Show. Er war ein wenig überrascht, dass es noch Karten in dieser guten Kategorie gab, aber scheinbar war ihm der Zufallsgott gnädig gestimmt.

Er suchte auch noch ein geeignetes Restaurant in der Nähe der Stadthalle aus um den geplanten Abend entweder mit einem Essen in ansprechendem Ambiente zu beginnen oder zu beenden. Je nachdem. Er würde diese Entscheidung ihr überlassen.

Intermezzo

„Na, was sagst du jetzt DAZU?"
Horst klopfte sich quasi geistig auf die Schulter.
„Annelieses Charme haben noch wenige widerstanden!"
„Michaels Verwöhn-Taktik aber ebenfalls wenige!" konterte Susanne.
„Wie auch immer. Das entledigt uns ein wenig unserer Sorgen."
Die Zuversicht von Horst war ungebrochen.
„Wieso das?" Susanne sah den Vorteil nicht so recht. „Das löst noch keinesfalls das Problem mit Rosi. Nur weil Michael Eindruck schinden möchte, heißt das noch lange nicht, dass er die beiden anderen Damen auf Eis gelegt hat!"
„Aber denen hat er nichts vergleichbares angeboten!"
Horst verteidigte seinen Standpunkt vehement.
„Immerhin hat er Rosi nach Schloss Hof geschleppt. Das liegt schon sehr auf dieser Linie!"
Susanne hatte noch genügend Trümpfe in der Hand.
„Na ja, du kennst ihn eben besser."
„Trotzdem sollten wir uns um Rosi kümmern. Wir haben immer noch keine Ahnung, wie wir sie zu größerer Zurückhaltung animieren können! Außerdem sollten wir nicht übersehen, dass Linz auch nicht gerade ums Eck liegt und der zeitliche Unterschied zu Graz und zu Martha ist nicht wirklich überzeugend!"
„Rosi ist sowieso nicht von einem Zusammenziehen begeistert. Was ist übrigens mit ihrer Tochter Barbara? Könnte die nicht in unserem Sinne auf sie einwirken?‘
Horst versuchte im Umfeld von Rosi fündig zu werden.
„Barbara? Ausgerechnet!? Erinnere dich, dass er am Weihnachtsmarkt für beide, Mutter und Tochter, diese edlen Holz-Kugelschreiber kaufte! Von Barbara kannst du dir höchstens

Unterstützung erwarten, wenn sie Mutters Zurückhaltung unterlaufen soll! Aber nicht zum Gegenteil!"

So leicht war Susanne nicht von ihrem Konzept abzubringen.

„Das bringt uns alles nicht weiter! Wir benötigen härtere Maßnahmen!"

Horst suchte verzweifelt nach guten Möglichkeiten.

„Was ist übrigens mit Annelieses Reiselust? Könnte die nicht als Zünglein an der Waage reichen?"

„Wahrscheinlich schon. Aber wie bringen wir die ins Spiel?"

Susanne sah nicht worauf Horst hinaus wollte.

„Ich weiß nicht so recht. Vielleicht mit Fotos? Zufällig herumliegende währen zu auffällig. Was ist mit denen die bei euch zuhause an den Wänden hängen, die wären doch ein guter Ansatzpunkt! Oder?"

Horst hatte sich an diesem Thema festgebissen. Das musste einfach nicht nur geradeso etwas, sondern geradezu eine Menge hergeben! Horst hatte endlich wirklich gute Ideen, das musste Susanne zugeben.

„Das ist jedenfalls Wert weiter verfolgt zu werden!"

Sie ging im Geiste alle Fotos an den Wänden ihrer ehemaligen Wohnung durch: Venedig, Florenz, alle in erster Linie mit ihr selbst als Motivergänzung. Das könnte also durchaus hinkommen.

Ein Tag im Februar

Michael wusste nicht, was er von Rosi halten sollte. Einerseits war sie offensichtlich sehr gerne mit ihm zusammen, andererseits war sie ebenso offensichtlich nicht an einer festen Bindung interessiert. Verzweifelt fragte er sich, was wohl der Grund dafür sein mochte?

Letzthin hatte sie seinen Besuch überhaupt rundweg abgelehnt, weil sie sich nicht wohl fühlte. Na und? Ein wenig Unwohlsein konnte doch nicht Grund genug für das Ablehnen eines lieben – oder vielleicht doch nicht so lieben? – Gastes sein?

Jedenfalls hatte er im Moment sowieso anderes im Kopf: Anneliese. Das war nun eine Frau, die er genauso wenig durchschaute, wie Rosi oder Martha. Martha war sowieso ein eigenes Problem. Sie hatte ihm zwar ihre Wohnung – ein Drittel eines Reihenhauskomplexes – gezeigt, jedoch nur jene Teile, die unumgänglich waren um ihm einen Kaffee zu servieren. Seltsam in Michaels Augen. So, als ob sie Sorge hätte, dass die restlichen Räume nicht gut genug wären um sie vorzuzeigen! Also führte er Martha sowieso nur noch als Ersatz-Kandidatin.

Doch zurück zu Anneliese. Er war neugierig, wie ihr das ums Eck seiner Wohnung liegende Hotel, die von ihm ausgesuchte Dinosauriershow und der Tag insgesamt gefallen würden.

Michael holte sie am Bahnhof ab und fuhr sogleich mit ihr zu sich nach Hause. Also eigentlich nicht in die Wohnung, sondern in das nahe gelegene Hotel, in welchem er das Zimmer reserviert hatte. Das Hotel war zwar keine Offenbarung, aber es hatte zwei unleugbare Vorteile: Erstens lag es kaum zweihundert Meter von seiner Wohnung entfernt und zweitens hatte er dort bereits vorsorglich ein Guthaben hinterlegt, wodurch er sich bei den Kosten Vorteile verschaffte.

Anneliese war durchaus nicht die erste, für welche er ein Hotelzimmer in diesem Hotel reserviert hatte. Bei diesem Besuch war der deponierte Betrag jedoch schon so gut wie aufgebraucht. Er würde für die nächste dort logierende Dame erst wieder etwas hinterlegen müssen.

Er lud Anneliese erst in ein in der Nähe befindliches Restaurant zum Lunch und ging mit ihr dann quer durch die Stadt zum Naturhistorischen Museum, das er für den heutigen Nachmittag erkoren hatte. Eigentlich hatte er Anneliese auch das Kunsthistorische zur Auswahl angeboten, sie hatte sich jedoch für das nhm entschieden.

Das Museum war für sich genommen schon ein Erfolg und so hoffte er, dass der restliche Tag ebenso erfolgreich verlaufen würde. Nachdem sie in einem nahen Café gejausnet hatten, fuhren sie zur Stadthalle wo heute Abend das besprochene Event stattfinden sollte: Die Dinosaurier-Show.

Aber davor musste sich Anneliese noch entscheiden, ob sie vor oder nach der Show zu Abend essen wollte. Sie entschied sich für davor. Dabei gab es gewissermaßen noch eine Premiere: Anneliese kannte ‚Jambalaya', ein kreolisches Reisgericht, nicht und so landete es am Speiseplan und auf unserem Tisch.

Ein eigenes Problem betraf die Getränke. Er hatte absolut keine Ahnung was Anneliese so vorzog, denn beim letzten Mal in St. Florian waren sie mit ihrem Auto unterwegs, sodass sich alkoholisches nicht wirklich anbot, aber war das wirklich der einzige und ausreichende Grund für ihre Trinkgewohnheiten?

Michael, der von vorne herein dem Alkohol eher abgeneigt war, wollte Anneliese jedoch nicht unbedingt beeinflussen. Also erzählte er ihr, dass für ihn im Allgemeinen sowieso nur alkoholfreie Getränke in Frage kamen, außer er war in Italien. In Italien – und auch nur, wenn er nicht danach auch noch Autofahren musste – trank er Wein. Rotwein um genau zu sein. Ansonsten jedoch nur Cola, Almdudler und vor allem Apfelsaft.

Anneliese war das nur Recht, denn sie war ebenfalls keine um jeden Preis zum Wein greifende Dame. Höchstens hin und wieder ein Bier zum Essen, ansonsten ebenfalls lieber Fruchtsäfte oder Cola. So waren beide mit einem mit Wasser verlängerten Apfelsaft einverstanden und zufrieden.

Die Dino-Show war der Hammer schlechthin. Michael hatte sich zwar einiges davon versprochen, dass es jedoch derart einschlagen würde, war nicht zu erwarten gewesen! Die Show benutzte bewegliche Tiere, welche entweder mechanisch von Personen oder elektronisch über ein Steuerpult zu völlig lebendig wirkenden Geschöpfen wurden. Die teilweise, abhängig von ihrer Größe und ihrem Stimmvolumen, sogar beeindruckend um nicht zu sagen bedrohlich wirkten.

Natürlich hatte er Anneliese gehörig beeindrucken wollen. Nun aber fragte er sich, ob er nicht vielleicht doch etwas übertrieben hatte. Erst jetzt fiel im auf, dass er bei all den anderen bisherigen Bekanntschaften in keiner Weise einen derartigen Aufwand betrieben hatte! Was hatte ihn eigentlich geritten, sich dermaßen ins Zeug zu legen? Wen, dachte er nicht zum ersten Mal, hatte er damit eigentlich wirklich beeindrucken wollen? Was steckte hier dahinter?

* ~ * ~ *

Der nächste Tag brachte nicht viel Neues. Abgesehen von dem kurzen Wohnungsrundgang. Anneliese bewunderte unsere Venedig- und Florenz-Fotos. Sie wollte wissen, ob wir oft im Ausland unterwegs waren. Meistens nur im Urlaub, aber ja, wir waren mehr oder weniger in ganz Europa, meist auf Städte-Tour. Außer wenn wir mit dem Speedy – Susannes Sportwagen, ein Spitfire Mk IV – unterwegs waren. Dann jedoch hauptsächlich im Süden.

Anneliese erzählte ihm daraufhin, dass sie ebenfalls sehr gerne und viel gereist waren, jedoch nicht nur in Europa, sondern sehr viel auch in Asien, vor allem Indochina und China.

Danach brachte er sie wieder zum Bahnhof und vereinbarte mit ihr ein weiteres Treffen an einem Ort ihrer Wahl. Als sie wieder im Zug saß dachte sie über diese beiden außerge-wöhnlichen Tage nach. Sie waren so gänzlich anders verlaufen als sie vermutet hatte. Gegen ihren Willen war sie begeistert.

* ~ * ~ *

Anneliese entschied spontan ihm einen ähnlich gelungenen Tag zu bieten. Wo und womit, das war ihr noch nicht klar. Ihre Möglichkeiten waren nicht so breit gestreut, wie die in einer Großstadt. Gegen Wien war Linz ja bestenfalls eine kleine Provinzstadt! Es wollte gut überlegt sein. Und sie fragte sich erschrocken, was ihren unerwarteten Sinneswandel bewirkt hatte?

Sie wollte vor allem erst einmal darüber schlafen. Morgen sah alles sicherlich ganz anders aus. Wenn sich die erste Euphorie gelegt hatte und sie sich wieder in ihrer gewohnten Umgebung befand, rückte sicherlich alles wieder an den Platz wo es hingehörte!

Nach dem ersten – also wenn man es genau nahm nach dem dritten – Kontakt! Das wäre ja noch schöner! Aber beeindruckend war dieser Tag allemal gewesen! Es musste ihr auf jeden Fall etwas einfallen, das wenigstens annähernd ein vergleichbares Erlebnis bieten konnte. Vielleicht kam ihr im Schlaf die Erleuchtung?

Ein befriedigendes Ergebnis

„Also, ich hätte nicht gedacht, dass das tatsächlich funktionieren würde!"

Susanne schüttelte den Kopf in ungläubigem Erstaunen.

„Hat es aber doch! Obwohl andererseits: Noch ist nicht aller Tage Abend!"

Horst war zurückhaltender in seiner Euphorie als es sonst so seine Art war und auch wie es Susanne erforderlich schien.

„Jetzt müssen wir vorerst einmal Annelieses ‚Antwort' auf diesen Tag abwarten. Trotzdem würde es nicht schaden, wenn wir Rosi daran hindern würden, in den nächsten zwei Wochen Zeit für Michael zu erübrigen!"

„Kluge Idee! Mal sehen, was wir da tun können."

Sie setzten sich zusammen und berieten sich. Die Antwort war rasch gefunden: Barbara wurde kurzerhand überraschend von ihrem Mann zu einem Skiurlaub eingeladen. Vorausgesetzt sie würde jemanden finden, der ihren Sohn Thomas in dieser Zeit betreute, da dieser eben leider zur Schule musste!

Selbstverständlich konnte Rosi ihrer Tochter das nicht ohne Grund nur so abschlagen. Außerdem fand sie, dass sie sowieso viel zuwenig Zeit allein mit ihrem Enkel verbringen durfte! Somit war dieser Punkt geklärt und weder Horst noch Susanne machten sich noch Sorgen um Rosi.

Allerdings gab es da noch ein weiteres ungeklärtes Problem. Dieses hing zwar nicht mit den Konkurrentinnen, jedoch mit Anneliese zusammen. Anneliese hatte es bis dato vermieden ihren Wohnort preiszugeben. Zwar wusste Michael dass dieser wohl in der Nähe von Kremsmünster lag, jedoch sonst nichts Näheres darüber.

Und wenn Michael mehr aus sich herausgehen sollte, dann musste er natürlich volles Vertrauen zu seiner zukünftigen Partnerin erlangen. Was kaum der Fall sein würde, wenn sie ihm sogar schon diese grundlegende Information vorenthielt!

Aber Anneliese befand sich sowieso in einer Zwickmühle: Einerseits sollte es ein adäquater Tag werden, den sie ihm bieten wollte, andererseits musste er wohl oder übel sich ebenfalls über wenigstens zwei Tage erstrecken! Sie konnte ihn also schlecht in Linz einquartieren und immer hin und her fahren! Noch dazu wo es ein Hotel neben ihrem Wohnhaus gab, in welchem sie bloß zu reservieren brauchte. War der Besitzer doch nicht nur einer ihrer Nachbarn sondern gleichzeitig auch ein guter Bekannter.

Anneliese musste sich entscheiden und zwar bald, am besten noch vor dem nächsten Schlafengehen. Oder jedenfalls spätestens morgen. Einmal darüber schlafen war in jedem Fall sinnvoll. Aber was nützen alle guten und wohlüberlegten Vorsätze, wenn man dann nicht schlafen konnte. Anneliese wälzte sich traumlos die meiste Zeit der Nacht in ihrem Bett und konnte sich nicht aufraffen zuzugeben, dass der Tag, beziehungsweise diese beiden Tage, beeindruckender waren, als sie sich selbst gegenüber eingestehen wollte!

Um genau zu sein: Es war durchaus schon auch der Mann dahinter! Er war irgendwie so gänzlich anders, als alle Männer, welche ihr bisher begegnet waren, unabhängig davon ob sie jetzt nur als Bekannte oder gegebenenfalls auch als Partner in Frage kamen.

Sie begann den neuen Tag unausgeschlafen und böse mit sich selbst. ‚Jetzt, oder nie!' dachte sie barsch und rief ihren Bekannten im Hotel an. Ein Zimmer für zwei Nächte in zehn Tagen? Kein Problem, ist schon erledigt! Was hatte sie eben gesagt? Für zwei Nächte? Was hatte sie sich denn dabei gedacht? Jetzt musste sie nicht bloß für einen Tag ein adäquates Event finden, jetzt musste es sogar für mindestens zwei Tage sein! Wo sollte sie diese Veranstaltungen in der kurzen Zeit nur hernehmen?

Karten fürs Brucknerhaus? Unmöglich. Zudem gab's dort im Moment nichts von dem sie dachte, dass es ihrem neuen Bekannten gefallen würde. Aber außer Linz gab es nichts Vernünftiges. Sankt Florian wäre sowieso schon fast in die Hose gegangen, also keine unnötigen Experimente! Wels? Nichts wirklich Aufregendes. Enns? Vielleicht gar mit ihrer Schwester? Na, das wäre erst recht unsinnig um nicht zu sagen riskant.

Technik vielleicht. Aber was? Das AEC hatte auch nichts Brauchbares im Programm. Wenn wenigstens noch die Leonardo-Ausstellung laufen würde. Tat sie aber nicht. Das Lentos: Naja, das war ihr von Grund auf schon suspekt. Da war eventuell etwas im Schloss: Ja, das würde gehen. Und sonst? Da gibt es neuerdings in der VOEST eine Ausstellung über die Stahlwelt! Das könnte gut ankommen. Na probieren wir's eben aus. Ist sowieso alles nur ein Vabanquespiel!

Fruchtlose Versuche

Ein gelungener Tag mag ja für andere ein ausreichender Grund zur Befriedigung sein, für Michael war er jedoch nicht ganz so gut gelaufen, wie er dachte. Diese Frau war ja so was von zurückhaltend! Hatte er sich zu viel versprochen? Eigentlich nicht. Aber ein klein wenig mehr Begeisterung von ihrer Seite wäre schon angebracht gewesen!

Na ja, immerhin hatte er ja noch Martha und Rosi. Er versuchte sofort irgendeine der beiden Damen zu erreichen.

„Hallo Martha! Wie geht's dir? Hast du für die nächsten Tage schon etwas vor, oder könnte ich vorbei schauen?"

„Ach, Michael! Ich bin im Augenblick völlig demoralisiert!" Martha war offensichtlich den Tränen nicht nur nahe, es schien Michael, dass sie bereits in Viererreihen flossen. „Ich habe von meinem Steuerberater gerade erst gestern erfahren, dass irgendetwas mit meinem angelegten Geld nicht stimmt. Er sagte zwar, dass er noch nichts Genaueres sagen kann, aber es wäre besser, wenn ich damit rechnen würde, zumindest einen Teil, wahrscheinlich sogar einen größeren, zu verlieren!" Martha war, jedenfalls dem Ton nach, völlig durch den Wind und hatte im Augenblick ganz andere Dinge im Kopf, als einen neuen Liebhaber.

„Oh! Das tut mir aber leid! Hast du sehr viel investiert? Oder ist es einigermaßen verschmerzbar?" Eine blöde Frage! Verluste, gleich welcher Art, sind nie ‚nur so' verschmerzbar! „Entschuldige, bitte! Das war dumm von mir, natürlich schmerzt es dich. Und im Grunde geht es mich ja auch gar nichts an. Trotzdem: Kann ich irgendetwas Sinnvolles für dich tun?"

„Nein, nein! Ich komm schon zurecht. Aber vielleicht ist es besser, wenn ich mich in nächster Zeit mehr um diese Angelegenheit, als um meine Beziehungen kümmere! Ich melde mich wieder, okay?" Martha wirkte jetzt etwas gefasster.

„Ja, natürlich! Also bis dann!" Michael legte rasch auf und war froh, dass er sich mit Marthas Problemen nicht weiter auseinandersetzen musste. Im Geiste hakte er Martha bereits als ‚erledigt' ab. Blieb vorerst also nur noch Rosi. Aber Rosi würde er erst morgen anrufen.

Aber am nächsten Tag war es nicht besser. „Hallo Rosi! Wie wär's mit einem kleinen Ausflug? Zum Beispiel auf den Semmering?"

„Du, Michael, es tut mir wahnsinnig leid, aber ich hab die nächsten beiden Wochen den Thomas bei mir. Barbara wurde überraschend zu einem zweiwöchigen Skiurlaub eingeladen, da Alfred seine Dienstreise nach Paris verschieben musste und ich hab nun den Kleinen unter meinen Fittichen!"

„Das ist aber eine Überraschung! Könnte Thomas nicht mit uns mitkommen? Schließlich kennt er mich ja bereits!"

„Nein, das fang ich mir gar nicht erst an. Sei mir nicht bös' aber vorerst müssen wir das zurückstellen!" Rosi klang in keiner Weise so, als ob ihr diese Ablehnung unangenehm wäre.

„Auch gut, dann melde ich mich in zwei Wochen wieder." Michael wirkte eher verärgert als vertröstet. Er hatte doch sicher damit gerechnet, dass wenigstens eine der beiden für ihn Zeit erübrigen würde. Aber Rosi war überhaupt so komisch in letzter Zeit. Michael schien es, dass sie nicht nur froh über die Möglichkeit zur Absage war, sondern dass sie sich vor ihm richtiggehend zurückzog.

Hatte er irgendetwas verbockt? Oder war es nur ihre mehr oder weniger deutlich zur Schau gestellte Bindungsscheue? Wie auch immer: Er kam damit klar. Es war ja nun wahrlich nicht so, dass er auf eine Beziehung so scharf war, dass er sich um jeden Preis binden wollte oder gar musste.

Er hatte ja sowieso schon beschlossen vorläufig seine diesbezüglichen Ambitionen eine Weile stillzulegen. Vielleicht war genau das der Fingerzeig auf den er – nun, nicht gerade gewartet – vielmehr aber doch eher gehofft hatte.

Also sah er seine Angebote nochmals in Ruhe durch. Es war nicht ein einziges dabei, das ihm dermaßen verlockend erschienen wäre. Dass er noch eine weitere Woche angehängt hätte. Er wollte schon damit beginnen, alle offenen ‚Fälle' zu canceln, als er dachte: Warten wir vorerst noch den ausständigen Termin mit Anneliese ab! Auf ein paar Tage auf oder ab kam es jetzt auch nicht mehr an.

Grund zur Freude?

„Das war nun aber wirklich knapp!"

Horst war mit dem derzeitigen Stand der Dinge zwar nicht unzufrieden, aber er schätzte die Situation doch eher auf 70 zu 30 als auf 90 zu 10 zu seinen Gunsten ein.

„Soo knapp war es nun wieder auch nicht! Schließlich wollten wir ihn ja in genau diese Position manövrieren! Oder?"

Susanne war schon eher enthusiastisch.

„Ja schon. Aber wenn er jetzt begonnen hätte seinen Abschluss, beziehungsweise seine Unterbrechung zu fixieren, wäre sein Interesse sehr stark gesunken. Und dann hätte er womöglich nicht einmal mehr die Energie für das alles entscheidende Treffen mit Anneliese aufgebracht!"

Susanne schüttelte nur den Kopf.

„Du unterschätzt noch immer seine Hartnäckigkeit, seine Beharrlichkeit und seine unüberbietbare Geduld. Mir macht da vielmehr Annelieses Zurückhaltung Sorgen. Mir scheint, dass sie sich noch immer nicht klar darüber ist, wohin sie jetzt will!"

„Ich weiß, was sie will: Sie will die absolute Sicherheit!"

Horst versuchte die Einstellung seiner Frau als durchaus vernünftige Maßnahme hinzustellen.

„Ja. Aber erstens gibt es die nicht und zweitens ist es doch praktisch eh die ultimative Garantie! Oder sehe ich das falsch?"

Susanne war von dem zu erwarteten Endergebnis restlos überzeugt.

„Nein, nein. Du hast schon Recht! ‚Wir' wissen das. Aber die beiden wissen es noch nicht!"

Horst brachte die Sache auf den Punkt.

„Spielt das noch eine Rolle?"

Susanne war nicht davon abzubringen.

„Und wie! Stell dir nur einmal vor, Michael oder Anneliese bekommen einen einfachen Schnupfen. Es kommt nie mehr zu

einem weiteren Treffen!"

„Wieso nicht?"

Susanne konnte, oder wollte nicht glauben, dass eine derart unwichtige Nebensächlichkeit die Angelegenheit noch scheitern lassen würde.

„Weil Anneliese das als ‚Zeichen' betrachten würde und jeder weiteren Annäherung ablehnend gegenüberstehen würde!"

Horst kannte eben seine Anneliese doch besser.

„Dann müssen wir das eben verhindern! Wir können doch so kurz vor dem Ziel nicht die Flinte ins Korn werfen!"

Susanne hatte genügend von Michaels Beharrlichkeit übernommen um nicht gleich schwarz zu sehen.

„Ich werfe doch nicht gleich die Flinte ins Korn! Ich zeige ja nur Möglichkeiten auf. Außerdem: Anneliese bringt so eine kleine Unpässlichkeit nicht aus dem Konzept. Ich weiß jedoch nicht wie Michael dann reagieren würde?"

Horst war sichtlich um Beruhigung bemüht.

„Michael? Der würde nicht zugeben dass er krank ist, bevor er nicht mit vierzig Fieber im Bett liegt. Abgesehen davon, dass er bereits bei zirka achtunddreißig-fünf ‚tot' ist! Behauptet er wenigstens immer wenn einmal die Rede darauf kam."

Susanne kannte eben ihren Michael ebenso gut wie Horst seine Anneliese.

„Worüber machen wir uns dann eigentlich Sorgen?"

„Ich mach mir keine Sorgen, du warst es der ‚Möglichkeiten' ins Spiel brachte."

Susanne war mit der Entwicklung dieser Debatte zufrieden.

„Lass uns nicht streiten. Ich bin eben vorsichtig und kann nicht glauben, dass wir unser Ziel so leicht und so rasch erreichen konnten!"

„So rasch? Es waren immerhin fünf Jahre bei dir und immer noch zwei bei mir! Das mag für uns unwichtig sein, aber für die Beiden ist es doch eine halbe Ewigkeit!"

Susanne fand ihre ‚Arbeit' zwar zufriedenstellend, aber von rasch konnte ihrer Meinung nach wirklich keine Rede sein!

„Also warten wir jetzt erst einmal dieses alles entscheidende

nächste Treffen ab. Dann sehen wir weiter."

Ein neuerliches Treffen

Anneliese hatte sich entschieden. Sie wollte es ernsthaft versuchen. Zuerst einmal mit der Einladung nach Linz. Die Stahlwelt schien ihr das geeignete Instrumentarium um festzustellen ob sein Interesse für sie nur vordergründig aber oberflächlich war, oder ob sich dahinter mehr als nur Smalltalk-Verhalten verbarg.

Diesmal war sie außergewöhnlich aufgeregt. Es war ihr nicht wirklich bewusst, aber sie machte sich extra zurecht. Zwar war sie wie gewöhnlich auch diesmal de facto ungeschminkt, jedoch wählte sie ihre Garderobe mit besonderer Sorgfalt.

Sie war auch schon mehr als eine Viertelstunde früher am Bahnhof als erforderlich gewesen wäre. Entgegen den sonst vorhandenen Möglichkeiten fand sie auch noch einen Parkplatz unmittelbar vor dem Haupteingang. Kurz bereitete es ihr Sorge, dass sie die erlaubten zehn Minuten freie Parkzeit überschreiten würde. Jedoch tat sie die Möglichkeit, gerade in dieser Zeit einem Ordnungsorgan aufzufallen, mit ungewohnter Lässigkeit ab.

Sie ging in die Ankunftshalle hinunter in Richtung Information. Dies war schon letztens der vereinbarte Treffpunkt. Sie war nicht ungeduldig aber gespannt. Es war doch das erste Mal, dass Michael in ihr Refugium quasi ‚einbrach', das heißt ‚einbrechen würde' schließlich war es doch schon bei ihr zuhause. Da er bei der letzten Begegnung nicht einmal ansatzweise in ihre heimatliche Richtung gekommen war, war heute als der Tag der Wahrheit.

Michael wusste zwar selbstverständlich dass sie mehr oder weniger in der Nähe Kremsmünsters beheimatet war, aber wie nahe, beziehungsweise in welcher Richtung davon, eben nicht. Trotzdem. Nach nunmehr bereits drei Treffen schien es doch, dass es klug wäre mit der Wahrheit heraus zu rücken.

Michael war bereits eine Minute nach der Zugankunft in der

Halle. Freudig kam er auf sie zu und begrüßte sie herzlich. Nichts deutete darauf hin, dass er in den vergangenen Tagen nur ablehnende Bescheide erhalten hatte. Sein durch und durch sonniges Gemüt ließ einfach keinen Missmut zu.

Anneliese, die weder von den diversen Verabredungen Michaels, noch von den sich daraus gegebenenfalls resultie-renden Ablehnungen wusste, nahm die herzliche Begrüßung natürlich als auf sie allein gemünzt wahr. Was im Prinzip auch nicht falsch war, da Michael grundsätzlich nichts tat, was er nicht auch so wollte und meinte. Aber auch davon wusste Anneliese – noch – nichts.

Beide gingen danach schnurstracks zu Annelieses Wagen, wobei sie ihm gleichzeitig eröffnete, dass sie ihn in die Stahlwelt der VOEST einladen wollte. Michael war das nicht nur recht, er war sogar sehr erfreut darüber. Vor allem weil er sich davon einen guten Überblick über Annelieses Bildung erhoffte. Was Michael nämlich – ebenfalls noch – nicht wusste war, dass er es mit einer pensionierten Polytechnik-Lehrerin zu tun hatte.

Wie auch immer. Die Stahlwelt war ein voller Erfolg und sie widmeten sich danach dem Problem des Mittagessens. Darüber hatte Anneliese noch nicht nachgedacht da sie Michael die Wahl zwischen einfacheren oder besseren Lokalen lassen wollte.

Michael hingegen wollte gerne im Umland ein gefälliges Landgasthaus finden, in welchem nicht zuletzt Regionales geboten wurde. Anneliese, als gebürtige Mühlviertlerin, schlug daraufhin den Weg in Richtung Leonfelden ein. Nach einer eher kurzen Fahrt entdeckten sie dann, was zu finden sie gehofft hatten.

Das Hotel Post mit seinem urigen ländlichen Ambiente in der kleinen Gemeinde Hellmonsödt war exakt das, was beide sich vorgestellt hatten. Die Speisekarte war lang, aber die Auswahl rasch getroffen.

„Bitte zweimal Griessnockerlsuppe, danach die gekochte Rindszunge mit dem englischen Gemüse und Erdäpfelschaum. Dazu einen Almdudler."

„Für beide?"

„Für beide."

Michael fand es ganz selbstverständlich die Bestellung der Speisen für beide vorzunehmen. Die Suppe wurde beinahe augenblicklich serviert und wurde ohne große Kommentare verzehrt. Die Wartezeit bis zum Service der Rindszunge wurde mit der Zufriedenheit über die Wahl des Lokals, sowie Gemeinplätze über die Umgebung überbrückt.

Die Rindszunge war danach wirklich hervorragend. Sie war sowohl zart als auch bissfest. Ebenso wie das englische Gemüse, das so überhaupt nicht englisch – sprich: verwässert und zerkocht – war, sondern ebenso bissfest uns geschmacklich ausgewogen.

Michael wollte klare Verhältnisse. Es waren genügend Hinweise dafür vorhanden, dass diese Frau eine mehr als nur passable Partnerin abgeben würde. „Wie denkst du, sollte es weitergehen?" eröffnete er daher die Fragestunde.

Anneliese wusste nicht recht worauf er hinaus wollte. „Was genau soll weitergehen?"

„Nun ja. Sollen wir uns nur abwechselnd in regelmäßigen, oder auch in unregelmäßigen, Abständen weiterhin treffen, oder wie?" Michael verstand nicht was an seiner Frage so unverständlich war.

„Vielleicht!?" Anneliese fühlte sich in die Ecke gedrängt.

„Also so geht's nicht! Was denkst du, könnte aus dieser Beziehung, falls es denn überhaupt schon eine ist, noch werden?" Michael wusste nicht, wie er zu einer brauchbaren Antwort kommen sollte.

„Ich weiß nicht. Haben wir denn schon eine Beziehung?" Anneliese war auf Zeitgewinn aus. Michael sollte sich deklarieren.

„Ich meine, wovon hängt es ab, ob du einer festeren Beziehung eine Chance gibst?" Eine bessere Frage fiel ihm beim besten Willen nicht ein.

Anneliese hatte ihn genug zappeln lassen. Sie wusste natürlich schon längst worauf das alles hinauslief. „Das hängt ganz davon ab, ob ich mir vorstellen könnte mit ihm ins Bett zu gehen!" Jetzt war die Katze aus dem Sack.

Michael war einen Augenblick sprachlos. Direkter ging's wohl kaum! „Und? Könntest du dir das mit mir vorstellen?"

Jetzt oder nie. „Ja." Kurz und bündig, es gab nun sowieso kein Zurück mehr.

Das war's. Michael hatte alles was er wollte. Er beugte sich über den Tisch, nahm Annelieses Kopf zwischen seine Hände, zog sie näher zu sich und küsste sie auf den Mund. „Danke."

Beinahe geschafft!

„Na, wer sagt's denn?"

Susanne warf Horst einen überaus zufriedenen Blick zu.

„War ja auch nicht anders zu erwarten, nachdem wir die Konkurrenz ausgeschaltet hatten!"

Horst war um nichts weniger zufrieden als Susanne.

„Es war trotzdem ein schönes Stück Arbeit!"

„Dennoch: Noch fehlt das Finale! Und wer weiß was nicht alles noch so passieren kann!"

Horst war, wie immer, vorsichtig in seiner Zuversicht.

„Ach! Du immer mit deiner Übervorsichtigkeit! Lass die Dinge sich endlich entwickeln. Du wirst sehen es wird schon. Eigentlich ist es jetzt schon gar nicht mehr aufzuhalten!"

„Und du mit deinem euphorischen Optimismus! Lief bei euch immer alles so glatt?"

„Keineswegs. Aber irgendwie kam alles immer wieder in die richtigen Bahnen."

Susanne war nicht zu bremsen.

„Also gut. Nehmen wir einmal an, dass auch der Rest gut geht. Wie soll es denn danach überhaupt weitergehen?"

Horst hatte schon wieder neue Sorgenfalten auf der Stirn.

„Na wie schon? Sie werden unzertrennlich sein!"

Susanne dachte an ihre eigene Startsituation.

„Nur so? Ohne irgendwelche Vorsichtsmaßnahmen?"

Horst plagten die ärgsten Zweifel über Susannes Visionen.

„Was denn für Vorsichtsmaßnahmen? Denkst du, sie könnten noch Kinder kriegen?"

Susanne wusste nicht, was sich Horst darunter vorstellte.

„Nein, natürlich nicht. Aber sie werden doch nicht so unvorsichtig sein und die eigenen Wohnungen aufgeben?"

„Wozu sollte das denn gut sein? Sie werden heilfroh sein, dass sie solche Ausweichquartiere besitzen! Vieles geht von Wien *aus sehr viel leichter als von Bad Hall!"*

„Michael weiß ja noch nicht einmal, wo er heute noch landen wird!"

Die angeborene Vorsicht von Horst war noch lange nicht befriedigt.

„Na und? Was macht es für einen Unterschied ob Kremsmünster, Linz oder Bad Hall? Du wirst sehen, er richtet sich schneller ein, als dir lieb ist!"

Für Susanne war das alles kein Problem.

„Also, ich weiß nicht. Kein Mensch entscheidet sich in einer Situation wie dieser so rasch!"

Horst konnte, oder wollte, nicht glauben, dass auch das noch so problemlos über die Bühne gehen würde.

„Niemand ist impulsiver und spontaner als Michael! Ich hab in den gut vierzig Jahren, in denen ich ihn kannte, nicht auch nur ein einziges Mal erlebt, dass Michael sich nicht augenblicklich mit einer neuen Situation anfreundete und sofort all seine Interessen danach ausrichtete!"

Susanne wusste ganz einfach, wie Michael funktionierte.

„Aber das ist doch nicht ‚nur so eine' Situation! Da steckt doch mehr dahinter, als nur der vergleichsweise unwesentliche Unterschied zwischen Regen oder Sonnenschein!"

So leicht war Horst nicht zu überzeugen.

Susanne konnte Horst' Einwand nicht nachvollziehen.

„Wenn ich es dir doch sage! Er würde vermutlich mit derselben Energie zwischen dem Kauf eines neuen Wagens und einer Weltreise entscheiden. Ohne hinterher auch nur den geringsten Gedanken daran zu verschwenden, ob die Entscheidung zugunsten der anderen Auswahl besser oder sinnvoller gewesen wäre!"

Susanne wusste ganz einfach wie ihr Mann dachte und handelte.

„Das kann ich nicht glauben! Kein Mensch reagiert so! Außerdem: Wer sagt, dass Anneliese da mitspielt? Schließlich hat sie auch noch ein nicht zu unterschätzendes Wörtchen mitzureden!"

„So, wie ich sie heute einschätze, hat sie diese Entscheidung bereits getroffen. Sie weiß es nur noch nicht. Aber schon sehr bald."

Und damit sollte Susanne auch Recht behalten!

Hopp oder drop

Als sie wieder in Annelieses Wagen saßen, fragte Michael nochmals: „Darf ich dich küssen?"

Anneliese nickte nur. Sie drehte sich zu Michael hin und der beugte sich zu ihr hinüber, umfing sie ein wenig zaghaft und küsste sie richtig. Mit allem was so dazugehört. Es war ein Kuss, wie ihn eben nur Liebende tauschen. Und beide wussten das auch. Im Prinzip war nichts mehr unklar.

Trotzdem setzte Anneliese ihr geplantes Programm fort. Vorerst ging es ins Linzer Schloss. Dort fand ein Vortrag über die Darwinsche Evolutions-Theorie statt. Michael war schwer begeistert und hielt damit auch nicht hinterm Berg.

Sie nahmen im Schlosscafe noch eine Jause, bevor es ans Heimfahren ging. Eigentlich gab es keine wirklich offenen Fragen mehr. Das Hotel war reserviert und somit keine langwierige Suche. Dennoch fragte Michael jetzt Anneliese doch noch:

„Brauchen wir das Hotel noch? Oder komm' ich gleich zu dir?"

Das war nun genau genommen nicht die Frage mit der sich Anneliese konfrontiert gesehen hatte. Sie war verblüfft und etwas ratlos. Was sollte sie jetzt darauf antworten? Eine Ablehnung wäre ihr doch zu unpassend, wenn nicht sogar unhöflich, erschienen.

Sie ließ sich mit der Antwort Zeit. Zuviel Zeit. Also bohrte Michael weiter:

„Was soll ich noch im Hotel? Wäre es nicht sinnvoller wenn ich sofort zu dir komme?"

Michael verstand nicht, was es da noch groß zu überlegen gab. Aber man durfte ja wohl noch fragen. Oder?

„Gut. Ich muss die Reservierung aber noch stornieren, sonst müssen wir das Zimmer womöglich auch noch bezahlen!" Gab Anneliese nun doch nach.

„Wohin fahren wir jetzt eigentlich, wenn ich fragen darf?"

„Nach Bad Hall."

„Aha." Es war einer jener vier Orte, die Michael ursprünglich als ‚sehr wahrscheinlich' ausgewählt hatte: Kremsmünster, Kirchdorf, Kematen a/d Krems und Bad Hall.

„Was heißt da ‚Aha'?" Anneliese schien diese Aussage suspekt.

„Das heißt, dass Bad Hall in meiner Auswahlliste enthalten war und mich daher nicht weiter überrascht."

„Ach so."

Irgendwie war die Unterhaltung erlahmt. Es schien, als wüssten beide nicht so recht, wie sie die Situation kommentieren sollten. Oder ob ein Schweigen nicht sowieso im Moment das Beste wäre. Jedenfalls hingen beide ihren Gedanken nach. Anneliese konzentrierte sich aufs Fahren und Michael versuchte sich bestimmte Punkte der Umgebung einzuprägen.

So fuhren sie einige Zeit schweigend dahin. Die der Jahreszeit gemäße blasse Nachmittagssonne verschwand hinter den sanft ansteigenden Hügeln als sie Bad Hall erreichten. Anneliese fuhr direkt zu ihrem Reihenhaus.

„Wir gehen zuerst ins Hotel um abzubestellen und dann zeig' ich dir das Haus."

„Okay. Ist es weit?"

Manfred stellte sich sofort auf einen ausgiebigeren Spaziergang ein.

„Nein. Gleich da hinter dem Haus. Aber vielleicht zeig' ich dir vorher noch den Ausblick vom Kurpark. Der fängt unmittelbar dahinter an."

‚Kleine Galgenfrist' dachte Anneliese – und Manfred wohl ebenso.

Im Hotel benötigten sie knapp fünfzehn Sekunden, für den Aufstieg auf den Hügel dafür fast zehn Minuten. Der Ausblick, so wie ihn sich Anneliese vorgestellt hatte, war den Aufstieg jedoch nicht wert. Es war trüb und die in der Ferne sonst ein prächtiges Panorama bildenden Bergketten der Voralpen waren so gut wie unsichtbar.

Am Hang darunter lagen noch Schneereste und alles in allem wirkte die Aussicht eher trostlos. Manfred sah was ihm geboten wurde, hatte so eine ungefähre Ahnung davon was er hätte sehen sollen und war etwas ratlos. Auch beim besten Willen fiel ihm kein schmeichelhafter Kommentar ein. Außerdem war es, dem späten Nachmittag geschuldet, auch schon empfindlich kalt. Vor allem nach der Wärme in Annelieses Audi.

So gingen sie wieder in Richtung des Hauses. Dort angekommen wurden Michael die einzelnen Räume präsentiert. Beginnend bei der Garage über die Küche und das Wohnzimmer, bis zum oberen Wohnzimmer, mit integriertem Wintergarten, dem Bad und dem Schlafzimmer.

Das Haus, in Nord-Süd Lage gelegen, mit einer relativ großen Terrasse vor dem Wohnzimmer nach Süden hinaus, das darüber hinaus mit einer überbreiten Terrassentür ausgestattet war, gefiel Michael auf Anhieb. Mehr aus Verlegenheit ließ er sich auf der Wohnzimmercouch nieder, während Anneliese eine kleine Jause vorbereitete. Einerseits wollte er nicht in der doch eher beengten Küche im Weg herumstehen, andererseits wollte er auch nicht auffällig die in den umgebenden Schränken gestapelten Bücher und diversen Erinnerungsstücke der unterschiedlichsten Art inspizieren.

Später konnte sich Michael nicht einmal mehr daran erinnern, was er zur Jause vorgesetzt bekommen hatte. Sicherlich war es Kaffee und dazu irgendeine Art Kuchen – wahrscheinlich. Das Gespräch blieb, wie schon auf der Herfahrt, einsilbig, drehte sich in erster Linie ums Haus, und wurde nur hin und wieder von einem zufälligen, eher gezwungen wirkenden, Bonmot unterbrochen.

Auch was ihm zum Abendessen vorgesetzt wurde blieb, aus späterer Sicht, im Dunkel des Vergessens verborgen. Irgendwann kam dann der nicht weiter aufschiebbare Moment des Zubettgehens. Nach einer kurzen Beratung entschieden sie, dass Michael als Erster und Anneliese als Zweite das Bad aufsuchen sollte.

Selbstverständlich hatte Anneliese das Bett zuvor neu bezogen. Michael fand sich nach kurzer Zeit also in dieser unbekannten Bettstatt und wunderte sich über den angenehmen Holzgeruch, während er auf Anneliese wartete. Später erfuhr er, dass das gesamte Zimmer aus Zirbenholz bestand, welches seinen Geruch über Jahre hinweg beibehalten würde.

Als Anneliese – endlich! – auch ins Bett kam, war Michael beinahe schon eingeschlafen. Kurz lagen sie danach eine Weile so nebeneinander, bis sich Michael entschloss Anneliese doch mit einem Gute-Nacht-Kuss in die Nachtruhe zu verabschieden. Er staunte nicht schlecht, als Anneliese daraufhin kundtat: „Ich glaube, ich hab' zu viel an!"

Was daraufhin geschah soll – nun jedoch bewusst und nicht als Folge der Aufregung des vergangenen Tages – im Dunkel des Schlafzimmers – welches so nebenbei bemerkt durchaus nicht im Dunkeln lag! – verborgen bleiben. Nur so viel: Es war reichlich spät, oder richtiger gesagt wohl: früh, als das Licht tatsächlich gelöscht wurde.

Ein ganz neuer Tag

Niemand wusste besser, dass damit bereits alles besiegelt war, als unsere beiden unsichtbaren Beobachter.

„Ich denke, damit haben wir es geschafft!"

Horst lehnte sich genüsslich zurück.

„Da kann ich dir nur vorbehaltlos zustimmen."

Susanne war absolut der gleichen Meinung.

„Und eigentlich könnten wir wirklich zufrieden sein. Ich würde jedoch vorschlagen, dass wir noch eine Weile ein Auge auf die Beiden haben. Und sei es nur, um zu sehen ob sie dahinter kommen, dass es nicht alleine auf ihrem Mist gewachsen ist."

„Du und deine deftige Ausdrucksweise!"

Horst konnte sich nur schwer damit abfinden, dass Susanne gerne so redete, wie es ihr in den Sinn kam.

* ~ * ~ *

„Einen wunderschönen ‚Guten Morgen'!"

Anneliese, noch ein klein wenig verschlafen, fand es einerseits wunderschön wieder neben jemanden aufzuwachen. Andererseits verblüffte sie die Rasanz mit der diese letzte Nacht zustande gekommen war!

„Einen ebenso schönen ‚Guten Morgen'! Hast du überhaupt schon ausreichend geschlafen? Ich glaub' ich könnte durchaus noch einige Stunden weiter büseln!"

Michael wollte noch weiterhin dieses Gefühl eines unerwarteten neuen Lebensabschnitts – und dass dieser bereits begonnen hatte war ihm mit absoluter Sicherheit bewusst! – genießen.

Anneliese wollte das zwar ebenfalls, aber sie wollte auch noch etwas ganz anderes. Nämlich sehen wie sich dieser neue Alltag so anfühlen würde.

„Nein, nein. Nichts da. Raus aus den Federn! Wir wollen doch unseren ersten gemeinsamen Tag nicht mit Schlafen vertrödeln!"

Hatte sie eben ‚ersten gemeinsamen Tag' gesagt? Gab es denn keinen Zweifel mehr, dass dies die neue lange herbeigesehnte Zweisamkeit war? Nein, es gab keinen Zweifel mehr! Die Suche war schlicht und einfach gelaufen.

Diesen Tag begingen sie ruhig und geruhsam. Mit Spaziergängen im Kurpark. Da der neue Tag sich weitaus schöner präsentierte, als der gestrige, kam er also doch noch in den Genuss der ‚schönen Aussicht' auf das Voralpenpanorama.

Für den Mittag suchten sie den Kirchenwirt in Rohr auf. Serviert wurde gebackenes Huhn mit Erdäpfeln (Anneliese) beziehungsweise mit Reis (Michael).

Am Abend musste Annemarie zu einem Klassentreffen mit ehemaligen Schülerinnen und Michael saß derweilen im gleichen Lokal in einer stillen Ecke und las in einem Buch, welches er für die Bahnfahrt mitgenommen hatte. Danach folgte eine weitere Nacht der neuen Zweisamkeit.

Am nächsten Tag wurde Michael die Heimatstadt Annemaries, Enns, vorgestellt. Enns ist zwar nicht besonders aufregend, jedoch ist es eine mehr oder weniger liebliche Stadt. Sie ist nicht nur als die älteste Stadt Österreichs von Interesse, sondern vor allem durch seinen mitten am Hauptplatz stehenden Stadtturm. In diesem befindet sich, wie in jedem höheren Turm – und der Ennser steht am höchsten Punkt dieser Stadt – ein Zimmer für den Turmwächter.

Dieses Zimmer wurde vor etlichen Jahren zu einem Hotelzimmer aus- und umgebaut, welches vor allem von Verliebten gerne gebucht wird. Aber Annemarie und Michael verzichteten auf dieses Erlebnis der besonderen Art. Sie hatten anderes im Sinn. Dass Annemaries Schwester Margot ebenfalls in Enns wohnte, verschwieg sie vorerst. Nicht dass es sie gestört hätte, wenn ihnen Margot über den Weg gelaufen wäre, aber das musste nicht unbedingt am ersten Tag ihres neuen Lebens sein!

Danach ging's – leider! – zum Bahnhof und es gab einen

raschen und problemlosen Abschied, da das nächste Treffen eigentlich gar kein Treffen im üblichen Sinne mehr war, sondern der Beginn des Zusammenlebens. Man war sich stillschweigend darüber einig, dass das künftige Leben in der ungeteilten Zweisamkeit stattfinden würde, wenngleich mehr oder weniger zu gleichen Teilen in Bad Hall und in Wien.

Schluss mit lustig

Als Michael nach Hause kam, beschloss er zu allererst alle offenen Kontakte zu beenden. Zu diesem Zweck formulierte er, drei Tage lang, einen freundlichen Abschiedsbrief, den er per Email an alle, natürlich auch und vor allem an Martha und Rosi, versandte.

Ich weiß, ich habe mich lange nicht gemeldet, aber ich war die letzte Zeit sehr unter Druck. Jedoch, es hat sich auch ausgezahlt, denn jetzt bin ich im endlich im Hafen gelandet.

Absagen sind immer eine unangenehme Angelegenheit, auch wenn oder gerade weil der Kontakt nicht so intensiv war, fällt es einem dennoch schwer jemand anderem eine Absage erteilen zu müssen!

So oder so, der Kontakt den wir hatten war zwar nicht erfolgreich, jedoch in jedem Falle nützlich, da es immer eine interessante Erfahrung ist, einen neuen unbekannten Menschen kennen zu lernen!

Ich wünsche dir viel Glück und dass auch dir der erwünschte Erfolg zuteil wird!

Mit lieben Grüßen verabschiede ich mich von einer netten Bekanntschaft!

Selbstverständlich bekam er ebenso freundliche Schreiben zurück. Alle mit mehr oder weniger Befriedigung darüber, dass sie nicht selbst betroffen waren. Mit Ausnahme von Rosi. Zwar war natürlich auch Rosis Antwort von der Gratulation bestimmt, jedoch konnte man ohne viel Phantasie auch ein nicht zu geringes Bedauern davon herauslesen! Offenbar war sie doch mehr an einer festen Beziehung interessiert, als sie zuzugeben bereit gewesen war!

Nachdem dieser Teil erledigt war, erledigte er auch gleich den Rest. Das heißt, Michael stornierte sein Abkommen mit der Partnerbörse und war damit gewissermaßen von allen derartigen Verpflichtungen frei. Also konnte er sich mit aller Vehemenz einer neuen Aufgabe, nämlich dem Aufteilen des Haushaltes auf zwei Wohnsitze widmen.

Außerdem kamen ein paar ganz neue Aspekte hinzu: Die Anmeldung eines Zweitwohnsitzes beispielsweise. Dies und Ähnliches ging ihm durch den Kopf, als er sich auf Annelieses in naher Zukunft ins Haus stehenden Geburtstag vorbereitete. Noch hatte er keine Ahnung, was er Anneliese zu schenken gedachte.

Als sie ankam, wie stets mit dem Zug, lud er sie zu Beginn gleich in sein Lieblingslokal ‚Zur Reblaus'. Und obwohl er dort im Allgemeinen einen Schweinsbraten vorzog, nahm er diesmal die Hausplatte für zwei. Immer noch grübelte er über ein passendes Geschenk nach. Einfach in irgendeine Boutique zu gehen und auf gut Glück etwas Passendes zu finden schien keine brauchbare Idee zu sein. Schmuck war ein noch viel heikleres Thema.

Als sie dann zurück zur Wohnung gingen und beratschlagten, was sie nachmittags unternehmen könnten, kam ihm endlich die rettende Idee. Er hatte für seine Haushaltshilfe – die jedoch nicht mehr in Amt und Würden war! – einen Satz Schlüssel für Haus, Wohnung und Briefkasten in einem Etui zusammengestellt. Diesen nahm er nun zur Hand und überreichte ihn Anneliese mit den Worten: „Darf ich dir zum Geburtstag ein Geschenk der besonderen Art überreichen!?"

Anneliese war einen Augenblick sprachlos. Dann überzog ein Lächeln ihr Gesicht und sie nickte erfreut, sagte schlicht „Danke!" und küsste Michael mit Hingabe.

* ~ * ~ *

„Was sagt man jetzt dazu!" Horst war richtiggehend verblüfft.

„Es ist wahrlich unglaublich wie intuitiv und spontan Michael reagiert!"

„*Ich hab es dir doch prophezeit!*" Susanne war mit ‚ihrem' Michael höchst zufrieden.

„*Er ist eben nicht mit den üblichen Maßstäben zu messen und darüber hinaus jederzeit für Überraschungen gut!*"

„*Wenn das in diesem Tempo so weitergeht stehen sie am Wochenende vor dem Standesamt!*"

Horst konnte es noch immer nicht fassen.

„*Na, ich hoffe doch nicht! Das wäre ganz schön dumm von den beiden! Sie können doch nicht auf gut ein Drittel ihres Einkommens verzichten!*"

Die praktische Jungfrau-Seite Susannes gewann wieder die Oberhand.

Horst war sofort klar, dass eine Hochzeit keine passable Lösung wäre.

„*Vor allem schon deshalb, weil ihre Ausgaben jetzt sprunghaft ansteigen werden. Ich sehe weite Reisen, ein neues Auto und noch vieles mehr!*"

Familienanschluss

Die Woche darauf konnte Michael Anneliese samt ihrer Schwester Margot in Wien zu begrüßen. Die beiden hatten einen Aufenthalt in einem renommierten Wiener Hotel samt dazugehöriger Bahnfahrt gewonnen und nutzten die preiswerte Gelegenheit einen Besuch bei mir zu machen. Margot war natürlich besonders neugierig diese neue Eroberung ihrer Schwester kennen zu lernen.

Selbstverständlich holte Michael die beiden vom Bahnhof ab, brachte sie zuerst in ihr Hotel und anschließend zu einem opulenten Lunch ins ehemalige Hietzinger Braustüberl. Danach zu sich nachhause. Annelieses Schwester Margot war von der Wohnung, und selbstverständlich auch von Michaels rotem Kater ‚Initz', angemessen beeindruckt.

Anneliese, die selbst zwar liebend gerne eine Katze besessen hätte, sich jedoch nie dazu aufraffen konnte, war auf diesen ‚Familienzuwachs' besonders stolz und präsentierte ihrer Schwester diesen Kater geradezu als Gottesgeschenk. Margot hatte als Tierfreundin doch selbst ebenfalls Katzen und zwar gleich vier, was Anneliese selbstverständlich nicht nur wusste, sondern immer auch mit einem gehörigen Anteil ‚Will haben' verband.

Dass er, Initz, tatsächlich zur Familie gehörte, bewies er schon eine Woche später. Da reiste er nämlich erstmals nach Bad Hall. Reisen war für ihn nichts Besonderes, war er doch von Jugend an daran gewöhnt zwischen Wien und, dem damals noch vorhandenen Sommerhaus in Angern, hin und her zu fahren.

Was soll man groß sagen? ‚Kam, sah und siegte!' Kaum war Initz dem Katzenkorb entstiegen drehte er sich zweimal um, sah und beroch Vorzimmer, Küche und Wohnzimmer, und legte sich bequem vor die Terrassentür. Gerade so, als wäre es das Natürlichste der Welt umzuziehen!

Michael war stolz darauf, dass ‚sein' Kater seine neue Gefährtin sofort als Hausgenossin wahr- und annahm! Augenblicklich war ihm klar, dass hier schleunigst eine Katzenklappe angebracht werden musste.

„Wo könnten wir hier ein Katzentürl montieren? In der Terrassentüre geht's sicher nicht!"

Anneliese schüttelte den Kopf.

„Nein, sicher nicht. Ich weiß auch gar nicht, ob ich eines möchte! Dann kommen nur die ganzen fremden Katzen ins Haus!"

Sie dachte an riesige Katzenversammlungen à la ‚Cats', und das noch dazu n ihrem Haus!

„Aber ganz sicher nicht! Freilaufende Katzen haben keine Ahnung wie Katzenklappen funktionieren! In Angern waren sie immer ganz perplex, wie unsere beiden, Initz und Ziana in den Angerer Wintergarten hinein und wieder heraus kamen!"

Michael wusste ganz einfach, dass es so war.

„Das glaub' ich nicht!" Anneliese war skeptisch.

„Du wirst sehen! ... Also, wohin?"

„Es ginge nur oben im Wintergarten, da ist immer offen und da kann er jederzeit rein und raus." Anneliese war trotzdem noch nicht überzeugt. „Außerdem darf er vorläufig sowieso nicht unbeaufsichtigt hinaus!"

Michael verstand nicht. „Warum das?"

„Er kennt sich doch hier nicht aus und man hört immer wieder von den davongelaufenen Katzen!" Anneliese war ganz Sorgefroh.

„Er kennt sich hier rascher aus als ich, das kannst du mir glauben!"

Drei Monate später gab es dann ein Katzentürl samt einer schmalen Katzentreppe vom Ausstieg bis auf die hausnahe Trennwand zum Nachbar hin. Von dieser konnte er dann bequem auf die Terrasse springen. Und natürlich auch wieder zurück. Bis dahin mussten wir allerdings an der Terrassentür Torwart spielen. Aber davon später.

Zuvor jedoch ging es nochmals nach Wien. Michael holte ein bis zweimal die Woche seine Enkelin Daniela vom Kindergarten. Danach hatte er sie den Nachmittag über, bis sie von ihrer Mutter, Lydia, am Abend wieder abgeholt wurde.

Diese Woche wollte er nun dazu nutzen Anneliese Lydia und Daniela vorzustellen. Und natürlich auch deren Reaktion auf seine neue Lebensgefährtin sehen. Aber deren Akzeptanz war, wie von Michael zwar erhofft aber durchaus nicht unbedingt erwartet, ähnlich der von Initz: Keine große Sache und ganz selbstverständlich.

Erzwungene Trennung

Diese unerwartet rasche Übereinkunft zwischen den beiden Liebenden brachte jedoch einige Probleme mit sich. Keine unlösbaren, aber doch etwas ärgerliche. Anneliese hatte für die nächsten Wochen einige Reisen gebucht. Und natürlich auch schon bezahlt.

Das wäre an sich nicht so tragisch gewesen, wenn Michael teilnehmen hätte können. Das war jedoch nur teilweise möglich. Da war einmal die Reise nach Südfrankreich, dann über die Pyrenäen und schließlich Spanien. Anschließend würde Anneliese – und Margot, die an diesen Reisen ebenso teilnehmen würde – von Barcelona nach Florenz fliegen und dort auf eine weitere Reisegruppe treffen, welche durch die Toskana führte.

Für den ersten Teil war eine Nachmeldung nicht mehr möglich, jedoch immerhin für den zweiten Teil. Michael würde diese Reisgruppe bis nach Florenz begleiten und den Rest der Reise dann an der Seite Annelieses mitmachen.

Annelieses Pyrenäen-Reise stand unter keinem guten Stern. Es regnete beinahe ununterbrochen, war bitterkalt und in jeder Hinsicht ungemütlich. Erst in Barcelona wurde das Wetter wieder, der Jahreszeit entsprechend – der Frühling war gerade ins Land gezogen – angemessen und angenehmer. Gerade im rechten Moment, um einen Vorgeschmack auf die Toskana zu ermöglichen.

Michael und Anneliese tauschten täglich SMS aus um wenigstens etwas vom Anderen zu haben. Das Wiedersehen in Florenz war dann beinahe wie eines von alten Ehepaaren. Und irgendwie waren sie das auch. Dies waren die ersten Momente, wo der Gedanke aufkam, dass ihr Zusammentreffen nicht alleine durch ihr Zutun zustande gekommen sein konnte.

Florenz, vom Palazzo Pitti über die Ponte vecchio bis zu den Uffizien, vom Dom bis zur Piazza Michelangelo, waren ein einziges unaufhörliches Highlight. Lucca mit seiner alten Stadtmauer, Pisa mit der unvergleichlichen Piazza dei Miracoli ... Es war ein nicht enden wollendes Erlebnis!

Sie genossen den ersten gemeinsamen Urlaub wie Jungverliebte. Stets bemüht, mit dem Anderen jede auch noch so kleine Begebenheit oder interessante Ansicht zu teilen. Dabei stellten sie auch laufend fest, wie sehr sich ihrer beiden Einstellungen, Ansichten und Befindlichkeiten glichen. Das konnte ganz einfach kein Zufall sein! Es war, mathematisch gesehen, so gut wie unmöglich zweimal im Leben so viel Glück zu haben! Und dass es so war, konnten auch die missgünstigsten Kritiker nicht bestreiten!

Ihre einhellige Meinung gipfelte in der Erkenntnis:

ES HAT SICH NICHTS GEÄNDERT!

Und dabei hatten sie noch lange nicht alle Übereinstimmungen erkannt. Erst als sie wieder Zuhause und mit täglichen Kleinkram befasst waren, stellten sie laufend weitere Parallelen fest. So etwa die unglaubliche Tatsache, dass Michael jedes Kleidungsstück, jeder Schuh und jedes Hemd von Horst wie angegossen passte!

* ~ * ~ *

Horst strahlte Susanne an.

„Besser konnte es nicht gehen! Das übertrifft alles, was ich mir in meinen kühnsten Träumen erhofft hatte, bei weitem!"

„Ich muss zugeben, auch ich hätte nicht gedacht, dass so etwas nicht nur in Romanen, sondern auch in Wirklichkeit möglich ist!"

Susanne war von der Entwicklung genau so angetan, wie Horst.

„Ich denke, wir haben unser Ziel nicht nur erreicht, sondern geradezu punktgenau erwischt!"

„Was du immer für Vergleiche hast!"

Horst konnte sich an Susannes beinahe schon blumiger Redeweise nicht satt hören.

Zweiunddreißig Monate später

Der Alltag verlief genau so, als hätten sie bereits seit undenklichen Zeiten gemeinsam gelebt. Sie kochten miteinander, sie gingen gemeinsam nicht nur spazieren sondern auch einkaufen. Haushaltsaufgaben wurden in den meisten Fällen, sofern sie nicht durch die jetzt wieder vorhandene Haushaltshilfe erledigt wurden, ebenfalls geteilt.

Nachdem Initz zwei Monate nur durch ein Loch in der Wand, beziehungsweise durch die von seinen Dienern diensteifrig geöffnete Terrassentüre, ein und ausgehen konnte – der Katzensteg wurde von Michael daraufhin sehr rasch gebaut – wurde endlich auch ein ordentliches Katzentürl für ihn montiert. Sehr zur Freude von Anneliese, die mit großer Genugtuung feststellen konnte, dass tatsächlich keine fremde Katze durch diese Klappe kam.

Ansonsten bestand das tägliche Leben noch aus vielen Konzert-, Theater- und ähnlichen Besuchen. Außerdem gab es in der Zwischenzeit ein neues Auto – Annelieses Audi wurde aus dem simplen Grunde, dass man nicht zwei Fahrzeuge benötigte, wenn man sowieso alles gemeinsam unternahm, abgemeldet, Michaels Wagen ging hingegen den Weg alles Irdischen – er war schließlich schon fast zweiundzwanzig Jahre alt – und auch einen neuen Fernseher.

Außerdem gab es nach wie vor viele Reisen. Mexico, Laos und Kambodscha, Cuba waren die entfernteren Ziele. Eine kleine Deutschland-Runde, Tschechien, Rumänien und die nördliche Ostsee waren die näheren. Und auch Städtereisen nach Venedig, Paris, London standen mehr oder weniger auf der Tagesordnung. Ganz nebenbei sei noch darauf hingewiesen, dass natürlich beide Domizile mehr oder weniger gleichmäßig ‚bewohnt' wurden.

Für viele Events, vor allem für Flüge, war Wien einfach praktischer, dafür waren Veranstaltungen im Raum Oberösterreich vielfach von noch größerem Interesse. Da waren nicht nur

Linz, sondern auch Traun, Steyr, Enns, Gmunden, Ischl, ja sogar Bad Leonfelden und Freistadt im oberen Mühlviertel Veranstaltungsorte mit viel Charme.

Daneben gab es nicht nur Treffen und Besuche von Verwandten und Freunden, sondern auch vielerlei Tätigkeiten, wie zum Beispiel den Computerclub. In all diesen Bereichen waren Anneliese und Michael gern gesehene Gäste. Das gemeinsame Leben genossen sie wie seit Beginn in all seinen Facetten.

Und immer noch fanden sie weitere verblüffende Übereinstimmungen mit ihren vorangegangenen Partnern. Wie bereits gesagt: Es hatte sich nichts geändert. Wenigstens in der Hinsicht, dass sie sich in irgendeiner Weise anpassen oder umorientieren hätten müssen.

Und immer stärker wurde der Verdacht, nicht alleine womöglich durch Zufall aufeinander gestoßen zu sein: Da hatte jemand ganz unzweifelhaft seine Hand im Spiel gehabt! Und wer das wohl war, war selbstverständlich beiden klar: Es konnten nur Susanne und Horst sein!

* ~ * ~ *

„Ich glaube, jetzt können wir sie alleine lassen. Ich wüsste nicht, was wir noch dazu beitragen könnten!"

Horst war es zufrieden, wenn er sich nur hin und wieder einmal erkundigen würde, ob alles noch in vorgesehenen Bahnen lief.

„Du hast völlig Recht. Wir werden uns ab jetzt wieder hauptsächlich den Aufgaben widmen, die für uns vorgesehen sind. Diese haben wir wohl eh sträflich vernachlässigt!"

Susanne war wieder einmal auf der praktischen Seite.

„Es wundert mich sowieso, dass wir so viel Zeit für unsere eigenen Projekte bekommen haben!"

Horsts Opa und Susannes Mama machten sich daraufhin ganz entschieden bemerkbar:

„Ja. Aber nur, weil wir euch etliche Arbeiten und Verpflichtungen abgenommen haben!"

Susanne fing sich als Erste.

„Na, da sind wir euch aber sehr zu Dank verpflichtet! Wir werden sicher einen Weg finden, euch zu entschädigen!"

Und Horst ergänzte:

„Wie sagten die beiden so schön? Ganz egal worum es sich auch dreht:"

ES HAT SICH EBEN NICHTS GEÄNDERT!

Alle Protagonisten

Anneliese Schneider	Die Witwe
Horst	Ehemann von Anneliese
Rudi	Sohn von Anneliese
Angelika	Tochter von Anneliese
Margot	Schwester von Anneliese
Michael Drescher	Der Witwer
Susanne	Ehefrau von Michael
Lydia	Tochter von Michael
Daniela	Enkelin von Michael
Conny	Beste Freundin Susannes
Paul	Bester Freund Michaels
Dr. Morskin	Arzt von Susanne
Ziana	verstorbene Katze von Michael
Initz	Kater von Michael
Martha	Konkurrentin Annelieses
Dora	Konkurrentin Annelieses
Rosi	Konkurrentin Annelieses
Barbara	Tochter von Rosi
Alfred	Ehemann von Barbara
Thomas	Sohn von Barbara und Enkel von Rosi
Erwin	Reisebegleiter von Anneliese
Sophie	Computertechnik Annelieses Schülerin
Albert	Kandidat von Anneliese
Heinrich	Kandidat von Anneliese
Konrad	Kandidat von Anneliese
Doris	Freundin von Susanne und Michael
Franziska	Kandidatin von Michael
Renate	Freundin von Anneliese

Die Frau, die aus dem Keller kam

Eine verunglückte
Liebesgeschichte

Ein ganz gewöhnlicher Morgen

Normalerweise pflege ich nicht morgens um halb Sieben aufzustehen. Es gibt jedoch Tage, an denen ich irgendwodurch geweckt werde, draußen einen wunderschönen sonnigen Morgen erblicke und keinerlei Lust mehr verspüre im Bett zu bleiben.

Ein solcher Tag nun war eben gerade heute.

Jedenfalls sprang ich voll Elan aus dem Bett, erledigte in Windeseile meine übliche Morgentoilette, kleidete mich relativ leger und ging zur Kochnische um mir ein herzhaftes Frühstück zu bereiten.

Ein herzhaftes Frühstück besteht für mich, nach bester österreichischer Tradition, aus Kaffee, Gebäck, Butter und Marmelade. Oder wahlweise auch Honig. Jedenfalls stand mir heute der Sinn nach Marmelade. Also warf ich die Kaffee-maschine an, sah nach ob sie auch noch genügend Wasser, Milch und Kaffee-bohnen enthielt – welch wunderbare Welt der Technik! – holte aus der Brotdose zwei Semmeln, die ich kunstgerecht am Toasteraufsatz auflegte um sie zu bähen und holte aus dem Kühlschrank ein Glas Marillen-Marmelade.

Das heißt, ich dachte dass es Marillen-Marmelade sei, war es auch einmal gewesen, jetzt allerdings war das Glas ratzeputz leer! Wozu ich es noch, anstatt es wie es sich gehört, sofort abzuwaschen, nochmals in den Kühlschrank verfrachtete ist mir heute ein Rätsel. Schweren Herzens entschloss ich mich daher, in den Keller zu steigen und ein neues Glas zu holen. In der Hoffnung, dass es dort auch noch eines gab.

Die 16 Stufen in den Keller nahm ich mit 2-Stufen-Schritten, ohne Licht zu machen – für so kleine Geschäftchen machte ich nie Licht, dafür reichten die Kellerluken völlig aus – und griff zielsicher in das entsprechende Regal.

Was ich dort jedoch herauszog war nicht das erwartete Glas Marillen-Marmelade, sondern eine Packung Langkorn-Reis!

Verblüfft ging ich zurück zur Kellerstiege um jetzt doch Licht zu machen. Der Blick auf meine Keller-Regale setzte mich jedoch erst recht in Verblüffung: Meine sonst sorgfältig und penibel, fast schon pedantisch eingeräumten Regale befanden sich in heilloser Unordnung!

Verwirrt sah ich mich um, ob auch der Rest des Kellers in Unordnung geraten war. Er war es und ich sah auch sofort warum: ganz verschreckt und verunsichert hockte in einer Ecke neben den Obstregalen eine zirka 35 bis 40-jährige Frau. Nackt, und blickte mich mit großen Kulleraugen verschämt, ängstlich und verwirrt an.

Mein eigener Blick musste wohl um nichts weniger verschreckt gewirkt haben, denn sie versuchte ein zaghaftes Lächeln, wobei sie gleichzeitig versuchte mit Armen und Händen ihre Blößen zu bedecken.

„Wie und wo in aller Welt kommen sie hierher?"

Versuchte ich, so freundlich wie nur möglich, zu fragen. Ich hatte nicht nur absolut keine Vorstellung woher diese Frau – jedenfalls sah sie aus wie eine Frau – kam, noch was sie hier wollte.

Ihre Antwort kam scheinbar nur recht mühsam, so, als ob sie jedes einzelne Wort erst in ihrem Gedächtnis suchen müsste.

„Ike kane nu swer veste. Wise nite was tane!?"

So ungefähr konnte ich mir zusammenreimen, was sie da von sich gab. Es war wohl ein sehr schwerer Dialekt, der da zu Tage trat. Ich konnte ihn beim besten Willen nicht zuordnen, da ich selbstverständlich keine so große Erfahrung mit Dialekten hatte. Also versuchte ich erst einmal mich zu sammeln und um Zeit zu gewinnen sagte ich:

„Ich besorge ihnen erst einmal etwas zum Anziehen. Dann sehen wir weiter."

Entweder verstand sie nicht, was ich ihr angeboten hatte, oder sie wollte etwas ganz bestimmtes zum Ausdruck bringen.

„Wise nite was tane!"

Unabhängig davon musste ich wie gesagt Zeit gewinnen. Und sei es nur um Ordnung in meinen gedanklichen Aufruhr zu bekommen.

„Ist schon in Ordnung, das kriegen wir schon wieder hin!" Sagte ich um meine Verwirrung zu kaschieren. Wohl mehr zu mir selbst, als zu ihr.

Ich drehte mich wieder um, eilte, wieder jeweils zwei Stufen auf einmal nehmend, die Kellertreppe nach oben und überlegte, was ich ihr wohl bringen konnte. Sie schien kaum kleiner als ich zu sein, also dachte ich, dass ein Hemd oder ein Pullover von mir zusammen mit einer Jeans wohl fürs Erste genügen mochte. Eine meiner Badehose musste die Unterwäsche ersetzen und Socken und Sandalen würden das Ensemble vervollständigen.

Ich raffte also diese paar Kleidungsstücke zusammen und begab mich wieder in den Keller. In der unsinnigen Hoffnung, dass die Erscheinung nur ein Spuk gewesen war. Die Hoffnung trog.

Nach dem bisherigen ‚Gesprächs'-Verlauf konnte ich nicht sagen, ob sie überhaupt verstand, was ich sagte, jedoch dachte ich, dass die ihr zugedachten Kleidungsstücke wohl für sich selbst sprachen.

„Hier, bitte. Mit Damenkleidung kann ich als Junggeselle leider nicht dienen!"

Ich legte ihr den Packen Kleidung vor die Füße, so weit als nur möglich von ihr entfernt bleibend und drehte mich wieder weg.

„Wenn sie sich angezogen haben, kommen sie bitte nach oben. Dann bekommen sie vorerst einmal etwas zu essen und zu trinken."

Zur Unterstützung meiner Worte versuchte ich mit entsprechenden Gesten das Gesagte zu unterstreichen.

„Vile Danke!"

Offenbar war sie vorerst mit meinen Reaktionen und mit meiner um Kleidung bemühte Aktion zufrieden.

Als ich wieder oben war, machte ich zuerst einmal Platz auf dem bis zu disem Augenblick noch vollgerammelten Wohnzimmertisch, ein anderer Frühstücksplatz kam mir im Augenblick nicht in den Sinn. Danach suchte ich zwei geeignete Häferln samt

Untertasse und Teller, die einerseits noch unbenutzt also rein und andererseits einigermaßen zusammenpassend waren.

Sodann machte ich mich in der Küche ans Kaffeemachen, holte noch zwei Scheiben Toastbrot aus der Brotdose – dass da überhaupt noch zwei Scheiben vorhanden waren, die zudem auch noch nicht verschimmelt waren, erstaunte mich selbst! – bähte auch sie auf und richtete das Ganze gefällig auf dem zum Frühstückstisch umfunktionierten Wohnzimmertisch her.

Keine Sekunde zu früh, denn schon kam mein Über-raschungsgast aus dem Keller hoch. Sie sah sich kurz um, entdeckte den geschmückten Tisch und steuerte zielstrebig darauf zu.

Ich muss sagen, sie sah in meinen Sachen eigentlich überraschend gut, um nicht zu sagen adrett, aus. Hätte ich nicht unbedingt erwartet. Jedenfalls bat ich sie zu Tisch, kehrte meine beste Erziehung hervor indem ich ihr den Stuhl zurechtrückte und wartete bis sie sich gesetzt hatte.

„Vile Danke!" hörte ich heute schon zum zweiten Mal. Jetzt da ich mich auch schon wieder auf anderes konzentrieren konnte, als nur verwirrt drein zu schauen, fiel mir auch ihre angenehme Stimme auf: Ein überaus angenehm klingender Mezzosopran mit ein wenig Rauch im Hintergrund.

Dabei fiel mir ein, dass ich aus dem Keller eigentlich Marmelade hatte holen wollen. Also nochmals die Treppe hin-unter, jetzt mit Licht, damit ich auch die richtige Marmelade fand. Glücklicherweise war auch noch Marillen-Marmelade vorhanden. Also nahm ich sie und eilte wieder nach oben.

„Ich wünsche ihnen einen guten Appetit! Hoffentlich findet das alles ihre Zustimmung! Leider war ich nicht auf Besuch eingestellt und daher ist das Gebotene nicht gerade reichlich!"

„Ike swe veste. Sprake nite gewonte! Ese gute, vile!"

Also begannen wir beide zu essen, sie etwas zaghaft, als wäre sie diese Art des Frühstücks nicht gewohnt. Trotzdem griff sie dann doch noch herzhaft zu und ließ es sich offensichtlich auch schmecken.

„Sie sprechen nicht deutsch?" fragte ich sie rundheraus.

Sie überlegte etwas, dann antwortete sie:

„Sprake ise >deuts<? Bi me >tedes<, nu weni üte.“

Formulierte sie danach mehr mühsam als sicher.

Nachdem ich das für mich sozusagen >übersetzt< hatte, fragte ich sie weiter aus:

„Und welche Sprache ist die ihre?“

„talano.“

Damit konnte ich schon etwas anfangen.

„Klingt wie >italienisch<. Si parla italiano?“

Ihre Augen leuchteten erfreut auf, bevor sie geradezu erleichtert zu sprudeln begann:

„Si, ma io parle >talano<, non ce >italiano<!“

Also, so gut ist mein italienisch auch nicht, dass ich die gesamte Konversation in dieser Sprache hätte führen können. Meine Kenntnisse reichten so gerade mal für den einfachen Urlaub.

„Ja, ja. Ich verstehe schon. Aber woher kommen sie eigentlich? Ich meine jetzt hierher in mein Haus?“

„Non ce lo so! Solo ...“

„Stopp, Stopp, Stopp! Ich verstehe leider nicht genug italienisch! Bitte sprechen sie lieber schlechtes deutsch, oder, wie sie es nennen, tedes wenn ihnen das lieber ist, das kann ich jedenfalls besser verstehen!“

Also formulierte sie wieder mehr radebrechend als verständlich:

„Wise nite. Nu ge durke toore un sine da. Dan toore weg! Ike suke toore, nix kane finde! Ike angste!“

„Das versteh ich gut, hätte ich auch Angst, wenn mir so etwas passiert wäre. Obwohl es ist so nicht viel besser. Wir müssen vorerst versuchen mit dieser Situation zu Rande zu kommen. Um ihre ‚Rückkehr' kümmern wir uns später.“

Sie nickte, eher Gott ergeben denn zufrieden, und widmete sich wieder ihrem Frühstück. Mir war das im Augenblick nur Recht, denn ich hatte nicht die geringste Ahnung was nun werden sollte, beziehungsweise, was ich jetzt tun sollte.

„Sie bleiben im Moment am besten in diesem Haus. Wir

müssen uns nur überlegen, wo wir sie unterbringen, das heißt, wo sie schlafen können und wo sie ihre Privatsphäre ausleben können."

„Nit gut veste, aber glaube wisse was meine!"

„Und an ihrem deutsch müssen wir arbeiten, sonst gibt es zu viele und vielleicht auch unangenehme Missverständnisse!"

„Ja, gut."

* ~ * ~ *

Nach dem Frühstück versuchte ich herauszubekommen, woher diese Frau nun tatsächlich kam. Ich erhielt jedoch immer wieder nur die gleichen für mich nicht interpretierbaren Auskünfte: Sie wohnte in der Stadt Padaan, die eine größere Provinzhauptstadt im Land Etrurien sei.

So weit, so gut. Aber bei uns gab es weder dieses Land und genauso wenig diese Stadt. Wie sollte ich damit umgehen? Ich konnte diese Aussage auch nicht gut ignorieren, da die Darstellung der Frau zweifelsfrei ehrlich und ohne Scheu erfolgte.

Zuerst musste ich ihr klarmachen, dass sie offenbar nicht nur in einem anderen Land, sondern – höchstwahrscheinlich! So ganz sicher war ich mir da auch nicht! – in einer anderen Welt gelandet war. Ob ihre Nacktheit eine Folge dieses Transfers war? So wie im Terminator? Oder lief sie bei sich zu Hause immer, oder wenigstens zeitweise, ebenfalls nackt umher?

Wie auch immer, ich musste unbedingt mit ihr reden.

„Wo, denkst du, dass du eigentlich ‚gelandet' bist?"

„Weiss nite. Bauria? Stirlenia?"

„Nein. Nichts von all denen. Du bist in einer dir völlig unbekannten und fremden Welt. Eine Welt, die mit deiner wahrscheinlich keine, oder besser gesagt wahrscheinlich keine permanente Verbindung hat! Eine Welt aus der du möglicherweise nie mehr in deine eigene zurückkehren kannst!"

Ihr schossen augenblicklich die Tränen in die Augen.

„Nite spase! Wile nite hore spase!" hauchte sie mehr, als sie sagte.

„Nicht weinen! Bitte, bitte, nicht weinen! Ich will und wollte dich nicht erschrecken! Ich spaße – leider! – überhaupt nicht! Es ist mein voller Ernst! Ich war darüber genauso erschrocken wie du, als mir das klar wurde!"

„Ike sike nike mer hause? Ike bibe muse da?"

Ertönte es, nachdem sie sich ein wenig gefasst hatte. Sie sah mich mit verschleiertem Blick dabei an.

„Ziemlich sicher. Leider."

„Kane nite bibe da! Muse hause! Mama wate! Nu wole hole frise Brote un Milke!" Sie war wieder den Tränen nahe.

„Das tut mir für deine Mutter leid, aber es geht einfach nicht. Du selbst hast gesagt: Türe weg!"

„Muse finde! Mama sone wene!"

„Ist deine Mutter schon so alt? Gibt es niemanden sonst, der für sie so wie du sorgen kann?"

„Gibe Brude, abe wite wege in Ossachi! Vile tage rise!"

„Kann ihn deine Mutter nicht verständigen? Telefon? EMail?"

„Wase ,telefon', ,imeel'? Nite kene. Poste auk vile tage rise!"

„Oh Gott! Wo in aller Welt lebt ihr? Welches Jahrhundert ist das denn dort? Womit reist ihr? Kutschen?"

„Ferde, zite wage. Ode rite!"

„Das ist ja alles sehr bedauerlich, aber es bringt uns nicht weiter, vor allem nicht zurück in deine Heimat. Jedenfalls vorerst nicht."

* ~ * ~ *

Das Problem ihrer Rückkehr musste warten. So schrecklich es auch für sie sein mochte, sie musste sich bis auf weiteres hier einrichten. Das heißt einrichten musste ich sie. Erstmal benötigte sie einen eigenen Schlafraum. Ich konnte ja schlecht mit ihr im selben Bett schlafen, abgesehen davon, dass dieses viel zu klein und daher auch äußerst unbequem sein würde.

Also räumte ich mein Arbeitszimmer, wenigstens bezüglich der Dinge, die ich mehr oder weniger permanent benötigte. Stellte die Wohnzimmer-Couch, welche glücklicherweise ausziehbar war, an die leere Wand meines Arbeitszimmers als Bett hinein, sodass gerade noch genügend Platz zum Durchgehen blieb. Und vervollständigte das ganze noch mit einem kleinen Beistelltisch, eigentlich ein Blumentischchen, als Nachtkästchen.

Sie sah mir derweilen die ganze Zeit zu. Einige Male half sie mir auch dabei, wie etwa beim Überziehen der Bettwäsche, aber im Prinzip schien sie nicht so recht zu wissen, wozu das alles geschah.

„Wie heißt du eigentlich? Oder besser: Wie soll ich dich nennen? Mein Name ist im Übrigen Johannes."

„Melia. Mama rufet mik so. Leute sage Melania Serendo. Du sage Melia, is gut so!" Erklärte sie so, als wäre sie stolz auf ihren Namen.

„Also gut Melia. Ich richte dir hier ein eigenes Schlafzimmer ein, damit du in der Nacht ungestört bist. Trotzdem müssen wir uns aber um eine geeignete Kleidung für dich umsehen. Im Augenblick scheinen dir meine Sachen ja zu genügen, aber spätestens übermorgen benötigst du eigene Kleidung, das heißt wir müssen einkaufen gehen.

Da gibt es jedoch ein gewaltiges Problem: Meine Welt sieht draußen ganz anders aus als deine. Ich werde dir daher zuerst einen Film zeigen, damit du dann nicht zu sehr erschrickst."

„Was ist film?"

„Das wirst du gleich sehen."

Ich drehte also, nichts ahnend, den Fernseher an und durchsuchte die diversen Programme nach geeigneten Sendungen. Als ich mich wieder Melia zuwandte war sie verschwunden. Nicht wirklich verschwunden, aber hinter meinem Schreibtisch: geduckt und wimmernd.

Ich hatte natürlich überhaupt nicht bedacht, was für ein Schock es für sei sein würde, wenn eine bis dahin harmlose Wand plötzlich zum Leben erwachte und scheinbar die ganze Welt ins Zimmer holte!

„Hab bitte keine Angst! Das sind nur Bilder, die tun dir nichts! Es sind nur bewegte Bilder, so wie gemalte, aber eben beweglich! Komm hervor und sieh sie dir ruhig an. Wenn du möchtest, kann ich sie auch anhalten, damit sie wie ein gemaltes Bild aussehen. Aber ich möchte dich eben auf die Welt da draußen, meine Welt, vorbereiten!"

Zögernd kam sie aus ihrem Versteck hervor, blieb aber vorsichthalber hinter mir stehen und sah um mich herum auf den Bildschirm. Ich hatte mir irgendeine Art Universum-Sendung ausgesucht, da ich hoffte über die Natur am ehesten ihrem Verständnis der Welt gerecht zu werden. Nach einiger Zeit wollte ich ihr dann Häuser, Strassen und Geschäfte zeigen, sodass sie genügend gefasst aus dem Haus gehen konnte.

Sie beruhigte sich auch relativ rasch, als sie sah, dass die Bäume und Blumen, die Vögel und anderes Getier auch nicht furchtbarer als bei ihrem Zuhause aussahen.

Die Sendung war ziemlich am Ende und sofort setzte unvermeidlich die Werbung ein, welche in rascher Folge Frauen mit Haarspülungen, Kinder mit Dreirädern, Heile-Welt-Versicherungen und dergleichen mehr zeigten. Da sie weder den Sinn dieser Werbesendungen, noch mit den darin angebotenen Produkten etwas beginnen konnte, besah sie sich die Umwelt in der die Werbespots spielten umso genauer an.

Offenbar hatte eine Auto-Reklame den größten Eindruck hinterlassen, da sie darauf am heftigsten reagierte. Da ich sie die ganze Zeit aufmerksam beobachtet hatte, hielt ich unmittelbar nach diesem Spot an und wartete auf die unvermeidlichen Fragen.

„Was is Wagen one Ferde? Wer zit? Wie is Strase glat one Steine?"

„Der Wagen ist ein Auto, fährt alleine. Die Straßen sind so glatt, damit die Autos schnell fahren können, viel, viel schneller als Pferde laufen! Wir werden selbst in so einem Wagen fahren. Du wirst sehen, ist ungefährlich!"

Melia zeigte sich zwar skeptisch, aber sie schien sich mit ihrer neuen Umgebung zwar noch nicht anzufreunden, aber immerhin zu arrangieren. Damit beendeten wir vorerst unsere ‚Gespräche' und ich versuchte mich meiner täglichen Arbeit zuzuwenden.

Ein ungewöhnlicher Stadtbummel

Ich wohne in Krems. An der Langenloiser Strasse, etwas außerhalb am Berg, in einem relativ kleinen Einfamilienhaus, mit einem kleinen Vorgarten, einem etwas größeren ‚Obstgarten' auf der Rückseite und einem kleinen Carport neben dem Haus.

Also nichts Besonderes, aber eben meins. Ich führte Melia in den Garten, der ihr vermutlich am vertrautesten erscheinen würde. Sie ging auch sofort zu meinem Apfelbaum, besah sich ihn kurz und sagte ‚Pome!'

„Ganz genau: Äpfel." Ich ließ sie einfach gewähren. Sie ging von Baum zu Baum und bedachte alle mit Namen: ‚Scherele' (Kirsche), sodann ‚Plumo' (Zwetschke), dann wieder ‚Noke' (Nuss). Zu diesem Zeitpunkt wurde sie von einem auf der Langenloiser Strasse vorbeidonnernden LKW unterbrochen. Sie wandte sich erschrocken und mit einem fragenden Blick nach mir um.

„Keine Angst, das ist nur so ein Wagen ohne Pferde. Ein recht großer sogar, aber eben nur ein Wagen. Ein Lastwagen."

„Sehe!?"

„Gerne." Ich führte sie durch den Carport nach vorne zur Strassenseite meines kleinen Anwesens. Natürlich verharrte sie neben meinem Peugeot und fragte auch sofort: „Wagen one Ferde?"

„Ja. Wir werden auch gleich damit in die Stadt fahren."

Ich öffnete ihr galant den Wagenschlag und bedeutete ihr sich auf den Beifahrersitz nieder zu lassen. Sie betrachtete kurz die Sitzpolster, zuckte mit den Schultern und schüttelte den Kopf. Setzte sich danach aber doch ins Auto, offenbar hatte sie nichts für sie Bedrohliches oder Gefährliches erkennen können.

Ich stieg auf der Fahrerseite ein und startete den Motor. Das hätte ich nicht ohne Vorwarnung tun sollen. Augenblicklich versuchte sie panisch die Türe aufzudrücken um diesem

Ungetüm zu entkommen. Da ihr das nicht gelang, nicht gelingen konnte, weil sie natürlich keine Ahnung von Autotürgriffen hatte, legte ich ihr beruhigend die Hand auf die Schulter und sagte „Keine Angst! Du wirst dich an diese Geräusche schneller gewöhnen als dir lieb ist!"

Sie beruhigte sich etwas und begann das Innere des Automobils in Augenschein zu nehmen. Die vielen hinter Glas – Glas war ihr offenbar nicht fremd! – verborgenen Instrumente, die glänzenden Knöpfe und Schalter und nicht zuletzt das Lenkrad faszinierten sie doch mehr, als sie zuzugeben bereit war.

Ich öffnete mit der Fernbedienung das Gartentor und fuhr also ganz langsam los um sie nicht sofort wieder zu erschrecken, aber sie hatte den sich öffnenden Gartentorflügel bemerkt und sah leicht belämmert zu, wie er nach und nach gänzlich aufging. Aber sie fragte diesmal nicht. Sie hatte sich ganz offensichtlich dazu entschlossen, alle Wunder dieser unbekannten Welt erst einmal kommentarlos hinzunehmen.

* ~ * ~ *

Ich fuhr mit ihr in die Innenstadt, suchte einen geeigneten Parkplatz in der Nähe der Fußgängerzone in der Unteren Land-strasse. Immer noch ganz Kavallier half ich ihr beim Aussteigen und wir gingen zu Fuß einmal die gesamte Strecke bis zum Steiner-Tor und wieder zurück.

Sie betrachtete aufmerksam die Leute, welche dort entweder nur zum Bummeln flanierten oder zielstrebig bestimm-te Geschäfte aufsuchten nur um sofort weiter zu eilen. Sie blieb bei fast jedem Geschäft stehen, blickte interessiert die ausgelegten Waren an, sagte jedoch so gut wie gar nichts über die angebotenen Waren. Weder um etwas zu hinterfragen, noch um Kommentare zu anderen Dingen abzugeben. Bis auf einige ‚Ah's und ‚Oh's, die viel und gar nichts bedeuten mochten, bekam ich nichts zu hören.

Auf dem Rückweg vom Steiner-Tor ging sie plötzlich sehr zielstrebig zu einem Kleidergeschäft, sah mich fragend an, deutete auf eines der Kleider und fragte etwas schüchtern: „Es gut?"

Ich war im Prinzip ganz ihrer Meinung, nickte bloß und so gingen wir hinein. Ich erklärte der Verkäuferin unser Anliegen und erläuterte ihr auch, dass sie aus misslichen Gründen derzeit noch keine geeignete Kleidung besaß. Die Verkäuferin eilte auch sofort beflissen zu einem Regal, fischte drei dieser Kleidchen in zwei verschiedenen Größen und Farben heraus und geleitete uns mit diesen zu den Umkleidekabinen. Melia probierte die unterschiedlichen Größen und entschied sich dann für ein gelb-grün gemustertes Stück, welches ihr meiner bescheidenen Meinung nach, und selbstverständlich auch der Meinung der Verkäuferin, ausgezeichnet stand.

Ich zahlte mit Kreditkarte, was sie wiederum staunend aber ebenso wortlos zur Kenntnis nahm und wir verließen den Laden mit einem freundlichen Gruß, wobei Melia sich bemühte mein ‚noch einen schönen guten Tag' fast akzentfrei zu wiederholen.

Als nächstes suchten wir ein Dessous-Geschäft auf, was mir ein nicht zu kleines Problem bereitete. Da ich noch nie mit einer Dame diesbezüglich unterwegs war, hatte ich Sorge, ob sie mit Büstenhalter vertraut war, oder ob sie gegebenenfalls einer Hilfe bedurfte. Meiner Hilfe, da die Verkäuferin kaum Verständnis dafür haben würde, dass eine 40-jährige Frau nicht wusste, wie man einen BH benutzte.

Diese meine Sorge war hingegen unbegründet. Nicht nur, dass sie sich gezielt bestimmte Modelle ansah und zur Probe in die Kabine mitnahm, gab sie der Verkäuferin auch noch zu verstehen, dass sie vielmehr einige dieser Dessous zu nehmen gewillt war. Dazu noch eine Auswahl an Strumpfhosen. Jetzt fand meine Verwendung der Kreditkarte keine Würdigung mehr, ganz im Gegenteil schien sie diese Art des Bezahlens – und sie wusste bestimmt, dass es sich dabei um einen Zahlungsvorgang handelte! – bereits für ganz selbstverständlich zu betrachten.

Ins Schuhgeschäft ging sie bereits so zielbewusst, dass ich nur noch den Kopf schütteln konnte. Jedoch: Der gesamte Einkaufs-Trip verlief völlig wortlos, das hieß wohl, dass mir ein anstrengender Abend bevorstand, der mich mit tausend Fragen überhäufen würde. Aber noch war dieser Einkauf nicht zu Ende.

Nicht dass Melia jetzt unverschämterweise noch viele weitere Dinge erstehen wollte, das nicht, aber jetzt wollte sie die Geschäfte nochmals der Reihe nach abgehen und bei jedem einzelnen genau wissen, was dort angeboten wurde und was es mit diesen Artikeln auf sich hatte. Ob es nur jeweils ein derartiges Geschäft gab, oder viele davon. Ob diese Stadt etwas Besonderes darstellte, weil so viele Dinge angeboten wurden und etliches mehr.

Zu guter Letzt suchten wir noch einen Supermarkt auf, da sowohl mein Kühlschrank, als auch mein Keller nicht für zwei Personen bestückt war und überhaupt musste sie mir auch erst zeigen, was sie so normalerweise aß.

Ich hätte mir denken können, dass sie der Supermarkt hoffnungslos überforderte, aber zu meinem Leidwesen gab es in dieser Gegend keinen Tante-Emma-Laden! Jedenfalls kam sie aus dem Staunen nicht heraus, ob der Waren die ihr hier in Überfülle präsentiert wurden. Schließlich gab sie mir zu verstehen, dass sie durchaus mit dem zufrieden sein würde, was ich für geeignet hielt.

Erstaunt über ihre Anpassungsfähigkeit, ihre rasche Auffassungsgabe und ihre Selbstsicherheit traten wir schließlich wieder den Heimweg an.

* ~ * ~ *

Ich hatte mich nicht geirrt, im Haus angekommen prasselten sofort die Fragen auf mich ein. Dabei muss ich gestehen, dass sie eigentlich äußerst diszipliniert vorging. Sie stellte immer nur eine Frage und wartete mit der nächsten solange bis ich mit meiner Erklärung fertig war. Trotzdem wehrte ich die erste ab und wollte vorher eine Frage von ihr beantwortet haben.

„Wieso warst du nackt, als ich dich im Keller fand?" Wollte ich also zuvor von ihr wissen.

Sie sah mich, wie ich meine etwas verständnislos an, nickte

dann, so als hätte sie endlich begriffen worauf ich hinaus wollte und antwortete sodann:

„Gewand in Keller gut, wil hole fris aus Kammer!"

Kleidung im Keller aufzubewahren war auch bei uns nicht gerade ungewöhnlich. Soweit, so gut. Ich nickte befriedigt über ihre Auskunft und meinte:

„Jetzt kannst du bitte deine Fragen stellen."

„Gibt bei dir nikt Ferd, weil Wagen allein fahren?"

„Doch es gibt Pferde, aber Autos sind viel schneller und stärker."

„Wie snel, wie stark?"

„Vier bis fünfmal schneller und hundertmal stärker."

„Ui! Jeder hat ‚aoto'?"

„Ungefähr jeder Zweite."

„Was ist ‚hendi'?"

„Hendi? Ach so Handy! Das ist ein Telefon, damit kann man mit jemanden sprechen, ohne bei ihm zu sein. Auch wenn er vielleicht sehr weit entfernt ist. Zum Beispiel könntest du, vorausgesetzt dass auch er eines hat, mit deinem Bruder sprechen obwohl er viele Tages-Reisen entfernt ist."

„Jeder hat hendi?"

„So gut wie, viele Leute haben auch mehrere: Eines für die Arbeit und eines für private Gespräche."

„Du auch?"

„Natürlich!" Ich holte meines hervor und zeigte es ihr. Sie nahm es in ihre Hände, vorsichtig, als könnte es beißen, und besah es sich genau.

„Und wie spreche?"

Ich nahm es ihr wieder ab und dachte kurz nach, wen ich um diese Zeit anrufen könnte. Schließlich kam ich mit mir überein, dass es zwecklos wäre ihr nur etwas vorzuspielen und so rief ich meine Mutter an.

Ich stellte es auf Lautsprecher, damit Melia alles mithören konnte und sie sich von der Funktion eine Vorstellung machen konnte. Zuerst läutete es ungefähr fünfmal, dann endlich hob meine Mutter ab.

„Hallo, Hannes. Was gibt's so dringendes, dass du mich ausgerechnet bei meiner Lieblings-Serie störst?"

„Hallo Mutti! Ich wollte dir nur sagen, dass ich heute nicht mehr bei dir vorbeikommen kann. Ich hab noch wahnsinnig viel bis morgen früh zu tun!"

„Ich hab mir sowieso gedacht, dass du es wieder verschieben wirst! Tust du doch dauernd. Also lass mich weiter fernsehen. Tschüss!" Und weg war sie.

„Huch! Was ist ‚fernsehe'?"

„Das was ich dir heute Vormittag gezeigt habe, dort drüben auf dem Wandschirm. Ist so ähnlich wie beim Handy, aber geht nur in eine Richtung und nicht hin und her! Dafür gibt es sehr viele Sender, sodass man sich oft nicht entscheiden kann, was man ansehen soll. Dann ist es sowieso besser man dreht ab und schaut gar nicht!"

„Wie komme an Wand?"

„Schwer zu erklären. Schwer zu verstehen für dich. Aber ich will's mal versuchen. Du hast in der Fußgängerzone auch ein Fotogeschäft gesehen. Das war jenes in dem in der Auslage lauter kleine Boxen mit einem ‚Glas'-Auge, erinnerst du dich?"

„Ja. Sehe aus wie kleine Haus mit ein Fenster!"

„Genau. Mit diesem Fenster kann man alles aufnehmen, was es sieht." Ich ging zu meinem Schreibtisch und holte ein kleines Fotoalbum heraus um es ihr zu zeigen. „Siehst du, so sehen die Bilder die mit einem dieser Apparate aufgenommen werden aus."

Sie betrachtete die Fotos aufmerksam. „Wiso Leute so klein? Gibt es bei dir so kleine Leute?"

Mir fiel auf, dass sich ihre Aussprache von Mal zu Mal besserte. „Nein. Sie sind nicht wirklich so klein. Sie sind genauso groß wie du und ich. Aber stell dir vor wie groß diese Bilder wären, wenn die abgebildeten Personen so groß wie in natura dargestellt werden würden!"

„Oh! Naturelik! Ik verstehe schon."

„Nun. Damit man sie auf diesem Papier ausdrucken kann, müssen die Fotos – so nennt man die Aufnahmen mit diesen kleinen Kästen, die heißen im übrigen Kameras – zuerst in dieser

Kamera gespeichert werden."

„Was ist speichen?"

„Du hast doch die Regale im Keller gesehen? Diese Regale sind für die darin aufgereihten Gläser, Schachteln, Obstkörbe und so weiter ein Speicher. In der Kamera gibt es sehr viele kleine Bereiche in denen die zuvor aufgenommenen Fotos abgelegt werden, so wie die Schachteln im Keller."

„Ist nicht so viel Platz in Kamera, dass gehen viele Bilder hinein!"

„Doch. Ich kann dir das im Moment noch nicht erklären, aber es haben tausende Bilder in der Kamera Platz!"

„Uii! Tausende? Was ist Tausend?"

„zehn mal zehn und wieder mal zehn. Wie heißt das bei euch?"

„Mil."

„Na klar! Hätt' ich selber draufkommen können!"

„Wieso?"

„Weil deine Sprache sehr viel mit der bei uns italienisch genannten Sprache gemeinsam hat. Nur ist mein italienisch so miserabel, dass ich nur sehr wenig davon verstehe!"

„Und wie kommen dann Foto aus der Kamera auf Papier?"

„Ja, wie? Nun. Es gibt Apparate, welche die gespeicherten Bilder aus der Kamera ‚lesen' können und sie dann auf Papier übertragen oder sonst wohin senden können."

„Was ist senden?"

„Du stellst vielleicht Fragen!"

„Wie soll ich verstehen, wenn ich nicht Fragen stelle?"

„Du hast ja Recht. Aber für uns ist so vieles das für dich unverständlich ist schon so normal, dass wir die Funktion oft gar nicht mehr kennen, oder sie längst vergessen haben, beziehungsweise gar nicht genau wissen, wie es im Einzelnen funktioniert. Okay. Wenn du einen Brief – du weißt was ein Brief ist, ja? – an deinen Bruder schreibst, wie kommt er zu ihm?"

„Geb ihn der Postkutsche mit!"

„Und was die Postkutsche mit dem Brief macht, nämlich ihn zu deinem Bruder zu bringen, das ist senden. Jetzt kann man hier

Briefe und Ähnliches nicht nur mit der Post — die Post wird bei uns längst mit Autos und Bahn weitergeleitet und nicht mehr mit einer Postkutsche — sondern auf vielerlei Art versenden. Eine davon ist zum Papier, eine andere zu einem Empfänger für die Wand."

„Was ist Emfenger?"

„Für deinen Brief ist dein Bruder der Empfänger. Er kann deinen Brief auch lesen. Die Wand kann die gesendeten Bilder nicht lesen, sie benötigt einen Empfänger, der die Bilder liest und sie dann auf die Wand projiziert."

„Ist einfach UND kompliziert! Und wieso bewegen sich die Bilder?"

„Die Bilder bewegen sich nicht. Es werden nur so rasch nacheinander Bilder gesendet, dass es für dich — aber natürlich auch für mich! — nur so aussieht, als würden sich die Bilder bewegen!"

„So wie Rad aussieht als wäre runde Wand, wenn Ferd zieht so rasch, und nicht als hätte nur Speichen!?"

„Ganz genau! Jetzt hätte ich aber einige Fragen an dich. Zum Beispiel: Wie sah die Türe aus, durch die du in meinen Keller kamst?"

„Wie Tür aus undurchsichtigem Glas. War vorher noch nie da. Ich bin sonst eigentlich nicht so neugierig, aber wollte wissen, wer sie plötzlich und so über Nacht da hingestellt hat!"

„Und sah sonst ganz wie andere Türen auch aus? Mit Griff, Scharnier, Riegel und so weiter?"

„Nein. Ich ging hin und sie verschwand irgendwie. Da ging ich einfach weiter, weil dahinter waren seltsame Regale, die ich nicht kannte!"

„Wieso sprichst du jetzt plötzlich so gut? Heute Morgen konnte ich dich teilweise kaum verstehen und nun könntest du bereits mit jedem beliebigen Fremden reden, ohne dass ihm groß etwas dabei seltsam erschiene. Außer vielleicht manche Worte, aber da gibt's auch bei uns mitunter beträchtliche Unterschiede!"

„Ich weiß nicht! Vielleicht weil ich es von dir so höre?"

„Na gut. Wir können das ein anderes Mal klären. Oder auch

nicht. Für heute denke ich, ist es genug und wir gehen zu Bett. Halt, eine Frage noch: Wieso kanntest du dich bei der Unterwäsche so gut aus? Ich dachte dass das für dich etwas gänzlich Unbekanntes wäre!"

„Natürlich haben wir ebenfalls Unterwäsche! Nur nicht so TEURE! Als ich sie sah und auch anfasste, dachte ich, ich bin versehentlich in einem Königsschloss gelandet! So feine Stoffe! Schon bei dem Kleid hatte ich das Gefühl in einer anderen Welt zu sein! Und das war ich ja schließlich auch!"

„Okay. Ich verstehe. Also dann: Gute Nacht! Ich hoffe, du kommst mit dem Bad ebenso klaglos zurecht. Oder soll ich dir wenigstens die Funktion der Wasserhähne erklären?"

„Das wäre wahrscheinlich gut!"

Also ging ich mit ihr ins Bad und erntete bezüglich fließendem Warm- und Kaltwasser wieder unglaubliches Staunen. Jedenfalls war der Tag damit für uns gelaufen.

Eine außergewöhnliche Begabung

Die Geschwindigkeit mit der Melia unsere Sprache – unsere! Nicht jene die sie in ihrer Heimat ‚tedes' nannte! – lernte, beziehungsweise bereits nach dem ersten Tag gelernt hatte, war schier phänomenal! Nicht nur die Aussprache, das wäre noch einigermaßen verständlich gewesen, sondern die gesamte Ausdrucksweise und sogar Worte, welche ihr vorher nicht nur nicht geläufig, sondern vermutlich auch unbekannt waren!

Zwar hatte ich unsere gesamten Gespräche so geführt, als kümmerte ich mich nicht um ihr Verständnis des Gesagten – sie hatte ganz zu Beginn einige Male zu verstehen gegeben, dass sie mit dem Verstehen Probleme hatte, aber weder war ich darauf eingegangen, noch hatte ich darauf extra Rücksicht genommen.

Und so wie es aussah, war das offenkundig auch gar nicht erforderlich gewesen! Dennoch: Diese offenbar außergewöhnliche Begabung erstreckte sich scheinbar auch auf das Verständnis von den für sie völlig fremden Konzepten, wie eben Fotografie und Video! Was in unserer Welt jeden durchschnittlich begabten vier- oder fünf-jährigen noch vor 50 Jahren heillos überfordert hätte, brachte sie lediglich dazu, einen Begriff genauer zu hinterfragen.

Sicherlich, ich hatte versucht ihr die neuen Begriffe mit ihren eigenen Erfahrungen zu verdeutlichen. Aber seien wir ehrlich: Wer von uns würde mehr oder weniger auf Anhieb die Implikationen der Relativitätstheorie mit kaum mehr als einem Hinterfragen der Zeitdilation zur Kenntnis nehmen? Also ich bestimmt nicht und ich hielt mich für einen durchaus einigermaßen gebildeten Menschen!

Was also konnte das bedeuten, ihre ungeheuer rasche Auffassungsgabe nämlich? Vor allem: Was konnte sie damit anfangen? Es war praktisch unmöglich sie in unsere Welt zu immigrieren! Sie konnte weder um Asyl noch um Arbeit ansuchen, da sie weder ihre Herkunft, noch ihre Ausbildung oder sonst irgendetwas Persönliches belegen konnte.

Sicher, ich konnte sie, wenigstens eine Zeit lang, als entfernte Verwandte oder als Freundin vorstellen, konnte sie selbstverständlich bei mir wohnen lassen, aber schon nach vergleichsweise kurzer Zeit musste sie dieses Haus und diese Gegend wieder verlassen. Ja selbst als Ahasver, also als der ewige Jude, würde sie über kurz oder lang irgendeiner Behörde in die Hände fallen. Und dann? Dann war sie entweder ein Objekt für den Zirkus oder, weit schlimmer, für die Psychiatrie. All dies konnte und wollte ich ihr keinesfalls zumuten. Es musste also eine andere Lösung gefunden werden!

* ~ * ~ *

Ich musste vorerst die Zeit für mich arbeiten lassen. Zu allererst war es erforderlich, dass sie so selbständig wie möglich in meiner Welt zurechtkam. Ich musste also dringend etwas über ihre handwerklichen Fähigkeiten in Erfahrung bringen: Einen Haushalt führen zum Beispiel. Einkaufen, den Umgang mit Geld, Kochen, Ordnung halten konnten kein Problem sein, das alles musste sie bei sich zu Hause ebenfalls gekonnt haben. Und ob nun ein Kilo Brot zwei Euro oder, was weiß ich, zweihundert Dena kostete, war lediglich ein substantieller aber kein essentieller Unterschied.

Wie stand es aber im Umgang mit Staubsauger, Wasch-maschine und Bügeleisen? Wie stand es um ihr Verständnis für Elektroherd, Kühlschrank und Mikrowelle? Konnte ich sie mit all diesen Wunderwerken der modernen Technik alleine im Haus lassen, ohne befürchten zu müssen, bei meiner Heimkehr die Feuerwehr vorzufinden? Denn auch wenn sie die Konzepte dieser Geräte sinngemäß erfasste, hieß das noch lange nicht, dass sie auch emotionell begriff, welche Gefahren mit deren Benutzung einhergingen!

Mir blieb es nicht erspart, sie damit zu konfrontieren und zu sehen was geschah. Solange ich sie das alles unter meiner

Aufsicht tun ließ bestand wohl keine allzu große Gefahr.

Da ich nun endlich in der Lage war, einzuschlafen, tat ich das auch. Nur um im nächsten Moment geweckt zu werden. Jedoch war es wohl nicht der nächste Moment, denn es war bereits heller Tag und was mich geweckt hatte war Melia, die zu wissen begehrte, wie die Kaffeemaschine in Gang zu setzen war!

Sie hatte mich gestern Morgen wohl schon beobachtet, ohne dass ich groß darauf geachtet hätte und wusste nur nicht genau was ich getan hatte um das Frühstück zu bereiten. Also stand ich auf erklärte ihr die wichtigsten Handgriffe, ging selbst ins Bad und hoffte, wenn ich wieder aus dem Bad kam keine größeren Desaster vorzufinden.

Die erste Überraschung erwartete mich im Bad: Weder gab es eine Überschwemmung, noch lief das Wasser über weil der Abfluss verstopft war oder es war auf die Klospülung vergessen worden! Sie hatte sogar mit einem trockenen Stück Handtuch den Spiegel von ihren eigenen Spritzern gereinigt und das Handtuch wieder ordentlich auf den Bügel gehängt!

Die zweite Überraschung erwartete mich als ich aus dem Bad kam. Sie hatte sich nicht nur gemerkt, wie man Kaffee zubereitet und Semmeln toastet, sie hatte auch den Tisch wieder so gedeckt, wie ich gestern. Und: Sie hatte aus dem Garten einen kleinen Blumenstrauß aus Löwenzahn auf dem Frühstückstisch drapiert! Keine Ahnung, wie und wo sie die kleine Vase gefunden hatte! Ich hätte sie wahrscheinlich nicht so rasch zur Hand gehabt!

Sie begrüßte mich mit einem strahlenden Lächeln und fragte ganz unschuldig: „Ist Recht so?"

„Ich bin schwer begeistert! Offenbar habe ich deine Talente völlig falsch eingeschätzt!"

„Danke!", sagte sie mit dezenter Stimme und freute sich offensichtlich kindlich über das erhoffte und auch zu Recht erhaltene Lob.

Wir setzten uns zum Tisch und begannen genüsslich zu frühstücken. Nach zirka drei Minuten schweigsamen Essens sagte sie: „Wie funktionieren all die schönen Geräte? Werden die auch von irgendwoher gesendet?"

„Gesendet ist im Grunde genommen gar nicht so falsch! Obwohl es in diesem Fall besser versorgt heißen muss. Und zwar mit elektrischem Strom versorgt. Dieser Strom wird dann in der jeweiligen Maschine zum Antrieb eines kleinen Motors oder zum Aufheizen von Drähten verwendet, welche in der Folge die gewünschte Funktion erfüllen. Ich werde dir später bei jedem einzelne Gerät erklären, wie es funktioniert und wie es zu benutzen ist."

„Was ist elektrischer Strom?"

„Oh je! Jetzt hast du mich tatsächlich auf dem falschen Fuß erwischt! Ich weiß zwar was man damit tun kann und wie man damit umzugehen hat, aber was genau er ist, kann ich dir nicht erklären. Im Prinzip läuft es jedoch darauf hinaus, dass zwischen zwei elektrischen Polen eine mehr oder weniger große Spannung besteht, die entweder in Hitze oder in Bewegung umgewandelt werden kann. Die Spannung kannst du dir am besten so vorstellen, wie sie zwischen einem Stein, den du in der Hand hältst und deinen Zehen besteht. Wenn du ihn loslässt fällt er, dann könnte er etwas das ihn auf seinem Weg nach unten behindert wegstoßen, also in Bewegung setzen. Er könnte dir aber ebenso gut auf die Zehen fallen. Das tut einerseits weh und andererseits brennt es, die Zehe wird also heiß. War das einigermaßen klar, oder soll ich es anders zu erklären versuchen?"

„Das war eine ganz ausgezeichnete Erklärung! Ich hab auch schon von solchen Dingen gehört, aber niemand aus meiner Gegend hat so etwas auch schon gesehen! Aber was ist falscher Fuß?"

„Ach, das ist nur so eine Redewendung, wenn man dabei erwischt wird etwas nicht zu wissen, was man eigentlich wissen sollte oder zumindest vorgegeben hat es zu wissen!"

„Heißt bei uns: ‚Kungo hat wohl eigene Meinung!?' Kungo ist so etwas wie Ferd, nur nicht so klug!"

* ~ * ~ *

Da sich das Ganze so gut anließ, machte ich mit Melia eine kleine Runde durchs Haus um ihr die verschiedenen Wunder unserer Technik zu zeigen. Ich begann mit der Fernbedienung für den Fernseher, dem Recorder und dem Audio-Tower. Wie nicht anders zu erwarten gewesen war, hatte sie deren Bedienung sofort begriffen.

Also machte ich mit dem Foto-Apparat weiter. Doch wiewohl das etwas komplizierter war, vor allem wegen des Zusammenspiels von Entfernung und Beleuchtung. Auch wenn die Automatik meiner Nikon so gut wie alles selbständig regelte war doch ein gewisses Augenmerk auf diese Dinge zu richten, wenn man nicht nur wild in der Gegend herumknipste! Jedenfalls hatte sie kaum Probleme mit dem Verständnis.

Von diesen Erfolgen beeindruckt wagte ich mich mit ihr in die Küche um ihr den Kühlschrank, den Herd und die Mikrowelle nahe zu bringen. Vor allem erklärte ich ihr die Gefahren die mit diesen Geräten verbunden waren. Besonders die Mikrowelle stellte aus meiner Sicht eine Gefahr besonderer Art dar. Denn auch wenn die Mikrowelle bei geöffneter Türe nicht startete, so war doch eine gewisse Vorsicht angebracht. Der Herd, also das Keramikfeld das einerseits leuchtete und andererseits die Restwärme anzeigte, war keine große Sache, ebenso der Kühlschrank, dessen einzigen Gefahren nur für das Kühlgut bestanden, wenn die Türe zu lange offen blieb.

All das setzte sie nicht einmal mehr in Erstaunen. Es war vielmehr so, als wären ihr all diese Geräte mehr oder weniger vertraut und sie sah sich in einem Geschäft bloß ‚neue' an! Das Highlight schlechthin war jedoch der Geschirrspüler! Sie wusste natürlich um die Probleme der Reinigung von angebrannten Pfannen und Töpfen und konnte nicht fassen, dass es Geräte gab, die ohne ihr Zutun damit zu Rande kamen!

Danach ging es in den Arbeitsraum, in welchem Staubsauger (einzige Reaktion: Aha.) und Waschmaschine und Bügeleisen warteten. Naja, was soll ich sagen. Ihre Reaktionen waren geradezu eine herbe Enttäuschung für meinen Stolz. Falls sie noch mit irgendetwas zu beeindrucken war, so befand es sich offensichtlich nicht in diesem Haus!

Nachdem wir mit all den, für sie nun nicht einmal mehr, Wunderdingen am Ende waren, gingen wir wieder ins Wohnzimmer zurück.

„Strom ist schon eine feine Sache!", brachte sie ihr Verständnis dafür auf den für sie eindeutig wesentlichsten Punkt. „Funktionieren bei euch eigentlich mehr oder weniger sämtliche Maschinen mit elektrischem Strom?" Wollte sie, gewiss nur zur Bestätigung, wissen.

„Nicht alle aber die meisten und wenn schon nicht ausschließlich dann wenigstens durch Strom unterstützt. Zum Beispiel fährt das Auto mit Benzin, benötigt jedoch eine Batterie die Strom liefert zum Starten und auch für andere Belange! Außerdem gibt es einige, die nur mit Muskelkraft betrieben werden, wie zum Beispiel Fahrräder!"

„Fein! Ich möchte gerne mit so einem Fahrrad fahren!"

„Das ist nicht so einfach. Wir sind hier auf einem Hügel und da kann das Radfahren sehr anstrengend sein!"

„Ich bin Anstrengung gewohnt. Lass es uns versuchen, bitte!"

„Na schön, vielleicht ist es zur Abwechslung ganz gut, wenn wir ein wenig aus dem Haus kommen. Aber wir werden nicht von hier wegfahren, sondern wir fahren mit dem Auto hinunter an die Donau, dort gibt es schöne und weniger anstrengende Radwege!"

* ~ * ~ *

Ich holte also die Räder aus dem Keller. Stellte fest, dass beide so gut wie luftleer waren. Aber nicht nur das, da ich kaum jemals mit dem Rad fuhr – seit meine Frau mich vor etwas mehr als sechs Jahren verlassen hatte, hatte ich keine Lust mehr gehabt Rad zu fahren – waren sie auch einigermaßen staubig. Was heißt staubig! Sie strotzten vor Dreck!

Das hieß: nochmals in den Keller um Staubtücher, einen Schwamm, einen Kübel mit warmen Wasser und sicherheitshalber auch die Werkzeugkiste holen. Nachdem wir zirka eine Stunde gewerkt hatten, Melia stellte sich auch dabei durchaus geschickt an, waren wir endlich soweit, die Räder im Auto zu verfrachten und loszufahren.

Ich fuhr hinunter an die Donau zum Schutzdamm, suchte und fand auf dem Pionier-Übungsplatz einen Parkplatz, der nicht allzu verboten aussah und lud dir Räder aus. Ich war lange nicht gefahren und obwohl man sagt, dass man Radfahren nie verlernt, stellte ich mich reichlich patschert an, so dass Melia in lautes Lachen ausbrach.

„Ist das so kompliziert, oder bist du soo sehr aus der Übung?"

„Es ist weder kompliziert, noch bin ich soo aus der Übung, aber ich habe vergessen, wie hart der Sattel ist! Ich kann mich kaum richtig setzen!"

„Na, dann werd' ich es eben einmal ausprobieren!"

Sprach's, setzte sich vorsichtig auf das Rad, glücklicherweise war meine Frau um etliches kleiner als Melia gewesen, sodass Melia mit den Zehen ohne große Anstrengung den Boden erreichte, gab sich mit den Füßen einen kräftigen Stoß und fuhr wie die erfahrendste Radlerin los.

Jedoch nur geradeaus. Die erste Kurve drohte ihr zum Verhängnis zu werden. Sie kam so in Schieflage, dass schon das Ärgste zu befürchten war. Nochmals kam ihr der niedere Sattel und damit die Länge ihrer Beine zugute. Sie stoppte den Vorgang des Fallens gekonnt und kam ohne weitere Probleme zum Stehen.

„Du hast Recht, ein wenig Übung kann wohl nicht schaden!"

Trotzdem fand ich ihre ersten Fahrversuche grandios. Wenn ich daran dachte, wie oft da vor allem meine Ellenbogen und meine Knie mit dem Boden in unfreundlichen und vor allem schmerzhaften Kontakt gekommen waren! Und Melia setzte sich auf's Rad und sagte bloß ‚ein wenig Übung kann nicht schaden'! Die Frau war wirklich unglaublich!

Da wir im Prinzip sowieso nur vorhatten die im wesentlichen gerade Promenade entlang zu fahren war dies wohl die geeignetste Übungsstrecke. Wir fuhren die zirka zwei Kilometer lange Strecke zweimal auf und ab. Dann dachte ich, dass sie genug davon haben würde. Hatte sie aber nicht.

„Können wir nicht irgendwohin fahren, wo wir länger unterwegs sind?"

Gottergeben fügte ich mich in ihre Wünsche und so fuhren wir die B3-Begleitstrasse entlang über Stein bis Unterloiben, dann bis Oberloiben und schließlich bis nach Dürnstein. Ich muss sagen, letztendlich genoss ich die Fahrt genauso wie sie. Sie war derart begeistert von dieser Radtour, dass sie nicht im Traum daran dachte Schluss zu machen. Ich habe keine Ahnung wo sie die Energie dafür hernahm, ich meinerseits war jetzt schon reichlich geschlaucht und dachte bereits mit Schaudern an den Rückweg.

„Was hältst du vom Essen? Ich für meinen Teil habe einen Riesenhunger, du nicht?"

„Oh ja, gerne! Und was essen wir? Können wir hier jagen?"

„Um Gottes Willen, nein! Wir können doch hier nicht ganz einfach jagen! Dazu würden wir erstens eine Jagdgenehmigung benötigen, dann ein Jagdgebiet in dem jetzt gejagt werden darf, dann geeignete Waffen und noch vieles mehr! Nein, jagen kommt leider gar nicht in Frage!"

„Und woher nehmen wir dann Essen? Wir sind jetzt doch etwas weit von deinem Haus entfernt!?"

„Wir gehen in ein Gasthaus. Du kennst doch Gasthäuser? Oder gibt es bei euch keine derartigen Einrichtungen?"

„Schon, aber ich war erst einmal in einem, als ich vor einem Jahr meinen Bruder besuchen war. Da musste ich sogar in einigen Gasthäusern übernachten! Die haben mir allerdings alle nicht gefallen. Es waren dort zu viele Leute, denen ich nicht vertraut hätte, wenn ich ihnen alleine auf der Straße begegnet wäre! Außerdem war das Essen überhaupt nicht nach meinem Geschmack. Ich war sogar der Meinung, dass das meiste davon nicht mehr frisch und vielleicht sogar schon verdorben war. Also Gasthäuser würde ich ohne besonderen Grund nicht aufsuchen!"

„Dann lass dich überraschen. Hier sind Gasthäuser und

Hotels in der Regel, wenigstens hier in Mitteleuropa, ganz in Ordnung."

Ich überlegte, ob ich eine eher gemütliches gutbürgerliches oder doch eines der gehobeneren Klasse wählen sollte und entschied mich letztlich für das Restaurant ‚Sänger Blondel'. Es war so etwa in der mittleren Preisklasse und würde sie sicherlich nicht überfordern. Obwohl, ich fragte mich, ob es überhaupt irgendetwas gab, das sie überforderte! Im Augenblick konnte ich mir jedenfalls nichts in dieser Richtung vorstellen.

* ~ * ~ *

Sie war von dem Lokal gebührend überrascht. Aber noch mehr von der Speisekarte. „Ich kann mir zwar unter den meisten Speisen nichts vorstellen aber es klingt alles sehr verlockend. Haben alle Lokale bei euch derartige Angebote?"

„Nun, es gibt Lokale, deren Speisekarten eigentlich schon mehr Bücher als nur Karten sind. Einige wenige Lokale haben aber auch nur den bei uns üblichen Standard wie Schweinsbraten, Gulasch und Schnitzel. Aber solche suche ich im Allgemeinen auch nicht auf."

„Gibt es auch überall Tischdecken und gepolsterte Sessel, oder geht's auch einfacher?"

„In Ausflugs-Restaurants gibt's meist nur Holztische und Holzbänke, da wird auf Komfort nicht so viel Wert gelegt. Aber sonst ja, meist schon."

„Und das Besteck: ist es überall aus Silber?"

„Das ist kein Silber, das ist nur Edelstahl. Jedenfalls sehr viel billiger als Silber."

„Und ich kann mir alles aussuchen, das auf der Karte steht? Nur eines oder auch zwei?"

„Du kannst dir alles aussuchen, was du möchtest, auch mehrere. Aber ich würde vorschlagen, dass ich heute etwas für uns beide Aussuche, um dir eine Vorstellung davon zu vermitteln, in welchen Mengen die Speisen bei uns serviert werden. Falls du hinterher noch hungrig bist, kannst du gerne noch etwas haben."

Da sie mit dieser Vorgangsweise einverstanden war, bestellte ich für uns Zander, serbisch mit Salzerdäpfeln und Kräuterbutter, vorher noch eine Rindsuppe mit Leberknödel und dazu gespritzten Traubensaft.

Als die Suppe serviert wurde, war sie ein wenig enttäuscht. Sie hatte sich wahrscheinlich irgendetwas exotisches vorgestellt und saß jetzt vor der simpelsten Suppe, die ihr je untergekommen war. Trotzdem aß sie mit viel Appetit. Dass die Suppe in Schalen und nicht auf Tellern serviert wurde war für sie offenbar auch nicht außergewöhnlich.

Der serbische Zander fand auch nicht die Anerkennung, die ich von ihr erwartet hatte und so verlief das gesamte Essen in relativer Ruhe, die kaum von ein paar Worten des Lobes für die Qualität der Speise unterbrochen wurde.

„Bist du satt, oder möchtest du doch noch etwas?"

„Eine Kleinigkeit würde ich schon noch vertragen, aber ich weiß nicht, was jetzt passen würde!?"

„Ich wüsste schon etwas: Palatschinken. Nicht fragen, abwarten!"

Als sie zehn Minuten oder eine viertel Stunde später serviert wurden, war sie nur noch neugierig, wie sie schmecken würden. Ich hatte eigentlich keine euphorischen Ausbrüche mehr erwartet, wurde aber eines Besseren belehrt.

„So einen dünnen und flaumigen Kuchen hab ich noch nie gesehen und gekostet schon gar nicht! Wir müssen das unbedingt zu Hause auch noch machen! Geht das? Können wir das?"

„An sich schon, aber ob ich das so hinbekomme kann ich dir überhaupt nicht versprechen. Ich hab's zwar schon einmal versucht, aber in meiner Erinnerung war das kein großer Erfolg!"

„Dann versuchen wir es eben nochmals!"

Als es ans Zahlen ging, erstaunte es sie, dass ich diesmal nicht mit der Kreditkarte sondern bar bezahlte und darüber hinaus dem Kellner zudem noch ein ordentliches Trinkgeld gab. Denn sie verfolgte wie schon bisher alle meine Handlungen penibel, um ja nichts zu verpassen.

Nachdem wir das Lokal verlassen hatten, fragte sie mich

natürlich nach der Ruine. Wieso sie so kaputt stehen blieb, ob jemand darin wohnte, wem sie gehörte, warum sie nicht wieder in Ordnung gebracht wurde und, und, und ...

Ich versuchte zwar alle ihre Fragen, soweit ich konnte, zu beantworten war jedoch in vielen Punkten mit meinem Latein am Ende und musste sie auf später vertrösten, bis ich eine Möglichkeit gefunden hatte, genaueres nachzuschlagen. Das sollte jedoch – Google sei Dank! – nicht allzu schwer werden.

Wie befürchtet war die Rückfahrt, wenigstens für mich, eine reine Qual da meine Kondition sehr zu wünschen übrig ließ. Melia jedoch schien diese Strapaze nicht das Geringste auszumachen! Ich fragte mich jetzt schon zum hundertsten Mal woher sie ihre Energie bezog! Immerhin schafften wir, ich!, es noch vor Einbruch der Dunkelheit wieder bis zum Auto.

Alles in Allem war sie mit dem Ausflug nicht nur zufrieden, sondern sie wollte sofort am nächsten Tag einen weiteren unternehmen.

Zum Tagesausklang versuchte ich noch die Ruine Dürnstein zu googlen um ihre noch offenen Fragen restlos zu beantworten. Sie war ja nun schon einiges an technischem Wunderwerk gewohnt, dennoch beeindruckte sie der Laptop gewaltig. Natürlich wollte sie sofort wieder darüber informiert werden, welch eigenartiges Buch das war, das mir so viele Möglichkeiten bot. Für mich war vor allem interessant, dass sie Bücher kannte!

„Sind die Bücher bei euch gedruckt oder mit der Hand geschrieben?" fragte ich sie daher bei der erstbesten Gelegenheit.

„Was heißt gedruckt? Ist gedruckt nicht auch vorher einmal mit der Hand geschrieben?"

„Eigentlich nicht. Sieh mal, früher wurden auch bei uns Bücher, zwar nicht richtig mit der Hand aber mit den Buchstaben aus einer Art Setzkasten ‚geschrieben' und diese zusammengesetzten Buchstaben dienten dann als Druckstock, mit dem die Bücher gedruckt wurden. Diese Art des Buchdrucks war natürlich sehr umständlich und es konnten auch nicht allzu viele Bücher mit demselben Buchstabensatz gedruckt werden. Heute erfolgt der Druck im Prinzip so wie ich dir schon den Druck von Bildern erklärt habe."

„Kannst du mit dieser Auskunftsmaschine auch feststellen, wie ich wieder in meine Welt zurückkommen kann?"

„Ich wollte, ich könnte das! Leider habe ich, und wahrscheinlich auch niemand anderes, eine Ahnung wie du aus deiner Welt hierher kommen konntest! Was genau dafür verantwortlich war, dass unsere beiden Welten wodurch auch immer für einen kurzen Moment verbunden waren, sodass du herüber wechseln konntest, ist völlig unbekannt. Und ich bezweifle, dass es viele Menschen gibt, die auch nur eine Vorstellung darüber ersinnen können, was und wie es geschah und erst recht nicht warum. Und wenn doch, dann bleibt immer noch die Frage nach dem ‚Wie' und ‚Ob' es in absehbarer Zeit von unseren Wissenschaftlern bewerkstelligt werden kann! Und schlussendlich auch noch die Frage: Wo befindet sich deine Welt?"

Während meiner langatmigen Ausführung war ihr Gesicht immer mehr in Trauer erstarrt bis sie letztendlich in ein leises Schluchzen verfiel. Hatte sie erwartet, dass ich ihr rasch und problemlos eine Rückkehr in ihre Welt würde bieten können? Gewiss nicht. Allerdings war ihr wohl nicht bewusst gewesen, dass ihr Hiersein so endgültig sein würde!

So aufregend, interessant und schön der Tag auch verlaufen war, das Ende war leider umso trauriger. Melia verließ mich fast wortlos und mit gesenktem Kopf. „Gute Nacht!" wünschte sie noch mit leiser Stimme, dann verschwand sie in ihrem Zimmer.

Eine gewöhnungsbedürftige Frau

Die ganze Nacht über zermarterte ich mir den Kopf darüber, was ich überhaupt in dieser Situation zu tun imstande war. Es war ja nicht damit getan, dass ich alles so laufen ließ. Früher oder später musste ich etwas unternehmen um sie offiziell quasi zum Leben zu erwecken.

Es gab jedes Jahr hunderte von Menschen, die verschwanden und irgendwo unter falschem Namen ein neues Leben begannen. Ich hatte nur leider keine Ahnung, wie ich das bewerkstelligen sollte. Sicherlich, ich hörte immer wieder einmal von Leuten mit falschen Papieren, aber meine eigene kriminelle Energie war schlicht und einfach zu gering um mir auch nur eine falsche Hundemarke zu besorgen. Außerdem hatte ich keinen Hund.

Falls, und ich sage ausdrücklich falls, ich ganz zufällig mit jemandem bekannt werden würde, der entweder in einschlägigen Kreisen verkehrt, oder wenigstens jemanden kennt, der zu diesen Kreisen Zutritt hat, würde ich mich wahrscheinlich dermaßen blöd anstellen, dass ich schon bei der ersten Kontaktaufnahme auffliegen würde!

Derartiges kam für mich, und damit auch für Melia, also keinesfalls in Frage. Ich musste also einen anderen, auch für mich gangbaren, Weg zur Lösung des Problems finden. Doch müssen und können sind viel weiter voneinander entfernt, als entweder oder.

Wenigstens eine Zeit lang konnten wir ja so tun, als ob das alles völlig normal wäre. Über kurz oder lang würde sich jedoch eine Situation ergeben in der unsere unfreiwillige, erzwungene Tarnung ans Licht kam. Und was auch immer danach geschah wollte ich Melia nicht zumuten. Denn trotz all ihrer vortrefflichen Eigenschaften würde sie früher oder später daran sicher zerbrechen.

Als sie am nächsten Morgen strahlend aus dem Bad kam, so als könnte ihr das ganze Schlamassel nichts anhaben, konnte ich über dermaßen viel ungebrochene Selbstsicherheit nur staunen.

„Was wollen wir heute unternehmen?", eröffnete sie mir sofort mit einem strahlenden Lächeln und in perfektem deutsch. Nein eigentlich nicht deutsch, sondern österreichisch! Ich hatte keine Ahnung wie sie den Akzent so hinbekam, dass ich nie und nimmer auf die Idee gekommen wäre, dass sie vor zwei Tagen noch kaum ein Wort in dieser Sprache herausbekommen hatte!

„Ich weiß nicht. Ich habe mir noch gar nichts überlegt und überhaupt auch gar nicht gedacht, dass wir sofort wieder aus dem Haus gehen, schließlich muss hin und wieder auch hier das eine oder andere getan werden und Geldverdienen muss ich schließlich auch noch!

„Was ist ‚Geldverdienen'?"

„Du hast doch jetzt schon einige Male gesehen, dass ich für all die Dinge die wir besorgt oder gegessen haben bezahlt habe. Und auch wenn es mit der Kreditkarte und nicht mit Bargeld war, so muss ich dennoch dafür arbeiten, damit ich für die geleistete Arbeit Geld bekomme!"

„Ich hab mich schon gewundert, wie das bei euch funktioniert. Bei uns gibt es so etwas wie Geld nicht, bei uns geht alles über Tauschgeschäfte. Obwohl, die getauschten Dinge stellen wohl auch so etwas wie Geld dar."

„Na, siehst du! Und wo bekommst du die Dinge die du zum Tauschen verwenden möchtest her?"

„Das kommt darauf an. Wenn ich Essen tauschen möchte, biete ich ebenfalls Essen an. Genauso bei Kleidung oder Gegenständen für's Haus."

„Und wie ist es bei Reisen? Womit entlohnst du die Postkutsche oder den Wirt bei dem du nächtigst?"

„Das ist schwieriger, aber meistens kommt man mit wertvollen Stoffen am besten durch! In besonderen Fällen kann man sich auch mit Arbeit bei den Wirten oder anderen Leuten behelfen, es wird jedoch meist vermieden es so weit kommen zu lassen, da das so gut wie immer mit einer enormen zeitlichen

Verzögerung einhergeht."

„Also mit Geld ist das zwar nicht unbedingt einfacher und manchmal kommt es schon vor, dass man auch auf Tauschhändel zurückgreift, aber ganz gewiss nur in seltenen Ausnahmefällen."

„Die Schwierigkeit jemandes Dienste zu dessen vollster Zufriedenheit abzugelten ohne dabei allzu viel Haare zu lassen ist manchmal schon eine große Herausforderung."

„Die Redewendung mit dem ‚Haare lassen' gibt es bei uns ebenfalls, jedoch wird stattdessen meist ‚übers Ohr hauen' verwendet, der Sinn dürfte wahrscheinlich in beiden Fällen derselbe sein."

„Das mit den Haare lassen hat einen sehr realen Hintergrund: Wenn jemand nichts zu tauschen hatte, als seine Haare – und die sind bei uns in manchen Gegenden sehr wertvoll! – dann wurden ihm statt der Ware die Haare abgeschnitten."

„Kommen wir nochmals zu den Tauschwaren zurück. Woher bekamst du gegebenenfalls die wertvollen Stoffe?"

„Ich hab sie selbst gemacht, was sonst?"

„Du kannst Stoffe weben?"

„Jeder bei uns kann das. Aber wertvolle Stoffe benötigen bestimmte nicht überall vorhandene Materialien, wie bestimmte Metalle, die zu feinen Fäden gehämmert werden, bevor sie eingewebt werden!"

* ~ * ~ *

Ich begab mich also, der finanziellen Notwendigkeit gehorchend an meinen üblichen Arbeitsplatz, um wenigstens ein wenig Ablenkung von der unwirklichen Situation in der ich mich befand zu finden. Das gelang jedoch nicht wirklich, ich konnte an nichts anderes als an diese Frau denken.

Diese Frau war einfach unglaublich! Ich begann mich zu fragen, wie es möglich sein konnte, dass jemand einerseits so … ja doch: primitiv lebte und andererseits dermaßen intelligent war, dass er in nur zwei Tagen eine Sprache erlernen konnte!

Oder konnte sie womöglich gar nicht? Konnte das alles nur vorgespielt sein? Wie war andererseits ihr Erstaunen über gewisse Dinge des Alltags zu verstehen? Oder war auch das nur Theater?

Ich versuchte mich daran zu erinnern, was zu Beginn geschehen war und was ich tatsächlich über sie wusste. Im Grunde war ich lediglich auf ihre Erzählungen angewiesen. Es gab nicht den geringsten Hinweis darauf, dass ihre Aussagen auch tatsächlich zutrafen!

Die Erkenntnis, dass sie mich eigentlich nur grandios überrumpelt hatte, setzte sich in mir fest. Jetzt begann ich auf Einzelheiten zu achten. Da war ihr Verhalten in den Modegeschäften, meine Verwunderung darüber mit welcher Selbstverständlichkeit sie Kleid, Unterwäsche und Schuhe aus der Unzahl von Angeboten ausgewählt hatte! Falls sie auch nur ein kleines bisschen von der Qualität überrascht gewesen wäre, hätte sie sich niemals so zielgerecht und rasch entscheiden können! Nie im Leben! Wenn ich nur daran dachte, wie sich meine Frau oft angestellt hatte, bevor sie aus zwei völlig identen Teilen endlich einen wählte!

Melia – falls das überhaupt ihr tatsächlicher Name war! – war nackt in mein Leben getreten. Was konnte ich daraus ableiten? Falls alles in dieser Angelegenheit nur Theater war, dann hatte sie damit vermieden, sich so zu kleiden wie es in der von ihr beschriebenen Zeit wohl üblich gewesen wäre!

Sie sei durch eine Türe gekommen, wie undurchsichtiges Glas, welches dann ‚irgendwie' verschwand. Das hieß gar nichts. Ihre gezielten Fragen zu bestimmten Begriffen (Was ist Empfänger?) erschienen aus der Perspektive des Theaters wie eine glatte Veralberung. Ich kam mir plötzlich reichlich blöd vor, dass ich nicht darauf geachtet hatte, ob die Nachfragen überhaupt in das Muster ihrer Sprachvervollständigung passten!

Je länger ich darüber nachdachte desto mehr kam ich zur Überzeugung dass ich ein Opfer meiner Leichtgläubigkeit geworden war! Nun gut. Wie sollte ich darauf reagieren? Ihr die vermeintliche Wahrheit einfach an den Kopf werfen? Und wenn ich mich doch irrte? Kränken wollte ich sie so oder so nicht. Schließlich fühlte ich mich immer noch als ein Kavalier der alten Schule! Ich sollte es vorsichtiger, aber mit der gebotenen Vorsicht angehen.

* ~ * ~ *

Als ich etwa zur Mittagszeit meine Arbeit unterbrach um noch etwas zu essen, bevor ich mich in weiteren Mutmaßungen ergab, erwartete mich die nächste Überraschung: Melia hatte aus dem am Vortag Eingekauften ein Gericht gezaubert, das alle Stücke sprach! Erstmal eine Gemüsesuppe, wie ich sie besser nicht einmal in Italien vorgesetzt bekommen hatte. Danach einen Braten im Speckmantel mit Erdäpfelkroketten und englischen Fisolen. Und als wäre das noch nicht genug, gab es als Draufgabe ein Schoko-Mousse zum Niederknien!

Wenn ich bisher auch nur den geringsten Zweifel daran hatte, dass ihr Hiersein eine einzige Show war, so war es damit endgültig vorbei. Jetzt war zweifellos der richtige Zeitpunkt um die Sache anzusprechen.

„Wer bist du wirklich?" Fragte ich sie daher unmittelbar nachdem wir dieses vorzügliche Mahl beendet hatten.

„Oje! Ich fürchte, jetzt ist der Zeitpunkt gekommen um mit der ganzen Wahrheit herauszurücken."

„Also doch! Ich hatte schon den ganzen Tag so meine Vermutungen. Was also ist jetzt wirklich Sache?"

„Beginnen wir von Anfang an. Aber bitte unterbrich mich nicht bevor ich mit meiner Geschichte am Ende bin, ja? Also: Mein Name ist, wie du vermutlich geahnt hast, natürlich nicht Melia, sondern Katharina. Katharina Büchner um genau zu sein. Ich komme selbstverständlich auch nicht aus einer anderen Welt, sondern aus Graz, das heißt eigentlich aus Thal, aber das ist wohl nicht so wichtig."

„Völlig korrekt, unwichtig."

„Du wirst dich vermutlich nicht daran erinnern, aber als du vor etwas mehr als einem Jahr bei einem Meeting in Gleichenberg warst, war ich eine der anderen Teilnehmerinnen. Unbeachtet von dir, natürlich. So attraktiv bin ich nun leider wirklich nicht, dass man jemanden, mit dem man kaum ein Wort wechselt, in einer völlig anders gearteten Umgebung wiedererkennt."

„Ich kann mich kaum an die Themen dieses Meetings erinnern."

„Jedenfalls hast du auf mich einen derart tiefen Eindruck gemacht, dass ich dich unbedingt näher kennen lernen wollte. Diesen Eindruck hast du mit deiner ausgesuchten Fürsorglichkeit gegenüber einer anderen Teilnehmerin erweckt, die mit einem gebrochenen und geschienten Bein immer ein wenig unbeholfen war. Du hast ihr jedes Mal die Türe geöffnet, warst ihr bei jedem Handgriff, für den sie zwei Hände gebraucht hätte behilflich."

„Sollte das nicht für jedermann selbstverständlich sein?"

„Trotzdem. Du hast sie deshalb weder hofiert noch sonst irgendwie in einer Weise behandelt, die man gegebenenfalls als Anmache bezeichnen hätte können. Jedenfalls wollte ich dich kennen lernen. Jedoch nicht nur so als Kollegin quasi, denn wenn ich interessant genug für dich gewesen wäre, so hättest du mich schon angesprochen oder sonst irgendwie ein Gespräch begonnen. Nein, ich musste einen anderen Weg finden."

„Und da war die ‚Außerirdische' gewissermaßen die logischste Lösung!"

„Nein, natürlich nicht. Diese Idee hatte ich erst später, als ich herausfand, dass du eine Art Eremitendasein führtest. Da konnte ich schlecht an der Haustüre pochen und sagen: Hallo, da bin ich! Also machte ich Pläne. Nicht nur einen, viele. Einer schlechter als der andere. Schließlich verfiel ich auf die Idee mit dem Keller."

„Und warum gerade nackt? War das nicht ein zu großes Risiko?"

„So wie ich dich einschätzte durchaus nicht. Und den Grund dafür hast du sicherlich auch schon erraten: Die passende Kleidung!"

„Im Grunde hast du deine Rolle eigentlich recht gut gespielt.

Hättest du nicht so rasch die Sprache ‚gelernt', hätte ich wahrscheinlich noch eine ganze Weile im Dunkel getappt! Jedenfalls hast du ja jetzt irgendwie dein Ziel erreicht. Wie soll es deiner Meinung nach jetzt weitergehen?"

„Die fehlende Antwort auf dieses Problem hat mich beinahe wieder von meinem Vorhaben abgebracht. Aber da ich nun einmal schon so weit war, wollte ich nicht gleich bei der ersten Schwierigkeit die Flinte ins Korn werfen!"

„Aber irgendetwas musst du dir doch in der Zwischenzeit überlegt haben. Ich kann nicht glauben, dass du all das so schön planst ohne die geringste Ahnung ‚was dann?'. Ich denke eher, dass du nicht damit heraus rücken möchtest! Stimmt's?"

„Ach! Wenn du wüsstest wie feige ich im Grunde meines Herzens bin! Ich weiß, es sieht jetzt nicht danach aus, aber ich bin in Wahrheit eine graue Maus!"

„Ich wüsste schon eine Lösung: Du gehst jetzt hinaus, wartest die eine oder andere Minute, währenddessen du, sagen wir 100 Meter, gehst bevor du umdrehst, an meine Tür kommst und klingelst. Das Weitere findet sich dann schon."

Diesen Vorschlag nahm sie auch an. Drei Minuten später klingelte es an der Türe. Ich ging hin, öffnete und sagte: „Ja, bitte! Was kann ich für sie tun?"

Und sie sagte: „Sie werden sich wahrscheinlich nicht erinnern, aber vor etwas mehr als einem Jahr ..."

Danach fielen wir uns ganz einfach in die Arme und lachten aus vollem Hals, bis uns die Tränen kamen.

„Und? Bist du jetzt, wo du mich besser kennst, zufrieden mit dem was du erfahren hast?"

„Ganz und gar! Übrigens: Deine Auslagen werde ich dir selbstredend bis auf den letzten Cent zurückzahlen."

„Was erwartest du jetzt eigentlich von mir? Wie soll es jetzt mit uns beiden weitergehen? Hast du irgendwelche romantischen Vorstellungen, oder nimmst du den sprichwörtlichen Hut und das war's?"

„Mit der Romantik hätt' ich's schon, aber ich weiß nicht, was du davon hältst! Einen Versuch wär's meiner Meinung nach schon wert. Aber ich will dich keinesfalls überrumpeln!"

„Na, das mit dem Überrumpeln hat doch schon einmal ganz gut geklappt! Aber im Ernst: Ich finde dich und deine Einfälle bemerkenswert, ob das jedoch für eine Beziehung reicht, wage ich zu bezweifeln. Ich mach' dir einen Vorschlag: So wie wir vorher eben unsere Bekanntschaft auf eine vernünftige Basis gestellt haben, sollten wir das nun auch mit unserer Beziehung tun. Das heißt, du setzt dich in den Zug, fährst nach Hause und in einer Woche oder so schreibst du mir einen Brief und ladest mich ein. Dann sehen wir weiter. Okay?"

Jetzt hatte ich es doch noch geschafft sie fast zum Weinen zu bringen. Wohl hielt sie die Tränen tapfer zurück, aber sie musste schon ein paar Mal schlucken, bis sie wenigstens zu meinem Vorschlag nicken konnte. Und so verabschiedeten wir uns, wie zwei gute alte Bekannte, mit jeweils einem Küsschen auf die linke und auf die rechte Wange, sagten uns anschließend ‚Auf Wiedersehen', was wir auch genauso meinten und beendeten damit die erstaunlichste Episode meines und wahrscheinlich auch ihres Lebens.

* ~ * ~ *

Sie fragen sich jetzt natürlich, wie es in dieser Geschichte weiter ging. Diese Frage ist selbstredend berechtigt, aber leider kann ich dazu nichts sagen, denn bis zu diesem Augenblick weiß ich es selbst noch nicht.

Aber halt, es läutet an der Tür. Warten sie kurz, ich gehe rasch nachsehen, wer mich da stört.

Es war nur der Briefträger, er hat mir ein Päckchen, ein relativ großes Päckchen, übergeben. Mal sehen, was das sein könnte. Ich werde es am besten einmal sofort öffnen.

Absender steht zwar keiner drauf, aber meine Adresse stimmt schon einmal. Jetzt noch rasch eine Schere, das Packpapier entfernt und von dem Karton den Klebestreifen entfernt, … ja was soll denn das? Das ist ja mein Hemd und meine Jeans, die ich eigentlich in der Waschmaschine wähnte!

Da schau dir doch diese kleine Schlaumeierin an! Hat sie mir doch tatsächlich mein eigenes Gewand retourniert! ... Und da ist auch noch ein Kuvert, darin natürlich ein Brief:

Mein lieber Johannes!

Ich habe deine Sachen selbstverständlich gewaschen und gebügelt bevor ich sie per Post an dich sandte, aber deine Badehose habe ich mir zur Erinnerung behalten! Ich hoffe das kannst du verschmerzen und mir verzeihen! Übrigens fahre ich nächste Woche für ein paar Tage wieder nach Gleichenberg und würde mich freuen, wenn du mich besuchen kämst!

In Liebe deine Melia.

Ich war geradezu gerührt ob ihrer hoffnungsfrohen Zutraulichkeit. Was sollte ich also schon groß tun? Ich setzte mich an den Laptop und bestellte für die nächste Woche ein Ticket nach Gleichenberg.

Alle Protagonisten

Johannes	Bewohner des Hauses mit dem Keller
Krems	Stadt in der Johannes lebt
Melania ‚Melia' Serendo	Name der Frau aus dem Keller
Etrurien	Land aus dem Melia stammt
Padaan	Stadt in der Melia lebte
Talano	Muttersprache von Melia
Tedes	Deutsch in der Sprache Melias
Ossach	Stadt in der Melias Bruder lebt
Bauria, Stirlenia	Orte außerhalb Etruriens
Katharina Büchner	Richtiger Name Melias
Thal bei Graz	Tatsächlicher Heimatort Melias

Schattenkörper

Eine besondere Hochzeitsnacht

Noch einmal Glück gehabt

Dieser Tag sollte der Erfüllteste unseres bisherigen Lebens werden. In weniger als einer halben Stunde würden wir an unserem Ziel, einem versteckten kleinen Hotel – eigentlich einem Hotelchen, – sein und unser junges Glück genießen.

Dass unser Glück noch jung war, hatte einen ganz unspektakulären und banalen Grund: Zwar kannten wir uns bereits seit zirka zwölf Jahren, jedoch waren wir zu diesem Zeitpunkt beide noch an andere Partner oder Partnerinnen gebunden. Nichtsdestoweniger war ich – mein Name ist übrigens Konstantin – mehr oder weniger vom ersten Moment, an welchem ich sie – sie nennt sich übrigens Celia – das erste Mal zu sehen bekam, rettungslos in sie verliebt!

Dennoch dauerte es mehr als elf Jahre, bis ich mich getraute ihr endlich meine Liebe zu erklären. Erklären ist genau genommen nicht nur leicht übertrieben, sondern eigentlich falsch. Warum? Ganz einfach. An einem ansonsten unbedeutenden und unauffälligen Dienstagmorgen, raffte ich mich, entgegen meiner sonstige eher permanente Schüchternheit, auf, rief sie um sieben Uhr morgens an und bat sie um ein sofortiges Rendezvous.

Kurz gesagt, sie gewährte mir dieses Rendezvous. Und sobald ich ihr in ihrem Wohnzimmer gegenüber saß bekam ich erst einmal kalte Füße. Nach einer kurzen gesprächsfreien Pause stand ich auf, beugte mich über sie und überraschte sie – und wohl auch mich selbst – mit einem innigen Kuss. Aus unerfindlichen Gründen, vielleicht auch aus Überraschung, erwiderte sie ihn.

Drei Wochen später zog ich bei ihr ein. Das war der nun vielleicht doch etwas spektakuläre Beginn unserer Beziehung. Dennoch bedurfte es noch weiterer acht Monate bis wir uns entschlossen ‚Nägel mit Köpfen' zu machen und unsere Verbindung offiziell sanktionieren zu lassen.

Soweit zu unserer Vorgeschichte. Und nun also waren wir im Begriff unserer Beziehung eine besondere Note dadurch zu verleihen, dass wir uns einige Tage, oder eventuell auch Wochen, in die Einsamkeit zurückzogen um unsere junge Liebe zu genießen.

Es handelte sich, wie gesagt, um ein kleines verstecktes Hotel am Ende eines Talkessels, der nur durch eine Klamm neben einem kleinen, dafür aber reißenden Gebirgsbach erreichbar war. Die steilen Wände der Klamm waren nicht nur wild-romantisch, sie waren auch bestens dafür geeignet, ein wenig klettern zu üben. Wir beide, sowohl ich als auch meine große Liebe Celia, lieben es in möglichst einsamer Gegend unsere doch schon beachtlichen Kletterkünste zu perfektionieren.

Wir freuten uns also schon auf ein paar Tage in Abgeschiedenheit, als wir brutal in die Wirklichkeit gerissen wurden. Wohl war am Eingang der Klamm eine Warnung wegen Steinschlags angeschlagen gewesen, aber wer denkt, oder glaubt, schon ernsthaft daran, dass einem so etwas auch tatsächlich passiert? Niemand. Umso überraschender trifft es einen dann, falls dieser unerwartete Fall unverhoffter Weise wirklich eintritt.

„Hörst du auch dieses seltsame Geräusch?"

Fragte Celia ihren neu angetrauten Mann.

„Ich glaube, das wird nur der Widerhall des Motorgeräusches sein", entgegnete ich, Konstantin, ihr.

„Nein, das denke ich nicht. Es klingt so, als ob es näher käme!"

„Ja, aber was so..."

* ~ * ~ *

Das waren meine letzten Worte. Als ich wieder zu mir kam, fühlte ich im ersten Augenblick gar nichts. Ich sah auch nichts. Verzweifelt versuchte ich meine Augen dazu zu bringen, wenigstens irgendetwas zu erkennen.

„Celia?"

Versuchte ich zu rufen. Aber ich hatte das undeutliche

Gefühl, dass kein Ton aus meiner Kehle kam.

Ich versuchte mir etwas Bewegungsfreiheit zu verschaffen, indem ich meinen linken Arm aus der Verklemmung, in welcher dieser offenbar fest gehalten wurde, zu befreien suchte. Jedoch schien dies ein völlig sinnloses Beginnen zu sein. Ich versuchte es mit anderen meiner Körperteile. Alles vergebens. Meine Arme, meine Beine, ja mein ganzer Körper schienen sich in einem Schraubstock zu befinden. Gerade einmal mein Kopf schien sich ein Minimum an Beweglichkeit bewahrt zu haben.

„Keine Panik!"

Ermahnte ich mich. Ich wusste nicht, ob ich das nur gedacht oder ob ich es laut ausgesprochen hatte. Ich probierte nochmals meine Augen zu öffnen. Dann stellte ich fest, dass sie schon offen waren! Ich konnte lediglich deshalb nichts sehen, weil es um mich herum vollkommen stockdunkel war. Ein winziger Schimmer, dessen Ursprung im Unklaren blieb, war mein einziger Hinweis darauf, dass wenigstens meine Augen noch ihren Dienst taten.

Wieder rief ich „Celia?"

Ich war mir hundertprozentig sicher, dass ich meine Stimme gehört hatte. Falls meine Frau nicht ebenso, wie ich in den letzten Minuten, oder vielleicht auch Stunden, bewusstlos gewesen war oder immer noch ist, müsste sie mich gehört haben.

Allerdings: Keine Antwort. Das musste jedoch noch nicht viel zu bedeuten haben. Genau wie ich konnte sie, immer noch, bewusstlos sein. Um sicher zu gehen musste ich mir um jeden Preis Bewegungsfreiheit oder zumindest so viel minimale Bewegung verschaffen, dass ich zu meiner Frau hinüber greifen konnte, um mich selbst davon zu überzeugen, dass sie überhaupt noch da war.

Unter Aufbietung meiner gesamten Kraft gelang es mir schließlich den rechten Arm so weit bewegen zu können, dass ich hoffen konnte, bis zum Sitz meiner Frau hin zu gelangen. Als mir dies schlussendlich gelang, trafen meine Finger auf etwas Weiches. Als ich versuchte diese Weichheit zu ergreifen, musste ich feststellen, dass es lediglich eine Art Schal oder sonst irgendeine Art von Tuch war.

Jetzt stieg langsam doch so etwas wie Angst in mir hoch; aber noch keine Panik.

„Versuche erst einmal festzustellen, wovon du eigentlich fest gehalten wirst!"

Machte ich mir wieder etwas Mut. Womit sollte ich beginnen? Was stand mir zur Verfügung? Augen in fast vollständiger und undurchdringlicher Finsternis, ein leidlich beweglicher Arm mit Fingern, die, ohne Licht und in ihrer geringen Beweglichkeit, kaum etwas genauer ertasten konnten als ob es hart oder weich, heiß oder kalt, rau oder glatt war.

Und was hielt ihn nun wirklich fest? Es war relativ glatt, wohl mit ein paar Kanten, jedenfalls soweit ich es auf meiner Brust fühlen konnte. Auch war ich mir ziemlich sicher, dass ich in einer mehr oder weniger waagrechten Position eingeklemmt war. Ich überlegte, dass es möglicherweise das Dach des Wagens war, unter dem ich lag. Und dass dieses Dach wohl ziemlich eingedrückt war. Dass ich überhaupt etwas fühlen konnte war eigentlich ein durchaus gutes Zeichen.

Ich versuchte mich daran zu erinnern, woran ich mich noch als Letztes zu erinnern vermochte. Da war dieses Geräusch. Dann in rascher Folge eine Kakophonie von einer Art Krachen und Schleifen und dann gar nichts mehr. Danach war ich entweder bewusstlos geworden oder durch Schock einer vorübergehenden Amnesie unterlegen. Immerhin schien der Wagen noch auf der Straße zu ‚stehen'.

Oder nicht? Im Prinzip konnte es durchaus sein, dass er von der Straße gedrängt und gekippt auf einem Abhang ‚stand'. Jedoch: Auf welchem Abhang? Ich erinnerte mich, dass eigentlich nur zwischen der Straße und dem Gebirgsbach ein ausreichender Niveauunterschied bestand, der eine Schräglage des Autos ermöglichte. Na ja.

Ein weiterer Versuch irgendeines anderen Teiles von Celia habhaft zu werden, brachte mir nur einen Griff in eine flüssige, ölige, Soße ähnliche? Masse, die ich nicht sofort einordnen konnte. Ich zog meine Hand wieder zurück und versuchte meine

Finger abzulecken. Auch dies brachte mich zuerst nicht weiter. Dann aber fiel es mir, siedend heiß, ein: Blut!

* ~ * ~ *

Dieser neuerliche Schock hob den vorherigen offenbar auf, dann augenblicklich kam der Schmerz. Er fuhr mit heißen Klingen durch meinen gesamten Körper; von den Zehen bis in die Haarspitzen, von den Fingerspitzen quer durch Brust und Rücken, sodass ich fast wieder ohnmächtig wurde.

Einen Moment war mein Denken vollständig gelähmt. Dann ließ die erste Schmerzwelle etwas nach und ich konnte, am ganzen Körper zitternd, einmal tief durchatmen. Sofort breitete sich der Schmerz in meinem ganzen Brustkorb aus. Als auch diese Welle wieder etwas verebbte, versuchte ich nochmals durchzuatmen, jetzt jedoch flacher, was mir auch einigermaßen gelang.

Ich versuchte wieder Ruhe in meine Gedanken zu bekommen. Wenn das am Nebensitz eine Blutlache war, wo war dann der dazugehörige Körper? Weit konnte er nicht sein. Ein weiteres Mal versuchte ich, jetzt aber unter heftigsteen Schmerzen, den Arm noch weiter auszustrecken.

Und tatsächlich: Nun berührte ich etwas Festes, das durchaus zum Körper meiner Frau gehören konnte. Vielleicht ihre Hüfte oder ihr Oberschenkel. Trotz des Blutes und ihres nicht Antwortens beruhigte mich diese Tatsache. Da ich sowieso schon unter hässlichen Schmerzen litt, versuchte ich gegen jede Vernunft meinen Körper in eine bequemere Lage zu bringen. Leider chancenlos.

In der Pause, welche ich mir nach dieser sinnlosen Anstrengung gönnte, hörte ich, wie jemand meinen Namen rief. Dieser Jemand war jedoch ganz offensichtlich nicht neben mir in dem Wagen! Also konnte es sich nicht um Celia handeln. Aber wer sollte mich, von woher auch immer, rufen, wenn nicht sie?

Ich beruhigte meinen hechelnden Atem etwas. Jetzt hörte ich es auch deutlicher:

„Konstantin, kannst du mich hören?"

Jetzt erkannte ich auch ihre, durch die Entfernung gedämpfte, Stimme.

„Aber ja, mein Herz! Wo bist du? Wieso bist du nicht in unserem Auto?"

Fragte ich sie, mehr verstört als verunsichert.

„Ich weiß nicht so recht wo ich bin. Ich kann mich auch gar nicht sehen. Ich weiß noch nicht einmal wieso ich sprechen kann!"

Das klang ebenfalls leicht verstört.

„Aber wer oder was ist das dann hier neben mir?"

Brachte ich noch mühsam heraus, bevor mich die nächste Schmerzwelle überfiel.

„Ich weiß es doch auch nicht! Vielleicht bin ich tot?!?"

Irgendwie klang sie so unglücklich, dass ich nichts lieber getan hätte, als sie tröstend in die Arme zu nehmen. Was mir aber nicht möglich war. Das machte mich jetzt erst recht todunglücklich in meiner erzwungenen Hilflosigkeit.

„Oh Gott, nein! Bitte nicht! Lieber Gott, falls es dich gibt, und falls du dich mit so unwichtigen Dingen wie mir und Celia abgibst, lass nicht zu dass sie tot ist!"

Obwohl es mir nicht bewusst war, hatte ich offenbar laut gesprochen.

„Ich glaube Gott hat leider mit dem Ganzen gar nichts zu tun. Ich habe keine Ahnung, was passiert ist, oder was und wo ich jetzt bin. Irgendwie scheine ich mich in der Nähe zu befinden, aber es ist alles so diffus."

Versuchte Celia ihre unbefriedigende Situation zu beschreiben. Auch klang es nicht mehr ganz so betrüblich.

„Kannst du überhaupt etwas erkennen?"

Kamen mir nun schon rein praktische Gedanken.

„Es sieht so aus, als wäre ich irgendwo am Berg. Unter mir breitet sich eine Geröllhalde aus, die so einen komischen Berg ... Oh nein! Unser Auto wurde scheinbar von einer Steinlawine verschüttet! Bist du – sind wir? – dort drinnen?"

Jetzt klang es schon wieder leicht verzweifelt.

„Ich bestimmt. Du wahrscheinlich auch. Aber ich befürchte: nur dein Körper. Jedenfalls habe ich keinerlei Reaktion von dir erhalten. Weder nach dem Rufen, noch nach der Berührung."

„Aber ich hab dich doch ebenfalls die ganze Zeit gerufen!"

Verteidigte sie sich ein wenig empört über meine Reaktion, beziehungsweise über meine zuvor ausgebliebene Reaktion auf ihr Rufen.

„Jetzt hab' ich dich ja gehört."

Musste ich mich jetzt verteidigen.

„Was tun wir nun? Was können wir, oder vielleicht ich, tun?"

Nun kam auch ihre praktische Seite zum Tragen.

„Ich habe keine Ahnung. Ich kann mich so gut wie gar nicht bewegen."

Machte ich ihr unmissverständlich klar.

„Ich kann mich zwar bewegen, aber ich bin völlig gefühllos! Ich spüre überhaupt nichts, keine Luft, keinen Boden, nichts. Es ist so, als wäre ich ein Geist."

Versuchte sie nun eine bessere Beschreibung ihres Zustands in Worte zu fassen.

Ganz plötzlich hörte ich noch etwas ganz anderes: Ein Scharren, als ob man mit einer Gabel über Porzellan fährt, sodass es einem kalt über den Rücken läuft. Nach einem Moment wurde mir klar, worum es sich dabei handeln musste: Ein Räumkommando der Straßenmeisterei hatte offenbar von dem Steinschlag erfahren und war nun mit einem schweren Räumgerät an der Arbeit.

Würden sie wissen, dass unter dem ganzen Geröll ein Autowrack mit Insassen verborgen war, oder würden sie ganz einfach nur die Straße wieder für den Verkehr freimachen?

„Celia? Was passiert da draußen? Ist es ein Räumfahrzeug und wissen sie was sich hier darunter verbirgt?"

Wollte ich mir Gewissheit verschaffen.

„Denkst du, ich kann Gedanken lesen? Ich kann kaum erkennen, was sich dort vorne tut!"

Meinte sie nur.

„Glaubst du, du könntest ihnen irgendwie klarmachen, dass

sich hier weitaus mehr als nur Schutt verbirgt?"

Versuchte ich ihr klar zu machen, dass es mit dem brutalen Räumen nicht getan sei.

„Ich kann es ja einmal versuchen."

Sie bewegte sich offensichtlich zu den Straßenarbeitern hin, denn kurz darauf hörte ich sie wieder, nun ein wenig entfernter, reden.

„Hallo, sie da! Können sie mich hören?"

„Was sagst du, Klaus?"

Fragte einer der beiden Arbeiter des Räumkommandos.

„Ich hab nichts gesagt. Wird wohl nur der Wind gewesen sein."

Erwiderte daraufhin sein Kollege.

Celia, die selbstverständlich gehört hatte, was die beiden da redeten, dachte sich, dass es klug wäre den Arbeiter, dessen Namen sie gerade erfahren hatte, direkt mit seinem Namen anzusprechen.

„Hallo, Klaus!"

Versuchte es Celia erneut, indem sie den Arbeiter nun direkt mit Namen ansprach.

„Was ist, Berti?"

Dieser Klaus dachte selbstverständlich, dass ihn sein anderer Kollege angesprochen hatte. Dieser wehrte jedoch umgehend dieses Ansinnen ab.

„Ich hab noch immer nichts gesagt. Hörst du jetzt schon Gespenster?"

Klaus verstand die Welt nicht mehr. Wer, wenn nicht Berti, hatte dann da eben gesprochen? Daher sagte er:

„Ganz sicher nicht. Aber irgendjemand hat ganz deutlich ‚Hallo, Klaus' gerufen. Und wer, wenn nicht du, sollte das gewesen sein?"

Wieder versuchte sich Celia Gehör zu verschaffen.

„Ich war das!" sagte Celia nun erneut. „Mein Name ist Celia und mein Mann und ich sind unter dem Geröll begraben!"

Klaus sah sich demonstrativ in der gesamten Gegend um.

„Und wo, bitte, sind sie? Ich kann niemanden hier sehen!"

Sagte er verunsichert nur so ganz allgemein in Umgebung.

„Im Prinzip bin ich zusammen mit meinem Mann im Wagen. Scheinbar gibt es aber, ich weiß auch nicht wieso, offenbar so eine Art Verstärkung, sodass sie mich hören können!"

Diese Darstellung meiner Frau war geradezu genial! Sie hatte auf ihre ganz persönliche Art vermieden, dass Dinge wie Unsichtbarkeit und Geister ins Spiel kamen!

„Und wie geht es ihrem Mann? Pardon, wie geht es ihnen eigentlich?"

Fragte dieser Klaus sie nun eindringlicher.

„Soweit, so gut. Meinem Mann eher nicht, er ist total einge-klemmt und kann sich praktisch weder bewegen, noch richtig atmen!"

Versuchte sie ihm meine, ihr von mir gegebene, Darstellung zu präzisieren.

„Wir werden uns bemühen, so rasch als möglich zu ihnen vor zu dringen."

Das war nun Berti, der die Unterhaltung zwischen seinem Kollegen und meiner Frau mit offenem Mund und doch nach wie vor verständnislos verfolgt hatte.

Was ist eigentlich mit uns los?

„Wieso hören wir uns eigentlich?"

Fragte ich Celia jetzt. Bisher hatte ich mir noch keinen Gedanken über dieses erstaunliche Phänomen gemacht.

„Ich habe absolut keine Ahnung. Ich begreife auch nicht, wie oder wieso sich mein Körper und mein Geist – ich nehme jedenfalls an, dass es sich bei dieser ‚Außenstation' um meinen intellektuellen Geist handelt – in dieser brenzligen Situation überhaupt getrennt haben!"

Stellte sie darauf voller Verwunderung fest.

„Trotzdem erklärt das noch immer nicht, wieso wir uns gegenseitig hören können. Es sei denn ..."

Mir kam ein undeutlicher und leicht abstruser, aber wie mir schien durchaus ernst zu nehmender Gedanke.

„Was?" Fragte Celia, nachdem ich mich selbst unterbrochen hatte.

„Es sei denn, dein Geist und dein Körper sind nicht nur weiterhin in irgendeiner besonderen Art und Weise verbunden, sondern sie wirken durch diese besondere Art der Verbindung auch irgendwie verstärkend auf die Umwelt!"

Versuchte ich, meine diffusen Gedanken in verständliche Worte zu fassen.

Celia hatte inzwischen ein anderes Problem erkannt:

„Was soll ich eigentlich tun, wenn diese Räumung bis zum Auto vorgedrungen ist? Ich kann nicht einmal ins Auto, solange nicht wenigstens eine Türe geöffnet ist. Und was ist, wenn mein Körper in einem noch viel schlimmeren Zustand ist als deiner?"

Brachte sie ihre Furcht auf den Punkt.

Mir war sofort klar worum es ihr ging. Leider hatte ich darauf aber auch nicht wirklich eine vernünftige Antwort parat.

„Lassen wir es erst mal darauf ankommen. Etwas anderes bleibt uns im Augenblick sowieso nicht übrig. Leider kann ich dir über den Zustand deines Körpers auch keine Auskunft geben, da ich nur deine Hüften sehen kann. Und die auch nur aus den Augenwinkeln und damit reichlich unscharf. Soferne ich das was ich wahrnehme überhaupt sehen ist, denn hier ist völliges undurchdringliches Stockdunkel!" Erwiderte ich ihr etwas lahm.

„Ich werde eben zusehen, dass ich so nahe als möglich bei dir und bei meinem zweiten Ich bin, wenn sie näher kommen."

Machte sie sich selbst etwas Mut.

Mir wurde gleich wieder ganz schwummerlich.

„Na, du bist gut! Was heißt da ‚zweites Ich'? Ich möchte und benötige grundsätzlich auch weiterhin nur ein einziges, deiner offenbar getrennten, Ichs!"

Brachte ich mühsam hervor. Wie kam sie bloß auf die Idee, dass sie sich womöglich ‚geteilt' hätte? Na, ja. Irgendwie machte das durchaus Sinn, wenn man die ganze Situation so betrachtete.

Inzwischen war die Räummannschaft bereits so nahe, dass der Wagen bei jeder weiteren Bewegung des Baggers bereits schwankte und immer mehr den Verdacht bestätigte, dass der Wagen auf der Böschung des Baches zum Stehen gekommen war. Wahrscheinlich aber auch nur deshalb, weil ein weiteres Abrutschen gar nicht mehr möglich war.

Jede Bewegung des Wagens brachte mir mit überragender Deutlichkeit die Schmerzen zurück, welche ich bei unserem kurzen Disput fast vergessen hatte.

Celia, die den Fortschritt der Arbeiten misstrauisch verfolgte, meldete mir, nach meinen Schmerzattacken zu urteilen, überflüssigerweise:

„Ich glaube, jetzt haben sie schon fast das Auto erreicht. Sie gehen nun auch wesentlich vorsichtiger mit der Baggerschaufel um. Oh, je! Jetzt versuchen sie den Felsen der auf dem Wagen liegt wegzukippen. Ich hoffe nur, dass der Wagen nicht gleich mit kippt!" ergänzte sie erschrocken.

„Ich kann jetzt wenigstens schon etwas sehen. Nicht dass die Scheiben schon frei wären, aber es gibt bereits genügend Lücken in dem Geröll, dass zumindest etwas vom Tageslicht herein fällt."

Versuchte ich, meine größten Schmerzen ignorierend, hoffnungsvoll zu klingen.

Inzwischen war es den Arbeitern tatsächlich gelungen, den größten Brocken über den ehemaligen Kofferraum hinweg vom Dach zu kippen. Das ermöglichte es jetzt den Männern, die seitlichen Gesteinsbrocken ebenfalls vorsichtig zur Seite zu schieben, sodass sie wenigstens auf einer Seite die Türen soweit freigelegt hatten, dass es Sinn machte ein Öffnen der Türen zu versuchen.

Das war indes gar nicht so problematisch, da der Felsen am Dach die eine Türe auf der Fahrerseite soweit aufgedrückt hatte, dass man sie mit etwas roher Gewalt durchaus schon öffnen konnte. Was dem Mann, den sie Berti genannt hatten auch gelang. Leider war dies jedoch erst die Hälfte des Erfolges, da ja das Dach soweit in den Fahrgastraum gedrückt war, dass es den Fahrer völlig bewegungsunfähig eingeklemmt hatte.

Der inzwischen ebenfalls eingetroffene Notarzt versuchte nun Kontakt zu mir aufzunehmen.

„Hallo! Können sie mich hören? Mein Name ist Doktor Flirsch und ich werde versuchen sie hier heraus zu holen.‟

Irgendwie erstaunte es mich, dass ich den Doktor tatsächlich hören konnte, da ich unsinnigerweise angenommen hatte, dass die Verständigung mit meiner Frau auf irgendeine andere, obskurere, Weise stattgefunden hatte.

„Danke, ja, ich kann sie hören und es geht mir eigentlich gar nicht so übel. Ich habe zwar keine Ahnung ob oder was eventuell gebrochen ist, jedoch kann ich bei der geringsten Bewegung spüren, dass irgendetwas mit meinen Beinen ist.‟

Versuchte ich Doktor Flirsch hinreichend Auskunft zu geben.

„Na, wir werden sie gleich heraus haben. Wie geht es übrigens ihrer Frau?‟

„Ich denke sie ist bewusstlos, aber genau weiß ich es nicht.‟

Fragte er mich weiter, wobei ich den Verdacht hatte, dass er mich lediglich ablenken wollte, während er versuchte mich zu bewegen.

„Aber sie hat doch mit mir gesprochen!‟

Meldete sich sofort der Klaus genannte Arbeiter zu Wort.

„Sie muss bis vor ein paar Minuten jedenfalls bei vollem Bewusstsein gewesen sein, da ich sie deutlich verstanden habe und nicht den Eindruck hatte, dass sie schwer verletzt ist!"

Versuchte er seine für den Arzt wohl nicht leicht nachzuvollziehende Aussage zu rechtfertigen.

„Das kann schon sein", sagte der Rettungsarzt, „aber sie wissen ja, dass Leute im Schockzustand sehr oft noch Dinge vollbringen, an welche sie sich im Nachhinein oft gar nicht mehr erinnern können!" Beruhigte ihn der Arzt augenblicklich.

„Wie heißt ihre Frau eigentlich?" Wollte der Rettungsarzt jetzt von mir wissen.

„Celia" antwortete ich ihm umgehend.

Daraufhin wandte er sich direkt an sie.

„Celia, können sie mich auch hören?"

„Ja"

Kam es ganz leise und zaghaft vom Beifahrersitz. Celia hatte es also offensichtlich geschafft ihre beiden Ichs wieder zu vereinigen.

„Und wie geht es ihnen? Sind sie stärker verletzt, oder doch nur etwas leichter als ihr Mann?"

„Ich habe keine Ahnung, aber größere Schmerzen habe ich eigentlich keine. Wenigstens nicht im Augenblick. Was mich mehr beunruhigt ist, dass ich meine Beine und meine Arme nicht spüren kann."

Doktor Flirsch nickte, wiewohl weder ich noch sie das sehen konnten.

„Das kann durchaus auch der Schock sein. Wenn wir sie beide erst hier heraus haben wissen wir mehr."

In der Zwischenzeit, während der Arzt mit uns sprach, war einer der Männer mit einem Gerät wie ein Wagenheber zur Fahrertüre gekommen. Er klemmte die beiden Enden neben mir zwischen den Boden und das Dach des Fahrzeuges und mithilfe einer hydraulischen Presse drückte er die beiden auseinander.

Im ersten Moment dachte ich ‚endlich', im zweiten jedoch entrang sich mir ein jaulendes Geräusch, als eines meiner beiden Beine seitlich wegrutschte und einen häßlichen offenen Bruch zutage förderte. Sofort griff der Arzt ein und drehte das gebrochene Bein wieder in eine weniger falsche Position. Der Schmerz hörte deshalb jedoch nicht auf und ich stöhnte leise weiter. Ich bin wohl doch kein Indianer.

Inzwischen war einer der Sanitäter mit einer Bahre erschienen und die beiden versuchten mich vorsichtig aus dem Wrack und auf die Bahre zu hieven. Ungeachtet der Tätigkeiten der Rettungsleute hatte der Arbeiter des Räumfahrzeuges versucht auch die zweite Seite des Wagens freizulegen. An sich war er auch erfolgreich, jedoch war die Beifahrertüre nicht so wie die Fahrertüre aufgesprungen, sondern nach innen gedrückt worden.

Daher blieb den Sanitätern nichts anderes übrig, als meine Frau ebenfalls durch die Fahrertüre zu befreien. Was sich als gar nicht so einfach erwies, da nicht nur Schalthebel, Handbremse und Mittelkonsole äußerst hinderlich waren, sondern vor allem das ebenfalls in eine ungünstige Position geknickte Lenkrad.

Unter Zuhilfenahme des schon einmal verwendeten ‚Wagenhebers' wurde zu diesem Zweck auch das Lenkrad aus der Verankerung gedrückt und samt der Lenksäule zu den Pedalen gebogen. Diese Maßnahme reichte jetzt aus um meine Frau zu befreien. Da sie während dieser gesamten Aktion nicht den leisesten Laut von sich gab, nahm ich – fälschlicherweise! – an, dass sie unverletzt wäre. In Wahrheit war sie jedoch nur wieder in eine tiefe Bewusstlosigkeit verfallen.

* ~ * ~ *

Aus ärztlicher Sicht war es vernünftiger uns beide in verschiedenen Krankenwagen zu transportieren. Was für die Ärzte den Ausschlag gab wusste ich nicht. Und es war auch niemand bereit, mir genaueres über den Zustand meiner Frau zu verraten. Ich wurde auf später vertröstet und dann überhaupt sediert, sodass der Transport mit meinen gebrochenen Beinen – inzwischen wusste ich bereits, dass beide betroffen waren – für mich doch etwas angenehmer war.

Nachdem wir vorhin auch auf einige Entfernung hin scheinbar mühelos kommuniziert hatten, dachte ich, dass das aus
unerfindlichen Gründen auch jetzt noch möglich war.

„Celia?" rief ich sie leise.

Aber die einzige Antwort, die ich bekam, kam von dem
begleitenden Sanitäter, einem Herrn Meinert, wie er sich vorgestellt hatte:

„Ihrer Frau geht es schon wieder einigermaßen. Ihr Arzt hat
uns gerade angerufen, dass sie schon wieder ansprechbar ist."

„Und wie gut ist einigermaßen?" Wollte ich selbstverständlich sofort wissen.

„Genaueres kann ich ihnen leider nicht sagen. Das Gespräch
fand eigentlich nur aus dem einfachen Grund statt, dass wir
vereinbarten ins gleiche Krankenhaus zu fahren." Sagte er daher
nur.

So zog ich mich zurück und malte mir allerlei konfuses Zeug
über den Fortgang unseres Zustandes aus. Diese Phantasien
reichten von ,Ein Beinbruch ist schließlich keine große Sache' bis
zu ,Was fange ich bloß ohne sie an, wenn sie womöglich stirbt?'.
Über all diesen Gedanken entschlief ich dann doch.

* ~ * ~ *

Das nächste, was ich sah, war, wie der Krankenwagen an
der Einfahrt zur Notaufnahme hielt und zwei Spitals-Sanitäter mit
einer Rollbahre heran gefahren kamen. Gerade noch aus den
Augenwinkeln sah ich eine weitere Rollbahre, die ebenfalls von
zwei Sanitätern begleitet wurde, im hell erleuchteten Gang zur
Notaufnahme entschwinden.

„Kommen wir in dasselbe Zimmer?" konnte ich mich nicht
zurückhalten zu fragen. „Oder werden wir getrennt?"

„Das kann ich ihnen leider nicht sagen. Das entscheidet der
aufnehmende Arzt, der die erste Untersuchung vornimmt."

Versetzte der Sanitäter nun schon etwas unwirsch.

„Danke."

Damit musste ich mich wohl vorerst zufrieden geben. Nachdem man mich ebenfalls auf die spitalseigene Rollbahre verlegt hatte, wurde ich ebenso wie vorhin Celia durch einen unverkennbar nach Spital riechenden schmucklosen Gang geschoben. Nach passieren von zwei automatischen Türen kam ich in eine Art Vorraum, in welchem ich einfach abgestellt wurde.

Man ließ mich jedoch nicht lange dort stehen. Alsbald kam ein junger Arzt mit einem Klemmbrett in der Hand zu mir und stellte sich vor.

„Mein Name ist Doktor Grebern, ich nehme nur rasch ihre Daten auf und seh' mir an, was wir für sie tun können. Wie ist ihr Name?"

„Konstantin Schreiner. Ich bin 42 Jahre und habe keine mir bekannten Allergien."

„Langsam, langsam Herr Schreiner! Ich habe meinen Fragebogen und wenn ich den nicht der Reihe nach abarbeite vergesse ich womöglich eine relevante Information. Wären sie so nett, mir nur auf meine Fragen zu antworten? Ja? Danke."

Er versuchte freundlich und teilnahmsvoll zu sein, hatte aber wohl schon so einiges an diesem Tag hinter sich, denn es klang eher genervt.

„Natürlich, ich dachte nur, wir könnten das irgendwie abkürzen."

„Also. Ihr Geburtsdatum?"

„23. April 1987 in Neulengbach, Niederösterreich."

„Letzte bekannte Krankheiten?"

Was der Mann so alles wissen wollte! So ging es dann noch ungefähr eine Viertelstunde weiter, bis er endlich das Brett beiseitelegte und sich mit meinen Verletzungen beschäftigte.

„Na, da haben wir ja noch einmal Glück gehabt, dass es so schöne glatte Brüche sind, die verdanken sie übrigens ihrem Lenkrad. Die Blessuren an ihrer Brust und ihrem Rücken werden sie rasch wieder vergessen haben. Ich bringe sie jetzt in die Chirurgie. Sie werden dann in etwa einer halben Stunde operiert."

Er versuchte zuversichtlich zu klingen, aber irgendwie traute ich ihm nicht so recht.

„Wissen sie wie es meiner Frau geht? Ich hätte doch gerne gewusst, ob sie schwerer oder auch nur leicht verletzt wurde!"

Irgendwer musste mir doch endlich eine ausreichende Auskunft geben können.

„Ihrer Frau geht es, wie wir so zu sagen pflegen, den Umständen gemäß entsprechend gut. Sie hat hauptsächlich nur Blessuren und einen Schnitt im linken Oberschenkel davongetragen, aber wir machen sicherheitshalber noch eine MRT, damit wir nichts übersehen!" Setzte er daher noch hinzu.

„Vielen Dank, Herr Doktor!"

Ich war im Prinzip schon sehr erleichtert und konnte all meine überbordenden Ängste etwas zurückschrauben.

* ~ * ~ *

Wieder wurde ich mit der Rollbahre quer durchs Krankenhaus, dann mit einem Lift, danach wieder durch endlose Gänge gefahren, bis wir an einer großen Doppeltüre mit der Aufschrift ‚OP II' anlangten. Unmittelbar hinter dieser Türe wurde ich wieder einmal abgestellt und es wurde mir versichert, dass es nicht mehr lange dauern würde.

Und wirklich kaum zwei oder drei Minuten später kam eine der OP-Schwestern heraus, lächelte mich freundlich an und sagte:

„Na wen haben wir denn da? Ist das nicht der Herr Schreiner? Wo waren sie denn die ganze Zeit? Wir haben schon auf sie gewartet!"

Sie versuchte aufmunternd und dazu auch noch witzig zu sein, was ihr meiner Meinung nach auch recht gut gelang.

Das war selbstverständlich nur scherzhaft gemeint, aber auf diese Weise nahm sie wohl jedem Patienten die erste Angst vor einer Operation. Sie hatte wohl schon zu viele Patienten in heilloser Panik erlebt.

Zuerst beobachtete ich noch die Schwestern bei ihren Vorbereitungen. Aber nach und nach irrten meine Augen zu den diversen Geräten mit ihren mehr oder weniger unverständlichen

Anzeigen von Zahlen und Grafiken. Und in weiterer Folge verfielen meine Gedanken in eine wilde Spirale sinnloser und unentwirrbarer Phantasien, welche offenbar eine Folge des Schocks darstellten.

Als ich nach geraumer Zeit wieder einen klaren Gedanken fassen konnte, fand ich mich in einem hellen Zweibett-Zimmer. In einem, offensichtlich in allen Krankenhäusern üblichen, Spitalsbett wieder, welches an der dem Fenster gegenüberliegenden Wand stand. Und bevor ich noch richtig registriert hatte wo ich mich befand, hörte ich, wie jemand zu mir sagte:

„Na, auch wieder unter den Lebenden?"

In meinem, wahrscheinlich noch von der Narkose benebelten, Zustand und ohne vielem Nachdenken antwortete ich ganz automatisch: „Scheint so."

Erst danach wandte ich mich der Stimme zu. Es war ein schon etwas grauhaariger Mann im besten Alter, der freundlich zu mir herüber blickte.

„Falls sie sich fragen, wo sie sind: Sie befinden sich im so genannten Aufwachzimmer. Das ist immer ein gutes Zeichen, denn andernfalls würden sie nicht hier sondern in der Intensivstation landen!"

„Na, da bin ich ja richtiggehend froh! Jedenfalls freundlichen Dank für die durchaus nützliche Auskunft!"

Man glaubt ja gar nicht, was einem in diesen Fällen so durch den Kopf geht, auch wenn man es oft gar nicht bewusst wahrnimmt.

„Mein Name ist Friedrich Burgauer und ich war unmittelbar vor ihnen im Operationssaal. Nichts besonders Aufregendes, nur ein Halux an meinem linken Fuß." Erläuterte er sein eigenes Hiersein mit einem Augenzwinkern.

„Konstantin Schreiner, angenehm. Doppelter Beinbruch." Versuchte ich nun meinerseits etwas Erheiterndes von mir zu geben.

„Sie werden schon ungeduldig erwartet. Gerade sah eine junge Dame kurz herein um gleich wieder umzudrehen, nachdem sie sah, dass ihr Bettplatz noch leer war."

Brachte er sofort hervor um mir meine, seiner Meinung nach nächste, Frage vorweg zu nehmen und auch gleich zu beantworten.

„Das könnte meine Frau Celia gewesen sein." Erklärte ich ihm sofort.

„Wir waren nämlich in einen grausigen Unfall verwickelt."

„Ja, ich habe schon von dem Steinschlag gehört. Sie waren das also! Und sie haben nichts weiter als nur – entschuldigen sie, aber das grenzt doch schon eher an ein Wunder! – einen Beinbruch. Ich denke da können sie sich aber glücklich schätzen! Und erst ihre Gattin; war sie etwa mit in dem Wagen?" Kam es erstaunt aus seinem Munde.

„Aber ja. Sie scheint der wahre Glückspilz zu sein!"

Und ich hatte mich schon für einen Glückspilz gehalten, als sie meinen Avancen nachgab. Aus heutiger Sicht frage ich mich jedoch, wer hier wirklich der wahre Glückspilz war.

In diesem Moment klopfte es an der Türe und ich drehte mich zu ihr um. Wer jedoch hereinkam war nicht Celia, sondern die Stationsschwester, die sich bei mir erkundigte, ob ich schon wieder so aufnahmefähig sei, dass sie mir die Funktion der Fernbedienung für das Bett, den Schwesternruf und das Telefon erklären konnte.

Als ich es bejahte, kam sie ans Bett um mir das Gerät zu erläutern.

„Ich bin Schwester Doris und für sie verantwortlich, solange sie auf meiner Station liegen. Wenn sie etwas benötigen, zum Beispiel die Toilette aufsuchen oder sonst irgendetwas, läuten sie einfach. Ich komme dann so rasch ich kann, oder eine meiner Kolleginnen."

„Ich dachte, ich komme dann sofort in das Krankenzimmer, in welchem ich bis zu meiner Entlassung bleiben werde?" Wollte ich wissen.

„Ja sicher, aber erst morgen. Heute müssen sie schon noch mit diesem Zimmer vorlieb nehmen. Wir müssen immer sicher sein, dass sich nicht über Nacht irgendwelche unliebsame Komplikationen ergeben!"

„Aber meine Frau darf mich schon besuchen, oder?" Fragte ich sie, bemüht nicht allzu sehr ungeduldig zu klein-gen.

„Selbstverständlich. Sie ist sowieso schon ganz kribbelig, weil ich sie nicht als Erste hereingelassen habe. Sie sollten sich unbedingt bei ihr bedanken. Denn wie ich gehört habe, hat sie das Räumkommando erst auf den verschütteten Wagen hinge-wiesen!"

„Wie hat sie denn das geschafft?" Mischte sich sofort mein Bettnachbar Herr Burgauer ein.

„Aus dem verschütteten Auto heraus?"

„Ja. Es gab wohl so etwas wie eine durch das Geröll ausge-löste Echo- oder Verstärker-Funktion. Wie genau das ablief ver-stehe ich genauso wenig wie sie!" Versuchte ich mein eigenes Unverständnis zu überspielen.

„Also von einem derartigen Zusammentreffen unglaublicher Glücksfälle habe ich bisher noch nie gehört!" meinte er daraufhin.

„Trösten sie sich, ich auch nicht." Fügte Schwester Doris ebenfalls hinzu.

Ich dachte mir nur meinen Teil und hoffte insgeheim, dass dies alles kein Traum war, aus welchem ich unsanft in die Wirk-lichkeit gerissen werden würde. Viel Zeit blieb mir jedoch nicht mich meinen Gedanken hinzugeben, denn fast zeitgleich mit dem letzten Wort der Schwester riss Celia die Tür auf und stürmte herein.

Ich konnte ihre ungezügelte Aktivität nur bewundern. Wie sie das alles ohne körperliche und psychische Schäden überstan-den hatte, war mir fast ein noch größeres Rätsel, als unsere wundersame Errettung. Sie fiel quer über das Bett auf mich, sodass ich kurz aufjaulte, da sie natürlich meine eingegipsten Beine absolut nicht beachtete, nur um mir sofort ins Ohr zu flüs-tern, dass ich ja nichts von ihrem Austritt aus ihrem physischen Körper als Protoplasma erzählen sollte.

Sofort schaltete sich die Schwester wieder ein.

„Ich wusste ja, warum ich sie noch nicht ins Zimmer lassen wollte! Sie brechen ihm die Beine gleich noch einmal! Klettern sie jetzt aber rasch wieder herunter! Er läuft ihnen ja doch nicht davon. Jedenfalls noch nicht!" Versetzte Schwester Doris mit einem doch eher spitzbübisch angehauchten Lächeln.

„Entschuldigen sie, bitte, aber ich hatte solche Angst, dass ihm etwas ganz furchtbares zugestoßen wäre! Ich musste mich einfach ganz rasch von seinem guten Zustand überzeugen!" Entschuldigte sich Celia überschwänglich und stieg von mir herunter.

„Wenn sie ihn derart bedrängen, wird sich sein Zustand gleich wieder verschlechtern!" Meinte die Schwester nur.

Ich musste natürlich meine mir dermaßen zugetane Frau schleunigst in Schutz nehmen.

„Ist ja schon gut, Schwester! Ich hab's ja überstanden!" Fügte ich, jetzt nachdem ich wieder Luft bekommen hatte, hinzu.

„Ich glaube, ich sollte mich jetzt vielleicht doch noch etwas ausruhen. Wir haben sicherlich noch Zeit genug um uns zu unserem fabelhaften Glück ausgiebig zu gratulieren!"

Wozu soll das gut sein?

Dieser Tag sollte der Erfüllteste unseres bisherigen Lebens werden. In weniger als einer halben Stunde würden wir an unserem Ziel, einem versteckten kleinen Hotel sein und unser junges Glück genießen....

Leider sollte es ganz anders kommen. Aus dem verschwiegenen Hotel wurde vorerst wohl nichts. Trotzdem: Noch war nicht aller Tage Abend.

„Ich habe vorerst unsere Hotelbuchung um eine Woche verschoben."

Celia kam bestens gelaunt ins Zimmer. Ihr schien das Alles nur Spaß zu machen. Wenn sie etwas bedrückte, so zeigte sie es jedenfalls nicht.

„Sie hatten von unserem dummen Missgeschick" – Sie nannte es tatsächlich nur Missgeschick! – „gehört und vollstes Verständnis für unsere Situation. Sobald du aus dem Spital kommst können wir sofort unser bestelltes Zimmer dort beziehen."

„Und wo wohnst du inzwischen?"

Mir war ihre Aufgekratztheit und vor allem ihr Tempo mit dem sie alles in die Hand nahm unheimlich. Natürlich vertraute ich ihr vollkommen was das alles betraf, aber dennoch …

„Na, das Hotel ist wohl etwas zu weit von hier. Ich hab mich daher hier als Begleitperson eingemietet. Das Zimmer ist sehr schön und wartet bereits auf dich."

Sie strahlte vor Stolz über ihre Weitsicht.

„Das geht? Ich meinte als Begleitperson kann man nur bei Kindern im selben Spital bleiben?" fragte ich unsicher.

„Das wird schon so stimmen. Aber wir haben es hier doch mit einer Ausnahmesituation zu tun und das hat offensichtlich gereicht. Jedenfalls war die Dame in der Aufnahme sehr verständnisvoll. Außerdem hättest du sowieso in jedem Fall ein Einzelzimmer bekommen. Schließlich haben wir nicht umsonst eine horrend teure Zusatzversicherung!"

Sie konnte sich gar nicht beruhigen vor lauter Aufregung.

* ~ * ~ *

Am nächsten Morgen, nach der Visite, durfte ich das Aufwachzimmer verlassen und in unser gemeinsames Krankenzimmer übersiedeln. Wie Celia gesagt hatte war es sehr schön. Zumindest was die Aussicht betraf. Diese ging in den Gartenbereich des Krankenhauses und außerdem auch noch so ungefähr nach Südwesten, sodass wir eine angenehme Nachmittagssonne genießen konnten. Zudem gab es auch noch einen kleinen Balkon auf welchem gerade so noch zwei Sessel Platz fanden.

Jetzt waren wir endlich wieder allein und konnten uns unterhalten ohne von fremden Ohren belauscht zu werden. Ich war schon ungeheuer neugierig, was mir Celia über den seltsamen Vorfall bei der Bergung würde erzählen können. Jedoch anstatt viel zu erzählen führte sie mir ihre neu erworbene Fähigkeit ganz einfach vor.

Sie verschwand nicht etwa, nein, ihr Körper veränderte sich in keiner Weise, lediglich hörte ich ihre Stimme ganz plötzlich aus einer ganz anderen Richtung.

„Na, was sagst du dazu?" Wollte sie selbstverständlich sofort meinen Kommentar dazu hören.

„Was soll ich sagen? Ich begreife es ganz einfach nicht! Wie machst du das eigentlich?"

Ich war viel zu perplex um richtig nachdenken zu können. Was immer hier gerade geschah, überstieg nicht nur mein Verständnis, es überforderte meinen Verstand in einer Weise, wie ich es bisher noch nie erfahren hatte.

„Ich habe nicht die leiseste Ahnung! Es ist ganz einfach so, dass ich mir vorstelle, wo ich sein möchte und schon bin ich dort. Allerdings nur zur Hälfte, wie du sehen kannst. Oder besser gesagt: Nicht sehen kannst." Fügte sie nach kurzem Zögern hinzu.

Im Grunde wusste ich nicht was ich eigentlich sagen sollte.

Also blieb ich bei ganz normalen aber nichtsdestoweniger verständlicheren Fragen.

„Und du kannst dich in diesem ‚außerkörperlichen Zustand' ganz frei bewegen?"

Eigentlich eine ganz blöde Frage, wo sie sich doch für meine optisch begrenzte Wahrnehmung gar nicht wirklich bewegt hatte.

„Na, ja. Nicht ganz. Einen Platzwechsel kann, oder besser gesagt muss ich in derselben Art durchführen. Das heißt, ich stelle mir wieder vor, wo ich sein möchte und bin im nächsten Augenblick auch schon dort."

Es klang ein wenig nachdenklich. „Vielleicht bin ich auch gar nicht an diesem neuen Ort, sondern nur ungefähr, ich weiß nicht!"

„Ganz einfach: so!?"

Langsam gewöhnte ich mich daran, mit jemandem zu sprechen, der dort, von wo er sprach, eigentlich gar nicht war. Es war ein wenig so, als würde ich mit jemandem durchs Telefon reden.

Celia dachte kurz nach. „Ja, ganz einfach: so!"

„Toll. Und was kannst du jetzt damit beginnen?"

Schön langsam kam bei mir doch der Intellekt wieder zum Vorschein. Also eigentlich der mehr praktische Aspekt.

„Nun, ich habe gestern natürlich schon ein wenig experimentiert. Zum Beispiel kann ich sehr gut andere belauschen ohne gesehen zu werden. Aber das war ja klar. Ich kann jedoch nicht, beispielsweise, so ohne weiteres mit jemandem mitgehen. Falls der nämlich durch eine Türe geht und diese vor mir wieder schließt, knallt er sie mir vor der Nase zu und ich steh draußen."

Sie wirkte tatsächlich ein wenig ratlos.

„Das macht doch nichts. Du brauchst dich ja lediglich wieder hinter diese Türe zu wünschen …"

Versuchte ich ihre Ratlosigkeit zu besänftigen.

„Das ist leider nicht ganz so einfach. Im Prinzip müsste ich nämlich vor allem wissen, ob der Platz an den ich denke ‚frei' ist. Wenn dort womöglich ein Tisch oder auch eine Person steht, würde ich diesen möglicherweise, oder genauer gesagt wahrscheinlich ‚wegschubsen'! Und das könnte fatale Folgen haben!

Oder, fügte sie nach einer kurzen Pause hinzu „der Tisch, oder was auch immer, könnte mich wegschubsen oder noch unangenehmeres mit mir anstellen!"

Ihre Folgerungen hatten durchaus etwas für sich. Dennoch wollte ich sie nicht noch weiter verunsichern.

„Kein Vorteil ohne Nachteil, so ist es leider, oder Gott sei Dank, immer."

Irgendwie beruhigte das auch mich selbst. Irgendwie.

Aber so rasch ließ sie den Gedanken nicht beiseite fallen.

„Dabei weiß ich noch gar nicht, was wirklich geschehen würde, denn sicherheitshalber habe ich so etwas natürlich noch nicht ausprobiert. Stell dir einmal vor was passieren würde, wenn ich den Tisch, sagen wir, ‚sprengen' würde. Würde er ‚nur' zerbersten, oder würde er mich einschließen und ich wäre in ihm gefangen?"

Sie war nun tatsächlich ernsthaft beunruhigt. So als würde ihr ganzes weiteres Leben von dieser Entscheidung abhängen.

Ich hatte keine Ahnung, wie ich sie von diesem Thema abbringen hätte können. Also spielte ich mit.

„Ich kann nicht glauben, dass es derart dramatisch werden könnte."

Sagte ich und überlegte mir bereits diverse Varianten, wie sich eine derartige Situation entwickeln hätte können.

„Und warum nicht?"

Offensichtlich sah sie keinen richtigen Ausweg aus ihrem Dilemma.

„Ganz einfach. Was geschieht jetzt, wenn du dich, sagen wir, neben das Bett stellst. Dort war ja vorher auch etwas: Nämlich Luft. Okay, sie ist vielleicht leichter zu verdrängen als ein Tisch, aber sie MUSS verdrängt worden sein, sonst würdest du aus einem Luft-und-noch-etwas-anderes-Gemisch bestehen. Ich weiß zwar nicht woraus du im Augenblick tatsächlich bestehst, aber sicherlich nicht aus einer Art Gemisch!" erklärte ich ihr also.

„Und was macht dich da so sicher?" Sie war in keiner Weise überzeugt.

„Ich weiß nicht. Ist nur so ein Gefühl."

Eine richtige Antwort hatte ich darauf ebenfalls nicht.

„Und warum sollte ich deinem Gefühl trauen?" meinte sie trotzig.

Irgendwie musste ich es ihr erklären, egal wie sinnvoll oder auch wie unsinnig es mir selbst erschien.

„Na, ja. Ich denke es mir so: Stell dir einen vierdimensionalen Raum vor, von dem ein dreidimensionaler Teil sich in unserer bekannten Welt, der restliche Teil sich jedoch in der vierten Dimension befindet. Wie würde dieser in der vierten Dimension verbleibende Teil dann aussehen? Ich stelle mir vor, er würde irgendwie ‚geisterhaft' wirken. Jedenfalls aus der Perspektive der dritten Dimension betrachtet."

Brachte ich meine Grundidee in, wie ich hoffte, für Celia verständliche Begriffe. Und setzte dann noch, schon weitaus unsicherer hinzu:

„Da die Verbindung dieses verbleibenden Teiles zu dem dreidimensionalen Teil jedoch an jeder beliebigen Stelle der dreidimensionalen Welt möglich ist, wäre er örtlich völlig unabhängig und könnte sich gewissermaßen frei bewegen!"

Na, wenn das nicht überzeugend geklungen hatte!

„Meinst du im Ernst, dass ich auch nur ansatzweise verstanden habe, was du dir da so zusammenphantasierst?"

Soviel zur Überzeugung.

„Na, gut. Vielleicht war es etwas zu technisch ausgedrückt. Ich versuche es einmal einfacher zu formulieren. Ein Teil von dir, vermutlich der rein geistige, ist zwar mit deinem realen Körper verbunden, aber nicht an einer bestimmten Stelle, sondern eher so wie ein Planet an seine Sonne gebunden ist, sich aber dennoch mehr oder weniger frei bewegen kann! War das jetzt für dich besser verständlich?"

Ich hoffte inständig, dass das gut genug war.

„Kann man so sagen. Aber das erklärt noch immer nicht, warum ich dann kein ‚Gemisch' bin!"

Noch hatte ich nicht die Oberhand, aber ich war knapp dran.

„Weil, und das ist der springende Punkt, dein frei beweglicher Geist sich ausschließlich mit deinem Körper und mit keinem anderen festen oder sonst wie beschaffenen Körper verbinden kann!"

Damit, dachte ich, hätte ich jetzt alle Unklarheiten endgültig aus der Welt geschafft.

„Wenn du mir jetzt noch erklärst, wieso ich meinen Geist von meinem Körper abkoppeln und auf eine freie Reise schicken kann, dann frage ich mich, warum das nicht jeder kann, insbesondere auch du nicht?"

Jetzt wurde sie persönlich.

„Wenn ich das wüsste, könnte ich es wohl auch." War alles, was mir noch dazu einfiel.

* ~ * ~ *

Dieses Gespräch war nicht ganz so erhellend gewesen, wie ich im ersten Augenblick dachte. Also ließen wir es vorerst dabei bleiben.

Vier Tage später durfte ich, auf eigenen Wunsch, das Krankenhaus verlassen. Mit der Auflage, meine in Gips geschienten Beine regelmäßig durch einen Arzt kontrollieren zu lassen.

Trotzdem genossen wir unser kleines Hotel und wenngleich wir nicht, wie ursprünglich geplant, klettern konnten, so machten wir immerhin recht ausgiebige und erholsame Spaziergänge. Langsam und bedächtig um meine kaputten Beine, welche hoffentlich baldigst nicht mehr kaputt sein würden, zu schonen, aber nicht zu sehr.

Wir genossen vor allem das gemeinsame Beisammensein und unsere Gespräche drehten sich hauptsächlich um so profane Dinge wie was wir bei der nächsten Mahlzeit zu essen gedachten, oder ob das Wetter morgen für den geplanten Ausflug auf diese oder jene Alm halten würde. Das Handicap mit meinen Krücken war erträglich, da ich recht gut damit zu Rande kam.

Celia blieb die ganze Zeit über Celia und lief nicht geteilt herum, was mir nur Recht war, da ich im Grunde ein wenig sauer war, dass mir diese interessante Erfahrung versagt blieb.

Obwohl, eine Frage beschäftigte mich die längste Zeit: Was geschah wirklich, wenn der ‚Geist'-Teil auf eine feste Substanz traf. Denn selbst wenn ich davon ausging, dass er in einer Art parallelen Ebene existierte, so müsste doch dennoch irgendeine Reaktion zu bemerken sein.

Oder doch nicht? Schließlich konnte man diesen ihren Teil ja auch nicht sehen. Aber das konnte man schließlich auch bei der Luft nicht und die konnte nun wirklich nicht zusammen mit irgendeiner anderen Substanz am selben Ort sein! Es blieb alles nur reine Spekulation. Aber irgendwie musste es geklärt werden, ansonsten würde es mich wahnsinnig machen.

Wir saßen gerade auf einer Bank am Wegesrand um mich, das Gehen mit Krücken ist letzten Endes doch sehr anstrengend, ein wenig zu schonen.

„Celia?"

„Ja?"

Sie schien nicht besonders interessiert.

„Hast du, wenn du dich getrennt hattest, jemals versucht irgendeinen Gegenstand zu berühren?"

Begann ich meine neuesten Überlegungen für sie in Worte zu fassen.

Sie nickte. „Natürlich. Brachte aber nichts. Ich griff ganz einfach hindurch!"

Bemerkte sie vielleicht bedauernd.

„Und wie ist es, wenn du wieder in deinen Körper zurück kehrst? Ist das so, als würdest du hineinschlüpfen?"

Mir war so vieles unklar und ging mir in vielerlei Arten mehr konfus als konkret durch den Kopf.

Celia schüttelte nur den Kopf. „Nein, nein! Ich wünsch mich nur wieder ganz einfach zurück!" Sagte sie mit einem seltsam versonnenen Blick, den ich nicht deuten konnte.

Leicht frustriert erwiderte ich also:

„Das klingt alles so einfach, dass ich mich frage, wieso es nicht wirklich jeder kann?"

Sie hatte noch immer diesen versonnenen, vielleicht auch leicht spöttischen, Blick.

„Vielleicht kann es ja eh jeder und die Leute versuchen es bloß nicht!"

Das klang so, als wüsste sie mehr. Konnte sie das, mehr wissen? Woher, wenn überhaupt?

Irgendwie kam mir das alles reichlich seltsam vor. Gerade so, als wollte sie mich dazu richtig auffordern.

„Also ich würde es sofort probieren!" Sagte ich daher schon etwas aufmüpfig.

Jetzt war ihre Belustigung nicht mehr zu übersehen. „Und warum tust du's dann nicht?"

Immer noch mehr verdutzt als erstaunt fragte ich daher: „Jetzt?"

Und wie nicht anders zu erwarten kam von ihr sofort: „Wieso nicht jetzt?"

„Also gut. Aber wenn's nicht funktioniert?"

Mein Gott! Was war ich doch feige! Was soll schon passieren, wenn's nicht funktioniert, dann funktioniert es eben nicht. So einfach ist es. Ich konnte nicht mehr wirklich zurück, ich musste es eben tatsächlich versuchen.

„Dann hast du's wenigstens versucht!" Forderte sie mich geradezu nun heraus.

„Geht nicht."

„Feigling!" Schalt ich mich sofort. Natürlich war es bestenfalls ein halbherziger Versuch gewesen. Was heißt Versuch: Ich hatte nur eben so beiläufig daran gedacht.

Celia war nicht so leichtgläubig, wie ich es mir in diesem Moment wohl gewünscht hätte.

„Hast du es WIRKLICH versucht? Nicht nur so halbherzig ohne dass du ernsthaft daran glaubst? Du musst schon restlos davon überzeugt sein, dass es gelingt, und zwar gänzlich ohne den geringsten Zweifel. Genauso, als ob du 3 mal 3 rechnest, was du auch nicht wirklich rechnest, sondern das Ergebnis ganz einfach aus dem Gedächtnis abrufst!"

Zerlegte sie meinen ‚Versuch' sofort penibel in halbherziges ‚Nur so Getue'.

Jetzt bemühte ich mich also wirklich.

„Ich möchte dort unter dem Baum stehen ... Hoppla! Wie ging denn das jetzt?"

Trotz allem war ich nun doch etwas überrascht.

„Na, siehst du! Geht doch ganz einfach!" Kam es daher sofort spöttisch zurück.

„Ein wahres Glück, dass ich gesessen bin, sonst hätte ich mir womöglich auch noch beide Arme gebrochen!"

„Es gibt eben keinen erwünschten Vorteil ohne einen gravierenden Nachteil!" Widerholte sie meinen Einwand bezüglich ihrer Bedenken beim Überwinden von Hindernissen.

„Also heißt es ‚sehr gut Acht geben', wenn man Unbekanntes probiert!" Meinte sie daraufhin lakonisch.

„Das ist sowieso immer angebracht."

Meine Zufriedenheit steigerte sich von Sekunde zu Sekunde. Viel zu rasch fand ich mich in dieser neuen Welt schon wie zuhause.

* ~ * ~ *

Als wir später wieder in unserem Zimmer angelangt waren, – wir hatten den gesamten Weg mehr oder weniger konversationslos zurückgelegt – hatte ich meine Gedanken wieder so weit unter Kontrolle, dass ich vernünftige und sinnvolle Fragen stellen konnte, ohne mich gleich wieder in eine peinliche Situation zu bringen.

„Und was tun wir jetzt mit unserer neuen Fähigkeit?" Begann ich diese neue Gesprächsrunde.

Celia winkte ab. „Ich denke vorläufig belassen wir es bei ein paar Versuchen. Nur so zum Üben, ohne besondere ... besondere ... "

„Ziele? Aufgaben? Wünsche? ..." Versuchte ich ihr auf die Sprünge zu helfen.

„Ja: ganz ohne besondere Wünsche nach ‚geheimen' – ‚verbotenen'? – Vorteilen oder Erkenntnissen!" Beendete sie ihren Vorschlag.

„Ich kann immer noch nicht glauben, dass es dermaßen

einfach ist!" So kurz angebunden wollte ich mich nicht abfertigen lassen.

„Vielleicht liegt es nur, oder auch, daran, dass wir eine so ungeheure intensive persönliche Verbindung haben? Vielleicht ist es nur deshalb für dich so einfach, weil ich es eher zufällig geschafft habe. Ich halte es durchaus für möglich, dass ich so etwas wie ein Fenster aufgestoßen habe." Meinte sie, eigene Gedanken formulierend und irgendwie auch versöhnlich.

„Und du glaubst ernsthaft, nur weil wir eine derart intensive Beziehung haben, ist es auch mir vergönnt daran teilzuhaben?" Zweifelte ich sofort ihre Ausführungen an.

„So sieht es, für mich wenigstens, aus!" Blieb sie ihrer Meinung treu.

„Na, Bravo!"

Ich war durchaus nicht ihrer Meinung und opponierte intensiv dagegen. Nur, sie war umgekehrt von ihrer Idee reichlich angetan, um nicht zu sagen ‚besessen'.

„Was heißt da: Na, Bravo? Möchtest du mich in dieser ‚Unsichtbarkeit' alleine lassen? Glaubst du, mir macht es Freude alleine da drinnen herum zu stolpern?" Meinte sie daher aufgebracht.

„Wieso herumstolpern?" Brachte ich verwirrt hervor.

„Na, du siehst doch, wie schwer es in diesem Zustand ist, sich normal zu bewegen!"

Versuchte sie mir klar zu machen, was genau sie damit zum Ausdruck bringen wollte. Das heißt, sie bezog sich offenbar auf den zurück bleibenden realen Körperteil.

So kam ich wieder auf meine ursprünglichen Bedenken zurück.

„Wozu überhaupt soll das Ganze gut sein? Ich seh' eigentlich überhaupt keinen Vorteil in der ganzen Angelegenheit!"

„Wir werden schon noch Vorteile erkennen."

Sie war da offenbar nicht ganz so pessimistisch eingestellt.

„Das einzige, das ich sehen kann, ist die unumstößliche Tatsache, dass ich – beziehungsweise wir – höllisch Acht geben müssen, dass unseren Körpern während unserer geistigen Abwesenheit nichts zustößt!" Kam ich doch wieder auf ihre letzte Aussage zurück.

„Was soll ihnen schon groß zustoßen, wenn wir, sagen wir einmal, im Bett liegen?" Fragte sie daher, ihre eigene Vorsicht- aussage abschwächend.

Ganz so ohne Probleme sah ich diese Vorgangsweise jedoch nicht.

„Und was, wenn jemand vorbeikommt und uns in so einem komatösen Zustand vorfindet? Wir werden wohl kaum immer zu Hause im Bett liegen, wenn wir ... wenn wir ... was auch immer tun! So wie zum Beispiel jetzt in diesem Augenblick." Versuchte ich zu präzisieren.

Celia winkte wiederum nur ab. „Wenn jemand kommt, schlüpfen wir eben wieder zurück."

„Das setzt zumindest voraus, dass wir wissen, ob jemand kommt."

Sie war der Diskussion müde und zeigte das auch unmiss- verständlich. „Davon bin ich überzeugt."

Das hieß wohl: Schluss jetzt!

Ich war aber noch nicht so weit. Also schlüpften wir wieder in unsere Körper und versuchten zu schlafen. Beide in Gedanken.

* ~ * ~ *

Als wir an diesem Tag zu Bett gingen, hatten wir wohl beide dieselbe Absicht. Nämlich die, klammheimlich ein wenig zu experimentieren. Ohne die geringste Ahnung, was ich eigentlich ausprobieren wollte, begab ich mich vorerst nur ans Fenster unseres Schlafzimmers.

„Dachte ich doch, dass es dir keine Ruhe lassen würde!"

Celia hatte also offenbar schon damit gerechnet, was ich vorhatte.

Ein klein wenig enttäuscht, dass sie mich durchschaut hatte, sagte ich nur: „Naja, ein wenig zu üben kann ja nicht schaden."

Interessanterweise konnten wir uns im Dunkeln besser wahrnehmen, als im strahlenden Sonnenschein.

„Ich kann dich recht gut sehen!" sagte ich daher.

Nickend meinte sie: „Ja, ich dich auch. Woran das liegen mag?"

Ich daraufhin, schulterzuckend: „Keine Ahnung. Vielleicht weil die Umgebung weniger ablenkt?"

„Schon möglich. Interessant wäre vor allem, ob, beziehungsweise wie uns normale Leute sehen." Hatte sie sogleich den nächsten nur logischen Gedanken.

„Die Arbeiter der Straßenmeisterei haben dich offensichtlich nicht gesehen. Das könnte selbstverständlich auch damit zusammenhängen, dass sie sich voll auf die Räumung konzentriert hatten." Fiel mir als erstes dazu ein, obwohl ich die Idee selbstverständlich ebenso verlockend fand.

„Aber wie sollen wir das in die Wege leiten?" Setzte sie ihren Gedanken fort.

„Selbst wenn wir jemandem begegnen, der uns direkt entgegen kommt und der uns auch wahrnimmt. Woher soll er wissen, dass er nicht gerade nur eben einer ganz gewöhnlichen Sinnestäuschung unterliegt? Wir können ihn weder berühren, noch können wir mit ihm sprechen!" Und nach einer kurzen Pause: „Obwohl, wissen wir ob uns tatsächlich niemand hört, wenn wir uns nicht auch körperlich in der Nähe befinden?"

„Zu Viele offene Fragen. Dennoch, wir müssen uns Gewissheit darüber verschaffen, was möglich und was unmöglich ist, ansonsten kommen wir womöglich in Teufels Küche! Trotzdem: Die Leute vom Räumkommando konnten dich jedenfalls zweifelsfrei hören!" Konnte ich gerade noch hinzufügen, bevor mir klar wurde, dass die von Celia gewählte Ausrede, über die Verstärkung durch den Steinhaufen, durchaus plausibel sein konnte.

Celia nickte wieder. „Aber dort herrschte neben dem stark strahlenden Sonnenschein auch noch so etwas wie ein Nebel, der offenbar den Rest der Steinlawine darstellte!"

* ~ * ~ *

Am nächsten Tag blieben wir in unseren Betten. Das heißt wir ließen uns das Frühstück aufs Zimmer bringen und baten darum nicht gestört zu werden. Danach machten wir uns auf den Weg.

Einer der anderen Hotelgäste, ein gewisser Herr Moser, hatte bereits gestern Abend angekündigt, dass er auf die Brunnenalm gehen wollte. Dort wollte er an dem ebendort befindlichen kleinen Weiher fischen und in Ruhe über ein paar persönliche Dinge nachdenken.

Das besprach er mit einem weiteren Hotelgast, einem Herrn Krößner, mit welchem er sich angefreundet hatte, den er bei seiner Fischerei-Ruhe aber nicht dabei haben wollte. Dieser Herr Moser schien uns für unser Vorhaben sehr gut geeignet, da er einerseits allein an dem See sein würde und da er andererseits, falls er eine seltsame Begegnung haben würde, diese sicher mit seinem befreundeten Herrn Krößner teilen würde.

Also machten wir uns nach dem Frühstück im Tarnkappen-Modus auf den Weg zur Brunnenalm. Was in diesem Fall hieß: Wir mussten den Weg dahin tatsächlich mehr oder weniger zu Fuß gehen. Also soo zu Fuß wieder auch nicht. Das Ganze spielte sich folgendermaßen ab:

Wir gingen vors Haus, sahen uns den Beginn des Weges an soweit er zu sehen war und dann ,sprangen' wir dorthin. Dort sahen wir uns wieder den weiteren Verlauf des Weges an um sodann an den letzten sichtbaren Punkt zu ,springen'. Und so ging es weiter. So etwa auf halber Wegstrecke überholten wir dann auch schon ,unseren' Herrn Moser.

Wir überlegten kurz, ob wir schon hier den ersten Test machen wollten, entschieden uns jedoch dagegen. Vor allem da er so in Gedanken vertieft dahin schritt ohne auf seine Umgebung zu achten. Also setzten wir unseren Weg in der beschriebenen Art und Weise fort bis zum See. Dort angekommen setzten wir uns auf eine Bank um zu warten bis Herr Moser des Weges kam.

Jedoch: Mit dem Setzen war das so eine Sache. Was wir bisher nicht beachtet hatten war, dass wir wenn wir standen gar nicht richtig standen, sondern uns vielmehr nur ungefähr am Standort befanden. Bei genauerer Betrachtung befanden wir uns nämlich entweder ein wenig über dem Boden schwebend oder leicht darin versunken!

Im Klartext: Wir befanden uns zwar dort wohin wir uns gewünscht hatten, aber eben nicht ganz genau, sondern nur ungefähr! Dabei hätte uns doch schon klar sein müssen, dass wir in diesem Zustand nicht mit der Umwelt verbunden waren und sie auch nicht berühren konnten!

Also war sitzen genau genommen nicht nur die falsche Bezeichnung, es hatte überhaupt nichts mit sitzen zu tun! Vielmehr war uns nicht einmal klar, ob wie uns überhaupt in einer Art Sitzhaltung befanden, oder nur irgendwie ‚verbogen‘ waren, wie man sich eben sitzen so vorstellte. Dazu kam noch, dass wir uns gar nicht anlehnen konnten, woran auch immer. So betrachtet war es also eher nur eine Karikatur des Sitzens.

Um die Zeit bis zur Ankunft unseres ‚Opfers‘ zu nutzen unternahmen wir ein paar – sinn- und nutzlose – Versuche des Kontaktierens. Wir gingen ins Wasser, tauchten unter, gruben uns auch in die Erde ein und sprangen hoch über die Wipfel der Bäume. Aber wohin wir uns auch begaben, es gab für uns nicht nur kein Hindernis, sondern wir blieben ganz einfach dort, wohin wir uns wünschten. Ohne irgendeine Beeinträchtigung.

Diese unerwartete Tatsache brachte letztendlich auch die Garantie, dass wir mit keinem realen Gegenstand ‚kollidieren‘ konnten! Das heißt, wir hätten uns den komplizierten Weg hier herauf sparen und einen direkten ‚Sprung‘ wagen können!

Daher stellte sich sofort die Frage: Wieso nahmen wir überhaupt unsere Umgebung wahr? Die Sache mit dem Leben, der Luft und all dieser Dinge war uns sofort klar: Der zurückgelassene Körper funktionierte weiter wie bisher. Eben wie im Koma. Aber mit dem Sehen – und auch mit dem Hören! – war es etwas anderes! Wieso standen uns diese Möglichkeiten zur Verfügung? Sollten diese nicht auch besser an den Körper gebunden bleiben?

Und überhaupt: Wie sahen wir eigentlich aus? Hatten wir wenigstens in groben Zügen unsere körperliche Form oder waren wir nur unförmige und fließende Schleier? Wenn wir uns gegenseitig betrachteten, so sahen wir vermutlich nicht die Realität, sondern nur das was wir zu sehen erwarteten, nämlich uns und zwar so wie wir uns im körperlichen Zustand immer sehen konnten!

Als Herr Moser endlich kam, waren wir so beschäftigt, dass wir ihn gar nicht kommen hörten. Da wir uns die ganze Zeit über laut unterhalten hatten, beziehungsweise diskutiert hatten, bekamen wir unseren ersten Test gleich gratis mitgeliefert.

„Wer spricht da? Wo sind sie? Wollen sie mich erschrecken?" Fragte er ganz verunsichert. Und nach einer Sekunde des Nachdenkens: „Ich kenne doch ihre Stimmen. Sind sie nicht das junge Paar aus dem ersten Stock, das diesen Unfall hatte?"

Er hatte uns also nicht nur gehört, er hatte uns sogar erkannt! Also versuchten wir daher gleich ‚mitzuspielen'.

„Können sie uns denn nicht sehen? Wir stehen hier neben der Bank!"

Herr Moser drehte, sich im Kreise umsehend, suchend herum. „Nein, ich kann sie nicht sehen!"

„Wirklich nicht?" Fragte ihn Celia nun direkt.

„Nein!" Brachte er nun doch eher verängstigt als verunsichert hervor.

„Dann sind wir vermutlich auch nicht hier!" Das war jetzt ich und zudem leicht verärgert, da er offensichtlich nicht mal einen Schatten von unseren ‚Schleierkörpern' erkannt hatte.

Dabei ließen wir es beruhen, ließen Herrn Moser sowohl verärgert – wohl über sich selbst, da er nicht wusste wie er mit dieser Situation eigentlich umgehen sollte – als auch verstört, zurück und begaben uns zurück ins Hotel.

Das war jetzt allerdings um vieles einfacher, als der Weg hierher, denn wir wussten ja dass unser Zimmer mehr oder weniger leer war und wir kaum Gefahr liefen. Uns irgendwo zu ‚stoßen' oder sonst wie zu verheddern. Und überhaupt schlüpften wir ganz simpel direkt in unsere Realkörper.

* ~ * ~ *

Abends im Hotel achteten wir darauf, so rechtzeitig im Speisesaal zu sein, dass wir vor den beiden Herrn Moser und Krößner schon an unserem Tisch Platz genommen hatten. Unsere Voraussicht wurde nicht enttäuscht. Zwar kamen die beiden Herrn gemeinsam, aber sie hatten sich wohl gerade erst begrüßt und noch kein Gespräch begonnen.

„Herr Krößner, ich glaube ich bin nicht nur urlaubsreif, ich denke, ich verliere überhaupt den Verstand."

Begann Herr Moser, nachdem sie sich vom Buffet mit Salat versorgt und sich gesetzt hatten.

„Na, so schlimm wird's schon nicht sein, mein lieber Herr Moser!" Setzte Herr Krößner augenblicklich nach.

Herr Moser schüttelte den Kopf.

„Das sagen sie so! Hören sie was mir heute doch tatsächlich passiert ist."

Er seufzte lautstark und schüttelte nochmals und nachdrücklich den Kopf.

„Um Gottes Willen, was ist ihnen passiert?"

Herr Krößner war sofort ganz mitfühlend und legte seinem Freund die Hand auf den Arm.

„Nein, nicht so etwas! Aber beachtenswert war es allemal!"

Herr Moser war bemüht die Emotionen nicht übermäßig ins Kraut schießen zu lassen.

„Also, was ist denn nun geschehen?" Fragte Krößner nun doch schon etwas ruhiger.

„Stellen sie sich vor, als ich nichts ahnend zum Brunnensee komme und gerade überlege, an welcher Stelle ich wohl die Angel auswerfen sollte, höre ich Stimmen!" Begann Moser seinen Bericht.

„Waren sie also doch nicht, so wie sie wünschten, alleine?" Nun, wieder mitfühlend, Herr Krößner.

„Irgendwie schon und irgendwie auch wieder doch nicht!"

Moser unterbrach sich kurz um sich zu fassen und seiner Stimme wieder die jetzt von ihm gewünschte erforderliche Festigkeit zu geben.

„Ich höre also ganz deutlich Stimmen und ich war mir ganz sicher," dabei senkte er verschwörerisch die Stimme, „dass es die beiden von dort drüben, die von dem Unfall waren." Er hob seine Stimme wieder auf das normale Niveau. „Und – lachen sie nicht! – ich hab' auch mit ihnen gesprochen."

„Ich weiß zuversichtlich," und hier senkte jetzt auch Herr Krößner seine Stimme, „dass die beiden heute, zumindest am Vormittag, Nachmittag war ich selbst auch außer Haus, das Haus garantiert nicht verlassen haben! Unser Dienstmädchen hat sich nämlich darüber beklagt, dass sie nicht ordentlich arbeiten kön- ne, wenn die Gäste den ganzen lieben Tag in den Zimmern ver- bringen. SIE hat ja dann die Scherereien, wenn etwas nicht in Ordnung ist!" Fügte er noch, ihre Aufregung imitierend, lautstark hinzu.

„Ja, und wer sollte das dann wirklich gewesen sein?" Meinte Herr Moser nun überaus verwundert.

„Ich habe keine Ahnung!" Krößner hob die Schultern.

Moser nickte verunsichert. „Ich habe auch gefragt ob jemand in der Nähe ist, aber einerseits habe ich auch nichts und niemanden gesehen und andererseits habe ich mit ihnen" er drehte seinen Kopf in unsere Richtung, ohne uns direkt anzusehen „gesprochen."

„Sie haben mit ihnen gesprochen??" Krößner war von den Socken, er hatte seine Augen aufgerissen, als würden sie ihm herausquellen.

„Na, ja. Vielleicht ist mit ihnen sprechen zu viel gesagt, aber sie haben mich gefragt ob ich sie sehe. Und als ich das verneint habe, haben sie mir geantwortet ,dann sind wir vermutlich auch nicht da'. Ich weiß ganz einfach nicht, was ich von dem halten soll." Moser wirkte nun richtig verzweifelt.

Krößner wedelte mit der Hand, beruhigend sagte er daher: „Ja, ja. Das Gehirn spielt uns manchmal schon ganz schöne Streiche!"

Das weitere Gespräch hörten wir uns gar nicht mehr an. Wir hatten, was wir wollten und mehr interessierte uns auch schon nicht.

Nichts auf der Welt ist wie es scheint

Die Frage, warum wir sehen und hören konnten, sowie auch, warum andere uns zwar nicht sehen, dafür aber hören konnten, blieb fürs erste noch ungelöst. Deren Lösung schien uns auch nicht sonderlich dringend zu sein. Vor allem, weil wir, wenn wir schon unterwegs waren, nicht durch die Gegend poltern wollten. Das eine oder andere laut gesprochene Wort würde alle zufällig Anwesenden höchstens kurz irritieren, aber nicht mehr.

Viel mehr interessierte uns, wieso wir die Einzigen sein sollten, denen diese Möglichkeit offen stand. Wenngleich uns auch ein beachtenswerter Zufall zu Hilfe gekommen war, so musste es dennoch vielen anderen ebenso möglich sein. Die Frage war wohl eher: Wie häufig traten derartige Phänomene auf.

Wir fragten uns, ob es eine Möglichkeit gab sie zu finden. Aber zuvor wollten wir uns noch überlegen, was wir mit unseren Tarnkappen sinnvolles beginnen konnten. Zunächst einmal mussten wir berücksichtigen, dass wir praktisch nichts selbst tun konnten und immer auf eine gewisse Hilfe von Anderen angewiesen waren.

Celia, wie immer mehr die Praktische, sprühte sogleich von Ideen. „Was hältst du davon bei Theater- und Konzertbesuchen zu sparen?" Meinte sie mit verschmitztem Lächeln.

Ich hatte sofort einen unterschwelligen Verdacht.

„Du meinst: Ohne zu bezahlen genießen?" Strich ich sofort ihre Verderbtheit hervor: „Betrügerin!"

Sie war natürlich gekränkt. „Ich meine ja nur. Oder hast du aufrichtigere Vorschläge?"

Das wollte ich selbstverständlich nicht. Nämlich sie kränken.

„Eigentlich nicht, aber illegale Sachen hab ich jedenfalls nicht im Sinn!" Versuchte ich sie wieder zu beruhigen.

Sie gab so rasch nicht auf. „Aber sonst fällt mir halt rein gar nichts dazu ein." Meinte sie schulterzuckend.

Mir kam eine Idee: „Denk doch einmal sozial! Jemand wird unschuldig übers Ohr gehauen und kann gar nichts dagegen tun, selbst wenn er es spitz kriegt. Wir können den Gauner zum Beispiel belauschen und dem Betroffenen dann eine geeignete Mitteilung machen, sodass er sich der Hinterhältigkeit erwehren kann!"

Sie sah mich nur zweifelnd an. „Das scheint mir reichlich kompliziert zu sein. Gibt's nicht etwas Einfacheres?"

„Das war auch nur so aus der Luft gegriffen. Ich wollte dich ja lediglich vor unbedachtem Eigennutz bewahren."

„Also gut. Denken wir einmal praktisch. Wir können nur hören und sehen, alles andere ist de facto nicht machbar. Was bleibt also?"

Sie lehnte sich bequem zurück und sah mich fragend an.

„Hauptsächlich beobachten. Etwas Detektivisches etwa." War auch schon alles, was mir dazu in Augenblick einfiel.

Celia schüttelte missbilligend den Kopf und wedelte mit der Hand. „Privatdetektiv? Ich weiß nicht. Wie kommen wir in Häuser oder gar in Wohnungen? Wir stünden sehr rasch sehr dumm da!" War sie überzeugt,

„Also das mit dem Hineinkommen ist das geringste Problem: Wir gehen ganz einfach hindurch! Hast du schon vergessen, dass wir durch nichts aufzuhalten sind!" Ergänzte ich meinen Vorschlag.

Celia war nicht geneigt das als ausreichend zu akzeptieren.

„Na, gut. Aber dann? Wir können nicht einmal ein einfaches Photo oder Video machen, geschweige denn Papiere durchsehen! Wir müssten doch irgendwelche Beweise erbringen!"

So leicht gab ich auch nicht nach.

„Es gibt bestimmt irgendeine gefinkelte Methode um diese Problematik zu umgehen. Ich hab zwar keine Ahnung worin diese Methoden bestehen sollen, aber ich bin überzeugt, dass uns bei längerem Nachdenken brauchbare Ideen kommen."

Dabei beließen wir es vorerst und widmeten uns anderen Dingen.

* ~ * ~ *

Mit Hören war nicht viel Staat zu machen. Aber mit Sehen? Ich hatte so ein unbestimmtes Gefühl, dass es da etwas geben könnte. Es schien sich irgendwo in meinem Gehirn zu verstecken, so dass ich es jeweils nur so vorbeihuschen sah, aber nicht greifen konnte! Es war höchst ärgerlich!

Ich fragte mich, wieso wir eigentlich alles nur so verschwommen sehen konnten. So wie durch Dunst oder Nebel, ohne scharfe Kanten. Lag es etwa daran, dass wir im Prinzip auch durch alles hindurch sahen? Worin lag der Unterschied wenn ich durch eine Wand hindurch sehen konnte? Sie würde mir wie Glas erscheinen. Was tat ich, wenn ich eine Glaswand vor mir hatte und nicht hindurch, sondern das Glas sehen wollte? Ich versuchte den Fokus zu verkürzen!

Wenn das stimmte und auch in Wirklichkeit so einfach war, konnte ich dann die innere Struktur eines festen Gegenstandes erkennen? Das musste sofort kontrolliert werden. Ich war sofort Feuer und Flamme.

„Celia?"

„Ja?" Sie war nicht sonderlich interessiert.

„Möglicherweise gibt es eine Möglichkeit. Aber es könnte sehr viel Übung erfordern sie zu nutzen." Machte ich einen Anfang.

„Und was wäre das?" Ihr Interesse war nach wie vor gering aber schon deutlich gestiegen.

Jetzt konnte ich meine Idee ausführlich darlegen.

„Wir sehen doch alles nur recht undeutlich, so wie zum Beispiel durch Milchglas. Aber wenn wir durch Milchglas sehen, sehen wir das Glas selbst ebenfalls. Was wäre nun, wenn wir uns bei einer bestimmten Substanz, die uns vordergründig durchscheinend erscheinen mag, auf bestimmte Ebenen in dieser Substanz konzentrieren, dann wäre es doch theoretisch möglich die innere Struktur dieser Substanz zu erkennen! Oder?" Fragte ich abschließend.

„Das klingt mir reichlich technisch. Geht's nicht etwas

einfacher?" Celia schien nicht sonderlich begeistert.

Ich versuchte es also simpler. „Nun. Betrachten wir einmal ein Buch. Vordergründig sehen wir lediglich den Umschlag. Wenn wir jedoch eine Ebene tiefer blicken könnten, würden wir die erste Seite sehen! Und in der nächsten Ebene die zweite und so weiter."

Jetzt war ihr Interesse geweckt. „Du meinst, wenn das funktioniert könnten wir Bücher lesen?"

„So stell' ich es mir vor."

Sie hatte offenbar begriffen worauf ich hinaus wollte. „Das klingt zu phantastisch um wahr zu sein."

Interesse ist gut, aber Skepsis ist notwendig. Meine Meinung war so leicht nicht zu erschüttern.

„Es käme wohl erst einmal auf einen Versuch an."

Um es kurz zu machen: Der Versuch war ein reines Desaster. Wir sahen nämlich nicht wie durch Milchglas oder Nebel, sondern weil wir leider mit unseren Geist-Augen nicht richtig scharf sehen konnten. Das war eine rein physikalische Tatsache. Mit dem ‚Durchblick' war es also leider Essig!

* ~ * ~ *

Ich war in einer Sackgasse gelandet. Was konnte mir da heraushelfen? Wir hatten offensichtlich bisher alles aus einer völlig falschen Perspektive betrachtet. Wir – oder zumindest ich – mussten ganz von vorne beginnen.

„Celia?"

Ich benötigte Hilfe. Hilfe von einem unvoreingenommenen und unbeeinflussten Geist.

„Ja, mein Schatz. Wie kann ich dir helfen?"

Ich hatte wohl schon etwas zerknirscht geklungen.

„Wir müssen mit unseren Überlegungen nochmals ganz von vorne beginnen. Alles was wir – ich – bisher überlegt haben führt nur in Sackgassen." Brachte ich meine Frustration auf den Punkt.

Celia war nicht ganz so abgeneigt, unsere bisherigen Erfahrungen zur Gänze zu verwerfen. Dennoch war ihr nicht klar, wohin ich wollte. „Und wo, bitte, ist vorne?"

„Na eben bei den Dingen die wir sicher wissen. Zum Beispiel stellt sich als erstes sofort die Frage: Warum können wir uns sehen, wenn auch mehr schlecht als recht, und andere nicht? Dann: Wieso können wir nicht nur miteinander reden, sondern so, dass uns auch andere hören? Das scheint mir der bedeutendste Aspekt der ganzen Angelegenheit!" Soweit, so gut.

„Was ist daran so bedeutsam?"

Noch war sie nicht auf meiner Linie gelandet und ein wenig ungnädig. Ich musste deutlicher werden.

„Womit erzeugen wir die Töne? Wir besitzen in der Geist-Form nichts womit wir einen Schallraum bilden könnten. Das was uns als Mund erscheint ist doch nichts weiter als ein luftiger und durchsichtiger Bereich!"

Celia schaute verständnislos. „Ah, ja! Was ist es dann?"

Mein Verständnis war nicht besser. „Genau das ist die Frage!"

„Und wo siehst du eine Lösung?"

Offenbar erwartete sie von mir gute und für sie verständliche Antworten. Die ich natürlich nicht hatte.

„Ich sehe ja gar keine. Aber vielleicht ist es ja genau das: Dass man es nicht sehen kann."

Trotzdem hatte sie sich offensichtlich bereits ebenfalls Gedanken gemacht.

„Dann wenden wir uns deiner ersten Frage zu: Wieso können wir uns sehen und andere nicht. Dass uns niemand anderer sieht scheint mir völlig logisch, schließlich sind wir ja nicht wirklich dort, wo sich unser Geist befindet!"

Und wo war nun der konkrete Ansatz? „Und wir sehen uns gegenseitig, weil ...?"

„Weil wir wissen, wo wir sind?" Verkündete sie stolz, da sie sich damit bereits ausgiebigster beschäftigt hatte.

„Gut möglich."

Ich war zwar nicht restlos überzeugt, es schien mir aber ein durchaus brauchbarer Weg. Jedoch: „Und woher oder wieso wissen wir wo wir sind?"

Celia sah ein wenig ratlos in die Gegend. Dann sagte sie aber: „Weil wir es wollen? Weil das Ganze sowieso nur auf Wollen aufgebaut ist? Aber das Hören kann ich mit Wollen nicht erklären. Das ginge gerade noch, wenn nur wir selbst uns hörten, aber so …!"

Sie zuckte mit den Schultern und sah weiterhin etwas ratlos durch die Gegend.

Nach einer längeren Pause, in der wir beide nur unseren Gedanken nachhingen, kam jedoch trotzdem wieder etwas von ihr. „Aber ich WOLLTE doch, dass mich die Arbeiter hören! Sonst wäre das alles in jedem Fall nutzlos gewesen!"

„Na schön. Jedenfalls gibt auch das keinen Hinweis darauf, wie es physikalisch funktionieren könnte. Ganz im Gegenteil, es wird nur noch mysteriöser."

Meine Ideen waren mir restlos ausgegangen. Ich dachte, dass es vielleicht besser wäre, ein paar Tage darüber zu schlafen und die ganze Angelegenheit sich richtig setzen zu lasen.

Nicht so Celia.

„Trotzdem. Bleiben wir einmal weiterhin beim Wollen. Nur einmal so angenommen: Wenn wir alles Mögliche tun könnten, nur weil wir es wollen, könnten wir dann nicht auch Dinge tun, die uns vorerst gänzlich unmöglich scheinen? Wie etwa Sachen berühren oder gar bewegen?"

Jetzt schoss sie meiner Meinung nach aber schon sehr weit übers Ziel hinaus.

„Das scheint mir reichlich futuristisch. Eigentlich schon mehr Science-Fiction-haft. Unglaubwürdig."

„Was, wenn nun aber doch?" Sie gab nicht so rasch auf.

Ich schüttelte nur den Kopf. „Du willst, dass es so funktioniert!"

„Natürlich!"

Celia, wie sie leibt und lebte. No na. Jedenfalls nicht mit mir.

„Mädchen! Wenn alles was wir uns so wünschen auch tatsächlich nur so in Erfüllung ginge, das wäre eine wahrscheinlich sehr, sehr grausame und unmenschliche Welt!"

„Na, ja, ich meine nicht ALLES, eben nur sinnvolle Dinge."

Schränkte sie nun vorsichtig ein. Und sonst noch was?

„Und du bestimmst, ob etwas sinnvoll ist oder nicht?"

Jetzt war sie doch ernsthaft beleidigt, oder aber zumindest gekränkt.

„Sei nicht so sarkastisch! Du weißt genau was ich meine!" Sagte sie in einem Ton, der mir gar nicht gefiel.

„Ich schon, aber weißt du selbst es auch? Hast du dir auch alle Konsequenzen dazu überlegt? Oder war auch das nur ein Wunschdenken?"

Auch mein Ton gefiel mir in diesem Gespräch leider gar nicht mehr. Wenn wir weiterhin so miteinander haderten, landeten wir in einem hässlichen und schwer zu schlichtenden Streit.

Celia hatte das offensichtlich ebenfalls erkannt und versuchte zurück zu rudern. „Ich will dir doch nur helfen. Und du zerreißt mich gleich in der Luft, nur weil es etwas unüberlegt war!" Sagte sie daher versöhnlich.

Da wollte ich selbstverständlich nicht zurück stehen. „Jetzt sei nicht gleich eingeschnappt. So war es ja nicht gemeint. Es ist nur so, dass die Angelegenheit rundum nicht nur Sinn machen muss, sondern sie muss auch logisch sein. Und nur auf der Wollen-Basis ist sie meiner Meinung nach logisch nicht haltbar."

„Okay. Ich versteh' schon. Nur: Welche Art von Logik kann oder müsste man hier anwenden? Und überhaupt irgendwo müssen die Überlegungen ja schließlich beginnen." Meinte sie daher abschließend.

Also so kamen wir offenbar auch nicht weiter. Es bedurfte eines ganz neuen, bisher noch nicht in Erwägung gezogenen Ansatzes. Aber vorerst war keiner in Sicht.

* ~ * ~ *

Wir beschlossen mit Herrn Moser zu sprechen. Die Frage war nur, wie wir es anlegen sollten. Am einfachsten schien es uns, ihn bezüglich seines Gespräches mit Herrn Krößner anzusprechen. Wir konnten ja dann, soferne es sich ergab, gegebenenfalls sogar mit der Wahrheit heraus zu rücken.

Als er am nächsten Tag wieder alleine, das heißt ohne Herrn Krößner, aufbrach schien uns die Gelegenheit günstig. Ich überließ es Celia das doch eher sehr unangenehme Gespräch zu führen.

Also begann Celia ein wenig unbeholfen, wie mir schien, aber letztlich doch zielführend: „Entschuldigen sie, Herr Moser, dürfen wir sie ein Stück begleiten?"

Seiner Miene war augenblicklich anzusehen, dass er damit überhaupt nicht glücklich war. So als schwante ihm etwas Unangenehmes, versuchte er uns abzuwehren. „Ein anderes Mal sehr gerne, aber heute möchte ich lieber alleine bleiben." Sprach's und wandte sich zum Gehen.

Aber so leicht ließ sich Celia nicht abfertigen. „Das können wir sehr gut verstehen, Herr Moser, aber wir haben ein wirklich dringendes Anliegen an sie."

Er war nicht nur überrascht, sondern geradezu perplex. „Sie haben ein Anliegen an mich?" Brachte er, jetzt schon stotternd, vor.

Jetzt kam Celia auf den Punkt. „Wir haben gestern Abend zufällig ihr Gespräch mit Herrn Krößner mitgehört und hätten ein paar dringende Fragen dazu." Meinte sie mit beinahe verschwörerischem Gesichtsausdruck.

Herr Moser wirkte augenblicklich wieder sehr reserviert. „Sie haben uns belauscht?"

Celia versuchte sofort beruhigend zu erscheinen. Sie winkte achtlos ab. „Nein, nein, keineswegs. Sie sprachen nur so deutlich, dass wir gar nicht anders konnten, als das Gespräch zu verfolgen."

Nun, er war nicht gerade beruhigt, aber es schien, dass er wieder etwas zugänglicher war. „Und was erwarten sie jetzt von mir? Dass ich ihnen das ganze ... das ganze Desaster nochmals erzähle?" Das war nun die pure Verlegenheit.

Celia war nun genau dort, wo sie eigentlich hin wollte. „Ich denke dass es durchaus kein Desaster war. Es ist nämlich so, dass wir tatsächlich dort waren, lediglich nicht so nahe, dass sie uns bemerken hätten können." Der Ton den sie gewählt hatte, war wieder in Richtung verschwörerisch.

Herr Moser wusste offensichtlich nicht, was er davon halten und wie er damit umgehen sollte. „Aber ich habe sie doch ganz deutlich gehört! Und sie haben mir ja auch auf meine Frage geantwortet!" sagte er daher verwundert und um Verständnis ringend.

Celia nickte. „Das ist korrekt und genau darum geht es: Wieso konnten wir uns gegenseitig hören, wo wir uns doch ganz offensichtlich außer Sichtweite befanden?" Sie teilte, für Moser offensichtlich, dessen Verwirrung.

Herr Moser gab sich innerlich einen Ruck und rückte nun mit der für ihn genauso unverständlichen Wahrheit heraus.

„Nun, das ist vielleicht nicht ganz korrekt. Denn was ich gestern nicht erwähnte, weil es mir gar zu fantastisch erschien, war, dass ich Schatten oder so etwas Ähnliches gesehen habe. Mir kam es so ähnlich wie eine Fata Morgana vor, vor allem, weil die Konturen so verschwommen und wabernd waren."

Celia wirkte sofort mehr als zufrieden. Sie lächelte und sagte: „Ah! Das ist jetzt aber wirklich interessant! Wir haben uns nämlich die ganze Zeit den Kopf darüber zerbrochen, wie das Ganze zustande kommen konnte! Jetzt wird uns einiges klar: Sie werden wahrscheinlich vollkommen Recht damit haben, dass es so etwas Ähnliches wie eine Fata Morgana war! Wir sind ihnen für diese Eröffnung äußerst dankbar und entschuldigen uns nochmals dafür, dass wir ihr Ruhebedürfnis über Gebühr beansprucht haben!" setzte sie noch mit leichtem Schulterzucken bedauernd hinzu.

Moser war nun offenbar ebenso erleichtert und zufrieden mit dieser unerwarteten Erklärung. „Nicht der Rede wert! Ganz im Gegenteil: Ich bin froh, dass ich diesen Teil der Begegnung doch auch noch losgeworden bin! Jetzt kann ich wenigstens wieder in Ruhe schlafen und brauche mir keine Gedanken mehr über meinen Geisteszustand machen! Ich habe also ihnen zu danken!" Sagte er nun doch auch in einem sehr zuvorkommenden und freundlichen Ton.

Wir winkten ihm zum Abschied und wandten uns zum

Gehen. „Na, dann genießen sie ihren heutigen Ausflug auch noch ausgiebig!"

* ~ * ~ *

„Wir sind von völlig falschen Voraussetzungen ausgegangen! Wir sind in diesem Zustand also doch auch für andere sichtbar!"

Celia war bereit sofort mit neuen Ideen unseren Disput fortzusetzen. „Und inwiefern ändert das etwas an unseren Problemen?" fragte ich sie daher umgehend.

„Na, wenn sowohl das Hören als auch das Sehen, also das Gehörtwerden und das Gesehenwerden dieselbe Qualität hat, dann muss noch etwas anderes als nur geistige Energie mitspielen!"

Versuchte sie mir ebenfalls Anreiz zur weiteren Diskussion zu geben. Ich hatte keine Ahnung, was sie sich unter anderer Energie vorstellte.

„Was zum Beispiel?"

Aber Celia war nicht zu bremsen, wenn sie einmal in Fahrt war. „Ich stelle mir vor, dass wir mit weit mehr als geistiger Energie einen Ortswechsel vollziehen. Irgendwie müssen wenigstens Teile unserer Körper den Wechsel auch mitmachen!" war sie überzeugt.

„Du meinst damit jene Teile, die sowohl für das Gesehen- und Gehörtwerden notwendig oder zumindest erforderlich sind?"

„Ja. Und nicht nur das. Ich denke, dass in gewisser Weise der gesamte Körper beteiligt ist. Nur nicht in der gewohnten Art und Weise." Verkündete sie mit ihrer gesamten zur Verfügung stehenden Überzeugung.

Jetzt hatte ich endlich doch auch noch Lunte gerochen.

„Etwa so als ob er in eine Art Parallelwelt verschoben werden würde?"

Sie sah mich voller Stolz darüber, dass ich endlich ebenfalls zu denken begann, an. „Genauso!"

„Ist das nicht ein bisschen sehr weit hergeholt?" meinte ich doch etwas misstrauisch.

Celia zuckte mit den Schultern. „Nicht weiter als all unsere bisherigen Überlegungen. Und überleg mal folgendes: Wenn du einen anderen Körper zwar nicht berühren, dafür jedoch sehen und hören kannst, was fällt dir da sofort ein?"

„Schattenspiele!?"

Schön langsam fand ich Gefallen an dieser Art der Gesprächsführung. Offenbar hatte ich genau ins Schwarze getroffen.

„Genau! Das würde bedeuten, dass wir von der ‚normalen' Welt durch eine Art Vorhang oder Schleier getrennt sind. Das würde auch sofort erklären, warum ich dich ‚drüben' fast normal sehen kann! Dann wäre nämlich keine räumliche Barriere mehr zwischen uns!" setzte sie ihren Gedankengang folgerichtig fort.

Nicht, dass ich mich grundsätzlich gegen diese Idee wehrte, aber sie schien mir doch irgendwie … gleichzeitig faszinierend und logisch aber auch mit zu viel Science-Fiction befrachtet.

„Das Ganze klingt dennoch reichlich fantastisch! Aber immerhin erklärt es alles was wir bisher wissen einigermaßen logisch."

„Nun, ich glaube auf dieser Basis können wir beide unsere Überlegungen weiter verfolgen. Ich habe zwar noch immer keine Ahnung, wie wir irgendeine sinnvolle Tätigkeit dadurch ermöglichen könnten – außer den von dir sofort verdammten eventuellen Gaunereien – aber es setzt uns vielleicht in die Lage Fotos anzufertigen."

Kam sie zu einem vorläufigen Ende ihrer Gedanken. Um ihn jedoch sogleich weiter zu spinnen.

„Das müssen wir sofort ausprobieren."

Sprach's, nahm sich unseren Fotoapparat und Sprang ans andere Ende des Zimmers. Der Fotoapparat fiel derweilen zu Boden. Hoffentlich hielt er das auch aus.

„So geht's wohl doch nicht, oder?" Fragte ich sie lachend.

Sie war ein wenig enttäuscht, aber nicht gekränkt.

„Vielleicht bin ich's zu blauäugig angegangen. Selbstverständlich wird die Mitnahme von festen Gegenständen nicht so simpel sein."

„Einen ersten Versuch war's immerhin wert." tröstete ich sie daher.

„Denken wir beide erst einmal in Ruhe darüber nach und sehen wir morgen weiter."

Sie wandte sich der heruntergefallenen Kamera zu und hob sie auf. Dann sah sie nach, ob sie noch funktionsfähig war und machte ein paar Fotos. Nachdem das geglückt war, legte sie den Apparat wieder weg und wir überlegten, was es wohl mittags zu essen geben würde.

* ~ * ~ *

Wie funktioniert der Übergang? Das ‚nur wollen' schien uns ein wenig zu einfach. Irgendwie musste noch etwas anderes mit im Spiel sein.

„Celia. Hast du dir schon einmal Gedanken darüber gemacht, warum wir drüben an keine Fixpunkte gebunden sind? Es ist doch völlig egal, an welchen Ort wir uns versetzen. Wohin auch immer, das Drüben hält uns an diesem Punkt fest. Es ist in jedem Fall so, als ob wir auf festem Boden oder wenigstens auf einem sicheren Boden stünden, oder?" brachte ich meine Hauptfragepunkte zum Ausdruck.

Zustimmend nickend sagte Celia dazu noch: „Nicht nur das. Wenn wir, sagen wir einmal, relativ zur normalen Umwelt am Kopf stehen, so haben wir dennoch festen Boden unter unseren Füßen!"

Mir kam noch etwas in den Sinn:

„Aber wir können uns doch auch bewegen. Haben wir eigentlich schon einmal versucht uns vertikal zu bewegen? Also nicht nur seitwärts und auf und ab, sondern wie du sagtest uns auf den Kopf stellen oder seitwärts liegen?"

„Das machen wir doch sofort!"

Und schon lag sie in der Luft, quer wie auf einem Diwan. Dann setzte sie sich auf und machte einen Luftsprung. Das war sehr interessant, denn sie kam nicht wieder auf den Platz, von dem sie abgesprungen war, sondern so als ob sie auf einen erhöhten Platz gesprungen wäre. Irgendwie wirkte die gesamte Bewegung so als ob sie sich in einem luftleeren Raum bewegen würde. Nein, nicht luftleer, denn sie konnte offensichtlich atmen, vielleicht eher wie in einem Raum ohne eine gerichtete Schwerkraft.

Ich war richtiggehend fasziniert. „Bist du versehentlich auf der ISS gelandet? Alle deine Bewegungen wirken so mühe- und schwerelos!"

Sie sah ein wenig – wie soll ich sagen? – wie ein Freeclimber aus, wie sie so völlig unbehindert durch den Raum driftete, nein, flog.

„Aber ich weiß immer, was unten ist. Also was für meinen – was denn nun eigentlich? Geist-Körper? Aura-Körper? Schatten-Körper? – jedenfalls meinem Zweit-Körper, unten ist. Nicht was ich in der normalen Umwelt als unten sehe!"

Immer noch über die Maßen beeindruckt meinte ich: „Also doch nicht schwerelos. Aber was dann?"

Ratloses Schulterzucken. „Keine Ahnung."

„Übrigens: Schattenkörper gefällt mir sehr gut als Bezeichnung! Obwohl ich Schleierkörper adäquater fände."

„Ich weiß nicht. Ich fühle mich keineswegs als Schatten, auch nicht als Schleier. Aber wir werden schon noch eine wirklich passende Bezeichnung finden!"

Celia verfolgte einen anderen Gedanken.

„Konstantin, du sagtest, dass du mich ‚drüben' fast normal sehen kannst. Ich finde, dass das eine reichlich optimistische Aussage ist! Ich für meinen Teil kann dich zwar sehen, allerdings nur sehr schemenhaft. Oder besser gesagt, mit unscharfen Grenzen und ohne bestimmte Details!"

Ich verdrehte die Augen und schmunzelte. „Ach Celia! Ich wollte doch nur sagen, dass ich keine Probleme damit habe, dich zu finden. Sofern du in der Nähe bist, natürlich."

Das war nicht ganz die Antwort, die sie erwartet hatte.

„Also siehst du auch nicht mehr als ich!"

„Selbstverständlich nicht!" Ich hatte keine Ahnung worauf sie eigentlich hinaus wollte.

„Gut. Können wir nun damit etwas anfangen, oder nicht?" kam sie zum Thema zurück, das ihr offenbar zu schaffen machte.

Ich dachte kurz nach. Da war irgendetwas in meinem Hinterkopf, das ich nicht recht fassen konnte und das ich aber auch nicht umschreiben konnte.

„Ich weiß nicht. Noch nicht. Ich hab' jedoch so ein Gefühl, dass da noch wesentlich mehr dahinter steckt, als wir sehen können."

Sie hakte sofort ein. „Gibt es irgendeinen bestimmten Grund für dieses Gefühl?"

Ich nickte wieder, obwohl ich nach wie vor nicht wusste, wie ich es in Worte fassen könnte.

„Ja. Und zwar, ausgehend davon was ich, oder auch wir, wirklich sehen. Nämlich lediglich mehr oder weniger undeutliche Schemen. Nicht nur keine speziellen Details, sondern nicht einmal so relativ wichtige Dinge wie Kleidung. Also nicht nur ob Hose oder Rock, sondern nicht einmal ob wir überhaupt bekleidet sind. Das kann also entweder bedeuten, dass wir tatsächlich unbekleidet sind, woraus sofort folgt, dass wir überhaupt nichts ‚mitnehmen' können!" Versuchte ich dieses Gefühl zu beschreiben. „Andererseits kann es jedoch auch bedeuten, dass wir tatsächlich nur einen Schatten durch irgendetwas hindurch, also beispielsweise einen Schleier, sehen!" vervollständigte ich meine relativ hilflose Beschreibung.

Celia war damit keineswegs zufrieden.

„Andererseits muss es bestimmte stoffliche Dinge geben, die uns in die Lage versetzen Töne zu erzeugen und Licht zu reflektieren! Oder wenigstens so etwas wie ein Leuchten abzustrahlen."

Da musste ich ihr selbstverständlich zustimmen. „Ganz genau. Also, was könnte das sein?"

Natürlich hatte sie ebenso wenig eine Vorstellung davon, wie ich. „Einmal bestimmt keine so genannte Aura, denn die ist ganz gewiss nicht stofflich."

Das konnte ich nicht unterschreiben. „Warum nicht? Inwiefern wäre denn Stofflichkeit ungeeignet oder eventuell sogar notwendig? Ich denke da beispielsweise an Blitze. Sie sind ganz gewiss nicht stofflich."

Sofort widersprach sie mir. „Doch, sind sie! Denn was du siehst ist nicht die elektrische Entladung, sondern seine Bahn, die aus den aufgeheizten Luftmolekülen bestehen, die dann ihrerseits Licht emittieren!"

Ich war beeindruckt. „Du hast in der Schule gut aufgepasst! Und natürlich vollkommen Recht, denn auch mit den berühmten Laserschwertern ist es ganz genau dasselbe! Was also bleibt? Die elektromagnetische Ladung. Und was können wir damit beginnen? Das einzige, das mir sofort einfällt: Etwas anzuzünden. Ich seh' nur nicht was wir damit gewonnen haben, wenn wir nicht gerade Brandstifter werden wollen!"

Nun erst kramte sie wirklich in ihrem Schulwissen. „Na, mir fallen da schon noch ein paar Dinge ein: Dynamos, Motoren, elektrische Schaltungen, und so weiter."

„Und welchen Nutzen können wir daraus gewinnen, außer vielleicht Leute erschrecken, wenn plötzlich irgendetwas von selbst zu rattern beginnt ... jedoch: Wie wäre das mit elektronischen Schlössern? Diese könnten wir gegebenenfalls öffnen. Allerdings öffnet das noch nicht die damit versperrte Türe oder was auch sonst!" Spann ich meinen Gedanken weiter.

Celia war offensichtlich mit ihrem Latein noch nicht am Ende. „Du kennst doch den beliebten Gag mit dem über dem Kochfeld schwebenden Topf? Wenn wir elektromagnetische Felder tatsächlich zu kontrollieren imstande sind, müssten wir auch damit arbeiten können. Oder?" erwiderte sie mir mit zufriedenem Grinsen.

Ich war zwar nicht wirklich überzeugt, aber irgendwie schien das alles doch einen Sinn zu ergeben.

„Also müssen wir nur etwas üben?" begann ich ihre Überlegungen auszubauen. „Beginnen wir ganz simpel damit uns gegenseitig zu stupsen, das heißt gezielt Druck auszuüben. Beispielsweise einen mehr oder weniger kräftigen Händedruck. Falls uns das gelingt – und ich denke es wird wohl etlicher Versuche bedürfen, bevor wir auch nur ein wenig Widerstand spüren! – dann können wir uns ja auch mit fremden Gegenständen befassen!"

Aller Anfang ist schwer

Um es kurz zu machen: Wir waren einige Male kurz davor aufzugeben. Jedoch fand einer von uns immer wieder die richtigen Worte um die völlig verloren gegangene Motivation wieder zum Leben zu erwecken.

Und endlich! Nach unzähligen vergeblichen Versuchen und zornigen Zwischenrufen, dass das alles sowieso nutzlos und vergeblich wäre, kam der erste Erfolg dann doch eher überraschend!

Im ersten Moment bemerkten wir gar nicht dass es geklappt hatte. Wir waren so angespannt, dass wir nur dachten unsere Muskeln wären schon so verspannt, dass sie die eigene aufgewendete Kraft reflektieren würden. Aber im nächsten Moment, als wir unsere Hände schon voneinander lösen wollten, stellten wir erstaunt fest, dass wir uns aneinander festhielten!

Wir ließen uns ohne ein Wort in unsere stillen Körper zurückfallen und atmeten ein paar Mal tief durch, bevor irgendeiner von uns wieder den Mut fand, etwas zur Situation zu sagen.

Aber bevor noch einer etwas sagen konnte oder wollte, hatten wir beide dieselbe Idee: Das Ganze sofort nochmals wiederholen! Und das taten wir denn auch augenblicklich. Und wider Erwarten funktionierte es! Es funktionierte sogar so gut, dass wir uns freudig in die Arme fielen und uns aneinander klammerten und drückten und küssten und miteinander tanzten! – als Schleierkörper wohlgemerkt!

Dann erst kam die Erkenntnis: Wir hatten überhaupt nichts gewonnen! Alles was wir erreicht hatten, war in der Schleierwelt geschehen! Aber wir hatten immer noch keinen ‚Kontakt' mit der normalen Welt hergestellt, wir hatten den Schleier noch nicht durchstoßen!

Wir waren unserem Ziel so gut wie gar nicht näher gekommen. Okay, wir hatten so etwas wie die Empfindsamkeit in dieser anderen Welt für uns entdeckt, mehr aber auch schon nicht.

Also drehten wir die Sache um: Einer würde quasi zurückbleiben während der andere in den Schleier ging. Und dann würden wir die ganzen Versuche wiederholen.

Was soll ich sagen? Das Desaster begann von vorne. Aber an ein Aufgeben war nicht zu denken. Es musste ganz einfach funktionieren! Wenn es in der Schleierwelt möglich war zu fühlen, dann müsste es auch durch den Schleier hindurch möglich sein. Irgendwie war es doch dasselbe wie Sehen und Hören! Oder nicht?

Selbstverständlich probierten wir es auch mit vertauschten Rollen. Da wir nicht feststellen konnten wer von uns der Empfindsamere war, mussten wir beide Varianten erforschen. Na, erforschen war wohl zu hoch gegriffen, also sagen wir einmal durchprobieren.

* ~ * ~ *

In der Zwischenzeit ging auch unser Aufenthalt in dem kleinen Hotel zu Ende und wir mussten uns in erster Linie um unsere Abreise kümmern. Ich hatte noch immer meine Krücken und konnte natürlich nicht Auto fahren. So musste Celia den Chauffeur spielen was sie gar nicht gerne tat. Sicher, sie hatte mich auch dreimal zur Kontrolle ins Krankenhaus gefahren, aber das war etwas anderes.

Es war sowieso schon fast ein Wunder, dass wir den Leihwagen – Auch für dessen Besorgung hatte Celia gleich in der Zeit gesorgt, als ich noch auf der Aufwachstation lag! – so lange behalten durften. Aber so ein Autoclub hatte im Ernstfall eben auch seine Vorteile.

Allzu viel hatten wir von unserem kleinen Hotel ja nicht gehabt, wenn man von unseren Reisen in die Schleierwelt absieht. Und überhaupt: Ob ich jemals wieder klettern können würde stand sowieso in den Sternen. Aber trotz allem Unbill hatten wir zumindest eine interessante Zeit verlebt.

Der Weg nach Hause war zwar nicht allzu weit, aber vierhundert Kilometer waren es allemal. Die Fahrt selbst verlief eintöniger, da Celia grundsätzlich vorsichtiger und langsamer fuhr, als ich. Dennoch versuchten wir weitere Erkenntnisse über unser Phänomen zu gewinnen. Wir begannen beim Sehen.

War es möglich, dass wir im Prinzip auch nur unsere eigene Aura sahen, beziehungsweise unsere eigene Aura quasi auf die Reise sandten? Was genau sahen wir eigentlich? Und in welchem Zusammenhang standen unsere Beobachtungen mit unserem eigenen Verhalten? Was hatte das alles zu bedeuten?

„Celia, ich glaube es ist alles gänzlich anders, als wir es bis jetzt wahrgenommen haben!"

„Konstantin, ICH glaube, du hast nicht nur Recht, sondern du bist auf den Kern der Sache gestoßen!"

„Und worin besteht nun dieser Kern deiner Meinung nach?" wollte ich von ihr wissen.

„Vielleicht darin, dass wir gar nicht die Realität, sondern eine andere Wirklichkeit sehen?"

„Sondern ... ?"

Das war nun der Moment in welchem wir wieder an unsere Unfallstelle gelangten.

In diesem Augenblick begann die Zeit zuerst langsamer und langsamer zu vergehen und dann schließlich rückwärts zu laufen. Schneller und immer schneller werdend raste alles was wir in der letzten Zeit gesehen und erlebt hatten an uns vorbei...

* ~ * ~ *

* ~ * ~ *

„Berti, ich glaube ich bin gerade auf etwas gestoßen!"

„Was meinst du, du bist auf etwas gestoßen?" Berti dachte sofort an einen von Klausens beliebten Scherzen.

„Nein wirklich! Da ist etwas unter dem Gesteinshaufen! Ich denke es könnte ein Fahrzeug sein!"

Vorsichtiger nun mit dem Bagger, aber doch gezielter zu der

Stelle, an welcher Klaus den Wagen vermutete, arbeiteten sie sich vor. Wie sich nun rasch herausstellte war da tatsächlich ein Auto buchstäblich unter dem Geröll begraben.

„Denkst du, es könnte sich noch jemand lebendig darin befinden?" fragte Klaus unsicher.

Berti nickte nur vorsichtig. „Ich hab' jedenfalls sicherheitshalber eine Rettung gerufen."

Klaus schien wenig Hoffnung zu haben. „Also, was ich bis jetzt sehen kann, erscheint mir ein Überleben völlig ausgeschlossen zu sein. Aber ich werde versuchen den Wagen möglichst ohne weitere Beschädigungen freizulegen!"

Als sie schließlich das Fahrzeug soweit freigelegt hatten, dass die herbeigerufenen Rettungsleute auch eine Chance hatten in das Auto zu gelangen, traf diese auch schon ein.

„Na, was haben wir denn da?" Dr. Flirsch beugte sich nahe ans Fenster der Fahrerseite. „Soweit ich's erkennen kann, ist der Fahrer sozusagen in seinen Sitz hineingedrückt worden. Ich kann mir nicht vorstellen, dass der noch einmal zu Bewusstsein kommen wird!"

Herr Meinert, der mitgekommene Sanitäter des Rettungswagens, war auf der gegenüberliegenden Seite an der Beifahrertüre. „Ich sehe hier eine Frau. Sie ist zumindest bewusstlos, aber Genaueres können wir wohl erst sagen, wenn wir die beiden heraus haben!"

Nachdem auch die Männer der Feuerwehr, welche gleichzeitig mit der Rettung eingetroffen waren, das Fahrzeug ausgiebig beurteilt hatten und mit der Öffnung der Seitentüren fertig waren, zogen Dr. Flirsch und sein Assistenz-Sanitäter zuerst die Frau aus dem Auto.

„Da ist leider nichts mehr für uns zu tun!"

Dr. Flirsch versuchte gar nicht erst die Frau zu reanimieren, ein Blick in die starr geöffneten Augen der Frau sagten ihm genug über ihren Zustand. Das halb abgetrennte Bein der Dame spielte da schon keine Rolle mehr.

Nachdem sie unter Mithilfe der Feuerwehrmänner auch den Mann aus dem Wrack befreit hatten, gaben sie sich keinerlei

Hoffnung mehr hin. Der völlig eingedrückte Brustkorb ließ die gebrochenen Arme und Beine schon von vorneherein als Nebensache erscheinen.

Sie verständigten noch die Bestatter und verließen sodann schweigend den Unfallort. Die Feuerwehr nahm den völlig demolierten Wagen auf eine Lafette und fuhr ebenfalls wieder zurück.

„Schade, ich hatte so sehr gehofft, dass wir sie, oder wenigstens einen von ihnen, noch lebend heraus bekommen würden!" Klaus war echt betrübt über den unverschuldeten Misserfolg der Bergung.

„Wer weiß wozu das gut war! So ist es zweifellos viel besser, als wenn sie wer weiß wie beeinträchtigt ihr restliches Leben hätten verbringen müssten!"

Berti war nicht eben von der sensiblen Sorte, aber er hatte immerhin genug Mitgefühl mit seinen Kollegen, dass er ihn zu trösten versuchte.

* ~ * ~ *

Als die zurückrasende Zeit endlich wieder zur Ruhe gekommen war, standen wir beide etwas abseits der Szenerie und beobachteten, was geschah.

„Siehst du, Celia, du hattest völlig Recht: Wir sehen zwar die Realität, aber dennoch eine ganz andere Wirklichkeit!"

„Und jetzt, Konstantin?"

„Jetzt gehen wir dorthin, wohin sie uns schon die längste Zeit rufen!"

„Das nenn ich nun wahrlich die viel und oft zitierte, aber gänzlich missverstandene:

>Hochzeitsnacht im Paradies!<"

Alle Protagonisten

Celia Schreiner	Die Frau von Konstantin
Konstantin Schreiner	Ehemann von Celia
Klaus, Berti	Arbeiter des Rettungsteams
Dr. Flirsch, Herr Meinert	Rettungsarzt, Sanitäter
Dr. Grebern	Aufnahmearzt
Friedrich Burgauer	Patient
Sr. Doris	Krankenschwester
Herr Moser, Herr Krößner	Hotelgäste